W0184451

Gabriela F. Hirtl

Verschollen in meiner Welt

1. Auflage: Oktober 2012
Alle Rechte liegen bei der Autorin
Veröffentlicht im Eigenverlag
Illustration Cover: Gabriela Hirtl
Satz: Claudia T. Forster
Korrektorat: Mag. Andrea Leonhartsberger
Druck: Point CZ, s.r.o.
ISBN: 978-3-200-02784-8

Inhalt

Vorwort

Die nachfolgende Erzählung beruht zum großen Teil auf wahren Begebenheiten aus meinem eigenen Leben, die Personen sind jedoch frei erfunden.

Als jahrzehntelange Migränepatientin ist es mir ein Anliegen zu schildern, wie sich diese Krankheit auf die Lebensumstände der betroffenen Person sowie auf deren Umfeld auswirkt.

Der Anfang.

„Kinder, die Jause ist fertig!“, ertönte die schrille Stimme von Tante Grete quer durch den Garten.

Die Vögel zwitscherten fröhlich und zogen dabei munter ihre Kreise zwischen den haushohen Tannenbäumen. Halsbrecherisch muteten ihre Manöver an, doch niemals stießen sie irgendwo dagegen. Als ob sie von einer unsichtbaren Hand geführt würden, an einem Seil hingen oder einfach nur ganz genau wussten, was sie taten.

Ebenso lustig war die Schar Kinder, die sich lachend und barfuß am Boden unter diesen Flugtieren bewegte und genauso zwischen den Bäumen umherlief. Nur mit dem feinen Unterschied, dass manchmal einer dieser Buben oder ein Mädchen laut aufschrie, weil es eben irgendwo dagegen gelaufen war.

„Die Jause ist angerichtet!“, wiederholte sich Tante Grete, diesmal mit etwas mehr Nachdruck in der Stimme, beinahe einem Befehl gleich. Auf der erhöhten Terrasse stehend und mit ausgebreiteten Armen wirkte sie wie ein Prophet, jedoch wie einer, der, statt guter Botschaften auszusenden, Gehorsam verlangte.

Unbeeindruckt liefen die Kinder weiter, immerhin waren sie gerade mit dem „Fangenspielen“ beschäftigt und bei diesem Spiel waren eben Schnelligkeit, Wendigkeit und sich nicht fangen zu lassen gefragt. Mit vor der Brust verschränkten Armen und finsterem Ausdruck im Gesicht verfolgte die Tante ungeduldig minutenlang das muntere Treiben unter ihr und wollte eben zur letzten Ermahnung ansetzen.

Sie schnappte bereits nach Luft, doch erinnerte sich an ihre ersten beiden Fehlversuche und beschloss schließlich nach unten zu gehen, um vor Ort, direkt beim Geschehen, ihrer Mitteilung Nachdruck zu verleihen. Mindestens zwei Mal pro Woche, besonders während der noch andauernden Sommerferien, waren die Kinder der verschwägerten Familien bei ihr zu Besuch – und es war jedes Mal dasselbe! Trotzdem war sie der festen Überzeugung, die Kinder erziehen oder ihnen zumindest ihren Willen aufzwingen zu können.

Die letzte Stufe erreicht, führte sie der nächste Schritt auf den schön gemähten Rasen. Ihr Blick streifte zufrieden über den gepflegten Garten, um dann stolz auf den üppig wuchernden Gemüserabatten zu verweilen. Ein breites Grinsen zog ihre Mundwinkel weit auseinander und verursachte so einige tiefe Fältchen um ihre exakt geschminkten Augen. Wie gut, dass sie sich in diesem Moment selber nicht sehen konnte! Fältchen – und das in ihrem Alter! Himmel, Herrgott hilf!

Ihr gedankliches Eigenlob beendet, wandte sie ihre Aufmerksamkeit wieder der unfolgsamen Kinderschar zu, welche noch immer kreuz und quer über die Wiese hüpfte, lachte und einfach nur Spaß hatte. Trotz ihres Ordnungssinns und ihrer Liebe zur Disziplin konnte sie sich doch einem gewissen Frohlocken in ihrem Inneren bei diesem Anblick nicht entziehen. Doch aller Spaß musste auch einmal ein Ende haben – doch letztendlich wollte Tante Grete ganz einfach nur am Ende eines langen Tages in aller Ruhe ihre Beine wegstrecken, an einem schönen Glas Rotwein nippen und genussvoll eine Zigarette rauchen.

„Die Jause ist angerichtet! Also rauf mit euch auf die Terrasse, bevor Onkel Hans nach Hause kommt und alles aufisst!"

Das war zwar nicht sehr nett, doch es funktionierte!

Vier Mädels und drei Burschen beendeten langsam ihre schon stundenlang andauernden Marathonläufe und machten sich mit herrlich geröteten Wangen auf in Richtung Terrasse. Es bildete sich beinahe ein Stau vor der schmalen Treppe, als die sieben, schöner als es Tante Grete je hätte anordnen können, im Gänsemarsch hinauftrippelten.

Zwei große Kannen selbstgepresster Zitronenlimonade erwarteten die Kinder samt mehreren Tellern fein belegter Brötchen. Manche mit Schinken, andere mit Käse und der Rest natürlich mit selbstgemachter Ribisel-, und damit es auch optisch schön ins farbenfrohe Bild passte, noch mit Marillenmarmelade.

Zufrieden, doch immer noch mit vor der Brust verschränkten Armen, verfolgte die energische Tante die Labung ihrer Schützlinge. Erst als sich auch die letzten beruhigt und die Reste ihrer aufgestauten Energien abgelassen hatten, nahm sie in einem der freien Gartensessel Platz und zündete sich eine Zigarette an. Tief das beruhigende Gift in sich eingesaugt, schloss sie ihre Augen und tauchte offenbar in eine andere Welt ab, denn sie schien es gar nicht zu bemerken, dass sich die Kinder nach der Jause ins Haus verzogen hatten.

„Wir haben neue Schultaschen bekommen!", vermeldeten Fi und Flo fast zeitgleich mit derselben schrillen Stimme wie ihre Mutter, „wollt ihr sie sehen?"

Ohne die Antworten abzuwarten, waren sie schon unterwegs in ihre Kinderzimmer, um selbige zu holen.

„Ich hab auch eine bekommen!“, fiel dem kleinen Sebastian als Schulanfänger plötzlich ein und weg war er.

Als ob sie tagelang für diesen Augenblick geprobt hätten, präsentierten die Zwillingsschwestern fast synchron und mit gleichem Wortlaut, wie aus einem Werbespot, ihre Schultaschen. Breit grinsend und mit stolz geschwellter Brust hatte ihr kleiner Bruder sichtlich Mühe, sich gegen die ältere und weibliche Übermacht durchzusetzen.

„Ich freue mich schon auf die Schule!“, lallte Sebastian, kurz „Basti“ genannt, und drängte sich in den Vordergrund.

Während Tante Grete die zweite Zigarette entflammte und froh war, endlich Ruhe von den Bälgern zu haben, bewunderten die Cousinen und Cousins die derart professionell zur Schau gestellten Schultaschen. Unzählige „Bahs“, „Waus“ und „Super“ verließen die kindlichen Münder, als sich plötzlich und energisch die Tür ins Wohnzimmer öffnete und Onkel Hans die Bühne betrat. Kurzfristig abgelenkt von der Erscheinung des Vaters, welcher nach knapper Ansprache auf die Terrasse verschwand, um seine Frau zu begrüßen, genossen die drei Kinder des Hausherrn weiter die Bewunderung der Verwandtschaft.

Trotz der gegen Abend neigenden Nachmittagsstunden strahlte immer noch die Sonne vom blitzblauen Himmel und machte keinerlei Anstalten, unterzugehen. Anna war die Erste, bei der sich durch Gähnen die Müdigkeit zeigte, wenn sie auch die Ältere unter den anwesenden Kindern war. Leicht zu verwechseln mit aufkommender Langeweile, lehnte sie sich erschöpft in die weiche Sitzgarnitur zurück und starrte lustlos an die Decke. Während sich ihre Geschwister immer noch am Anblick der neuen Schultaschen ergötzen konnten, ließ das Mädchen ihren Blick über den weiß gestrichenen Plafond gleiten, streifte das prall gefüllte, bis zur Decke reichende Bücherregal und zwinselte. Sie rieb sich beide Augen und legte wieder ihren Kopf auf der weichen Rückenlehne der Polstergarnitur ab. Dieser Punkt, den sie zu sehen glaubte, war kein Staubkörnchen in einem ihrer Augen, sonst hätte sie ihn wegwischen können – nein, er war immer noch da. Sie ließ ihren Blick weitergleiten vom Bücherregal über den Fernseher hin zur Terrassentür, wo sie hinaus in den immer noch hellen Garten schauen und auch die tiefe, brummige Stimme von

Onkel Hans vernehmen konnte – und der Punkt war immer noch da!

Einigermaßen verunsichert rieb sie erneut ihre beiden Augen, schaute und rieb, schaute und rieb – doch der Punkt wollte und wollte nicht verschwinden. Ganz im Gegenteil, er schien sogar größer zu werden!

Da alles Reiben nichts nützte, legte sie beide Handflächen auf ihre fest verschlossenen Augen – doch der Punkt blieb. Er zappelte und flimmerte und hüpfte beinahe so fröhlich wie sie und ihre Cousinen und Cousins noch vor Kurzem durch den Garten vor ihrem inneren Auge.

„Hattet ihr einen schönen Nachmittag", riss sie die Stimme von Onkel Hans aus ihrer Konzentration und Anna öffnete ihre Augen.

„Habt ihr schön gespielt?", fragte er und alle Kinder nickten zustimmend. Doch als sie auch noch zu erzählen beginnen wollten und dabei auf ihn zukamen, war es ihm offenbar zu viel und er verzog sich in die angrenzende Küche. Nur der kleine Basti folgte ihm und ließ sich keineswegs davon abhalten, seinem Vater den Verlauf des Nachmittages in allen Einzelheiten zu schildern.

Die Euphorie über die neuen Schultaschen war zum Glück abgeflaut und die restlichen Kinder der fröhlichen Schar saßen nun gesittet und ruhig im Wohnzimmer verteilt und plauderten. Nur Anna wurde weiterhin von dem immer größer werdenden, zuckenden Punkt geplagt. Egal, was sie auch unternahm, ob sie die Augen zukniff oder daran rieb, es änderte nichts an der Situation.

Still und in sich gekehrt saß sie da, sie hatte keine Ahnung, was ihr in diesem Moment widerfuhr!

Zögerlich öffnete sie ihre Augen. Offenbar hatte keiner der Anwesenden etwas von ihrem Leiden mitbekommen. Sie wusste nicht, ob das schlecht war oder sie sich darüber freuen sollte.

Ein weiteres Mal ließ sie ihren Blick vom säuberlich gestrichenen weißen Plafond über die Bücherregale schweifen, hinüber zur nun geschlossenen Terrassentür und zurück auf den Fernseher. Der Punkt hatte sich mittlerweile zu einem richtigen Kreis ausgeweitet, in dem alles verschwommen, ja fast gar nicht mehr zu erkennen war.

Angst breitete sich aus in der Elfjährigen und ihr zarter Körper begann leicht zu zittern. Die anderen Kinder beugten sich über irgendetwas, sie vermochte es nicht zu erkennen, und waren somit abgelenkt. Unbemerkt stand sie auf und setzte vorsichtig einen Fuß vor den nächsten. Aufgrund ihres eingeschränkten Sichtfeldes hatte das Mädchen Mühe, den Weg vor sich zu erkennen. Ihr Ziel war der mannshohe Spiegel im Vorzimmer des Hauses.

Endlos lange erschien ihr der doch wohlbekannte Weg und sie blickte erstaunt in ihr Gesicht – es war nichts Außergewöhnliches an ihr zu sehen, soweit sie es im Spiegel erkennen vermochte. Der vibrierende Kreis war immer da, egal, ob sie die Augen geschlossen hielt oder ob sie offen waren.

„*Was ist bloß los mit mir?*", fragte sie sich in Gedanken und strich sich mit beiden Händen zögerlich übers Gesicht. Plötzlich fühlte sie ein feines Kribbeln unter ihrer Haut und sie meinte, der rechte Mundwinkel würde sich nach unten ziehen. Sie selbst konnte es nicht erkennen, so sehr sie sich auch bemühte.

Die vorhin noch so köstlich schmeckenden Brötchen lagen ihr mit einem Mal schwer im Magen und eine leichte Übelkeit machte sich in der Bauchgegend breit. Dazu gesellte sich ein stechender Schmerz über den Schläfen und reflexartig griff sie sich an die Stirn.

Die Übelkeit schlich sich durch ihre Speiseröhre und blieb als beklemmender Kloß in ihrer Kehle stecken. Die ersten Tränen quollen aus ihren Augen und beide Mundwinkel drängten nach unten.

Ihr Schluchzen wurde lauter und sie setzte sich zusammengekauert auf den kalten Boden des Vorzimmers. Ihren Kopf fest zwischen ihren Knien versteckt, hoffte sie auf Besserung und begann schließlich zu beten: „*Lieber Gott, wenn ich etwas getan habe, das dir nicht gefallen hat, dann tut es mir leid – ehrlich! Ist es wegen des Versteckenspielens vorhin, als ich geschummelt habe? Ja, ich habe geblinzelt und deshalb gewusst, wo sich Flo versteckt hat.*"

Sie schniefte zwischendurch und wischte sich mit dem T-Shirt die Nase ab. Dann setzte sie fort.

„*Ein bisschen nachgeholfen habe ich auch bei Basti, als er mit dem Suchen dran war. Er ist doch noch so klein und hätte sicherlich nie jemanden von uns gefunden, wenn ich ihm nicht geholfen hätte! – War das so schlimm? Es tut mir leid, ehrlich!*"

Sie atmete ein paar Mal tief durch und beruhigte sich etwas. Eine Weile saß sie noch so da und spürte langsam die Kälte des Steinbodens in sich aufsteigen. Dann blickte sie auf und zwinselte einige Male. Der Punkt war weg, wie es schien. Doch dafür spürte sie nun das Kribbeln durch ihren Hals wandern und sich langsam in ihrem Brustkorb ausbreiten.

„Da bist du ja, Anna!", stürmte Tante Grete schwungvoll ins Vorzimmer und hielt die Glastür sperrangelweit offen, „Kind, du verkühlst dich doch auf dem kalten Boden! Komm hoch, aber schnell! Wenn du krank wirst, dann habe ich wieder den Ärger am Hals!"

Während sie ihr Gezeter über der am Boden Kauernden ausbreitete, verzog sich ihr Gesicht zu einer beinahe besorgten Miene. Ruppig schnappte sie sich den Arm des Mädchens und zog es in die Höhe.

„Was hast du dir nur dabei gedacht?", schimpfte diese weiter und erwartete zum Glück keine Antwort, denn mehr als ein unverständliches Lallen kam nicht aus dem Mund der verängstigten Anna. Viel zu schnell für deren kurze Beine wurde sie hinter der erbosten Tante hergezogen und stolperte mehrere Male.

„Was ist bloß los mit dir?", fragte die Frau erneut und ihre Geduld schien erschöpft, „warum stellst du dich nur so blöd an?"

Wieder quollen ihr Tränen aus den Augen, doch sie versuchte, sie so gut es ging zu unterdrücken. Die Tante war schon böse genug.

„Abmarsch mit euch nach Hause!", bestimmte sie, als sie bei den anderen im Wohnzimmer angelangten. Die eben noch als Einheit zusammensitzende Gruppe teilte sich und die Kinder der Tante verabschiedeten sich von den anderen.

Anna, ihre Schwester Andrea und Anton, deren kleiner Bruder samt Cousin Fritz zogen ihre Sandalen an und verließen winkend das Haus von Onkel und Tante.

Langsam verschwand die Sonne hinter den dichtbelaubten Bäumen und den Dächern der biederen Einfamilienhäuser. Ein feines Lüftchen blies den Staub des zu Ende gehenden Arbeitstages von den Straßen und eine heimelige Ruhe breitete sich aus.

Hand in Hand gingen die Kinder artig in Zweierreihen und gesittet am Gehsteig, wie sie es von ihren gestrengen Müttern eingebläut bekommen hatten, Richtung heimwärts und unterhielten sich angeregt. Die große Anna weiste ihren kleinen Bruder, während Andrea mit Fritz händchenhaltend und in knappem Abstand vor den beiden marschierte. Zum Glück plauderte der kleine Anton stets munter nach solch einem ereignisreichen Tag drauflos und Anna konnte sich auf ein „Hm", ein Lächeln oder Nicken beschränken. Ihr stechender Schmerz in der Schläfe hatte sich mittlerweile auf die ganze linke Kopfhälfte ausgeweitet und das Kribbeln setzte seine Wanderung durch ihren Körper fort. Auf halber Strecke war es im rechten Oberschenkel angekommen und zeitweilig hinkte sie, so sehr hatte sie ihr Gefühl darin verloren.

Um sich nicht selber für vollkommen blöd zu halten, versuchte sie zwischendurch in kurzen Sätzen auf die Fragen ihres Bruders zu antworten, doch meistens stotterte sie oder ihre Zunge schien sich zu verknoten oder ihr fielen überhaupt manche Wörter erst gar nicht mehr ein. Es bot sich aber gerade keine Gelegenheit, sich der Verzweiflung hinzugeben, also hielt das Mädchen tapfer durch.

Die Abenddämmerung setzte langsam aber sicher ein und das fehlende Sonnenlicht tauchte alles in ein düsteres Grau. Cousin Fritz hatten sie einige Straßen vorher sicher zuhause abgeliefert, als Anna meinte, kurz vor ihrem Ziel angekommen, all ihre eigenartigen Zustände unterwegs verloren zu haben. Wohl schmerzte ihr Kopf, ja er pochte geradezu, und ihre Augen brannten, doch war ihr Körper wieder ihr eigener und das Kribbeln hatte aufgehört. „Zum Glück“, dachte sie, „es ist endlich vorbei!“

Andrea hatte als Erste die Tür erreicht und drückte auf die Klingeltaste. Die Sekunden bis zur Begrüßung ihrer Eltern nützend, murmelte Anna ihren Namen, ihre Adresse und noch so manches, was ihr gerade in den Sinn kam, vor sich hin. Wenn sie sich konzentrierte, klang es einigermaßen verständlich und niemand würde etwas von ihrem sonderbaren Erlebnis mitbekommen.

❖

Die Sonne strahlte vom wolkenlosen Himmel und es versprach ein schöner Tag zu werden. So schön er eben sein konnte Mitte September, zu Schulbeginn.

In ihre besten Kleider gesteckt, versammelten sich immer mehr Kinder, meist von ihren Müttern begleitet, am Vorplatz vor der Kirche der idyllischen Kleinstadt. Darunter mischten sich etwas weniger adrett gekleidete Jugendliche, die bereits von der Pflichtschule in die Oberstufe gewechselt hatten und die durch ihre laute und legere Ausdrucksweise aus der Menge herausragten. Völlig beabsichtigt, um den Kleinen zu zeigen, was Sache ist, was sie erwartete, wenn sie groß genug wären, um nicht mehr händchenhaltend mit Mami in die Kirche gehen zu müssen. Und natürlich auch, um aller Welt zu zeigen, wie cool sie waren, wie selbstständig und taff genug, um einen Teil ihres Lebens schon alleine zu regeln. Das entsetzte Kopfschütteln von Seiten der älteren Generation bestärkte diese Halbstarken nur weiter in ihrem Gehabe und ließ sie nur noch mutiger und einfallsreicher agieren.

Auch Mutter Hoffman, links und rechts ihre Schützlinge fest im Griff, mischte sich unters Volk und hielt wie ein Adler Ausschau nach einer Gruppe von Müttern, zu denen sie sich gesellen wollte.

Mit stolz geschwellter Brust und hoch erhobenen Hauptes strahlten diese mit der Sonne um die Wette und sie schienen auch die Einzigen zu sein, die Freude an diesem Tag empfinden konnten. Bis auf die ganz Kleinen, die Erstklässler, die noch keine Ahnung hatten, was sie erwarten würde, beschränkte sich die Freude der Kinder zumeist auf das Wiedersehen mit ihren Freunden und Klassenkameraden.

Endlich öffnete sich die große, schwere Holztür der Kirche und die Lehrerinnen und Lehrer winkten die versammelte Menge hinein. Mütter wie Schulkinder, und dazwischen vereinzelt einige Väter, drängten durch den schmalen Einlass, um gemeinsam und mit Gottes und des Pfarrers Segen dieses neue Schuljahr zu beginnen. Der Vormittag zog sich ziemlich in die Länge, bis endlich gegen elf Uhr auch die letzten Kinder nach Hause entlassen wurden und der erste Schultag somit offiziell beendet war.

Jedes Jahr im Herbst das gleiche Prozedere. Es dauerte zwei bis drei Wochen, bis der Alltag eingekehrt und alle mit dem nötigen Zubehör ausgestattet waren. Sehr zur Freude der Eltern, die nun wenigstens einige Stunden am Tag ihre Sprösslinge in sicherer Verwahrung, oft strenger, aber auch liebevoller Obhut wussten, um so ihrem Tagwerk nachgehen zu können. Die Pflicht macht vor keinem Halt und so ist es eben die der Kinder, zu lernen. Für das Leben und nicht für die Eltern oder Lehrer, wie es so schön heißt. Ein Spruch, dessen Bedeutung wir, wie wir sicher alle aus eigener (leidvoller) Erfahrung bestätigen können, erst viel später erkennen und verstehen konnten.

Der Oktober mit herbstlicher Frische rückte näher und die mit Sonnenlicht erfüllten Tage wurden spürbar kürzer. Solange es das Wetter und der Lernumfang in der Schule zuließen, nützten Anna und ihre Geschwister die Geschäftigkeit ihrer Eltern aus, um wenigstens einige Nachmittage in der Woche im Garten bei ihrer Tante Grete zu verbringen. Als Schwester ihres Vaters genoss sie selbstverständlich höchstes Vertrauen und glaubte man ihren Schilderungen, so war sie auch stets um das Wohl der ihr anvertrauten Kinder bemüht. Solange sie außer Haus herumtollten, ließ sie ihnen auch ziemlich freie Hand. Gut erzogen waren sie alle im Grunde und so drohte keinerlei Gefahr. Gelegentlich hielt sie Ausschau, ob alle wohlauf waren und zählte sie durch. Und ihre Brötchen waren wirklich unschlagbar! Da nahmen die kleinen Racker ein wenig Gezeter und Wichtigtuerei seitens der Tante gerne in Kauf. Darüber hinaus lag ihr Haus in einer ruhigen Wohngegend, wo die Kinder ungestört auf der Straße spielen und herumtoben konnten, was grundsätzlich nicht ihr Verdienst, doch ein sehr angenehmer Nebeneffekt war.

„Klingelingeling!", bimmelte die kleine Messingglocke über der Eingangstür noch eine Weile nach, bis sie endgültig zum Stillstand gekommen war. Unüberhörbar erfüllte ihr Klang das gesamte Geschäft, das so klein gar nicht war. „Gemischtwarenhandlung Hoffman" prangte in handbemalten, roten Lettern auf dem schon leicht verwitterten Schild draußen über der Auslage.

Immer wenn Anna von der Schule nach Hause kam, nahm sie den Eingang durchs Geschäft. Ein zufriedenes Lächeln begleitete sie, wenn sie drinnen kurz stehen blieb, um das Läuten der Glocke zu Ende zu hören und erst dann machte sie sich auf die Suche nach ihren Eltern. Stets geschäftig huschten die beiden zwischen den Regalen umher, um diese nachzufüllen, ein Produkt gegen ein anderes auszutauschen oder deren Eigenschaften anzupreisen – immer zum höchsten Wohle des Kunden. Kundenzufriedenheit, Freundlichkeit und Hilfsbereitschaft waren oberste Gebote, und auch wenn die kleine Anna noch nichts Rechtes damit anzufangen wusste, so wusste sie doch, dass dies sehr, sehr wichtig war!

Ein zaghaftes Winken und ein kurzer Blickkontakt mussten meist genügen, um ihren Eltern zu signalisieren, dass sie von der Schule zurück war, dann verschwand sie über die Treppe nach oben in das Wohnhaus. Wenn sie sich unbeobachtet wähnte, landete im Vorbeigehen noch die eine oder andere Leckerei in ihrer Jacken- oder Hosentasche und gewöhnlich gelang ihr das ganz gut, denn egal ob Vater oder Mutter, deren Aufmerksamkeit galt immer der Kundschaft!

„Wir gehen jetzt zu Fi und Flo! Bis später, Mama!", rief die große Schwester mit Andrea und Anton im Schlepptau selbiger zu und husch, schon waren sie weg. Einzig das Bimmeln der Türglocke erinnerte an das Trio, während die drei schon längst um die Ecke gebogen waren.

Beschwingt spazierten die Kinder die Hauptstraße entlang, quer über den großen Stadtplatz und erreichten schließlich nach einem beinahe halbstündigen Fußmarsch das Haus von Tante Grete und Onkel Hans am anderen Ende der Kleinstadt, wo sie bereits freudig erwartet wurden.

Das Wetter war ihnen gnädig und die noch lauen Temperaturen hielten die Kinder im Freien. Hurtig die Räder aus dem Keller geholt, es waren zum Glück genug für alle da, schnappte sich jedes eines in seiner Größe und los ging die Fahrt. Zur Wohnstraße erklärt, wussten die hier durchkommenden Autofahrer über den spielenden Nachwuchs Bescheid und fuhren entsprechend langsam.

Nirgendwo war Radfahren so schön wie hier. Zwischen den adretten Einfamilienhäusern mit den gepflegten Vorgärten lockerten reich bestellte Felder und grüne Wiesen das Bild auf und wussten eine harmonische Einheit von ländlicher Idylle zu vermitteln. Friedliche Ruhe strahlte diese Gegend aus, in der alle Bewohner nett und freundlich und kinderlieb zu sein schienen.

Anton und der kleine Basti machten auf Rollern die Straßen unsicher und hatten sichtlich und auch hörbar mehr Spaß miteinander als die größeren Mädels. Selbstverständlich im Partnerlook, mit bunten Quasten und glitzernden Blinkern zwischen den Speichen, waren die Zwillinge mit ihren pinken Fahrrädern unterwegs, während Andrea stets hinter ihnen herjagte und sie einzuholen versuchte. Anna, gerne mit sich allein, genoss die Ruhe abseits des Trubels und zog in entgegengesetzter Richtung um die Häuser. Leise vor sich hin summend kurvte sie in den angrenzenden Straßen umher, fuhr Schleifen und drehte Kreise, bestaunte die Umgebung und blieb da und dort auch einmal stehen. Ein fröhlich trällernder Vogel erregte ihre Aufmerksamkeit, welcher in einem halbkahlen Strauch herumhüpfte. Möglichst leise stieg sie ab, um das Vögelchen nicht zu verscheuchen, sprach liebevoll zu und mit ihm und legte das geliehene Fahrrad am Bordstein nieder. Auf Zehenspitzen näherte sie sich ihm und streckte ihm ihre Hand entgegen. Sie summte ein Liedchen und als sie nahe am Strauch stand, blickte sie der Vogel direkt und unverwandt an. Er machte ein, zwei Hüpfer und landete zielgenau auf ihrem ausgestreckten Zeigefinger. Anna lächelte, ihr Herz frohlockte, sie vermochte ihre innere Freude kaum zu zügeln. Sie genoss den sanften Druck, den sie spürte, als seine Krallen ihren ausgestreckten Finger umschlossen, die Nähe und vor allem das Vertrauen, das ihr dieser kleine, gefiederte Freund entgegenbrachte. Ihre kindlichen Augen füllten sich mit Tränen, als der Vogel sein Schnäbelchen öffnete und nur für sie ein Lied anstimmte. Er zwitscherte und trällerte aus voller Brust, spreizte seine bunten Federn und schien die Vertrautheit mit Anna ebenso zu genießen wie sie.

Knapp eine Minute dauerte dieses phantastische Schauspiel an und doch kam es dem Mädchen wie eine halbe Ewigkeit vor. Eine Ewigkeit, die nie enden sollte, hätte sie die Möglichkeit gehabt, darüber zu bestimmen. Eine Ewigkeit, in die sie am liebsten voll und ganz eintauchen würde, um für immer darin zu verschwinden. In eine andere Welt, eine andere Dimension oder ganz einfach wegzufliegen, abzuheben mit diesem kleinen, doch so wundervollen Geschöpf!

Während Anna noch in ihrer Traumwelt, in der der kleine Vogel eine große und tragende Rolle spielte, verweilte, hatte ihr kleiner Gefährte längst seine Flügel ausgebreitet und war in den Weiten den Himmels verschwunden. Tief berührt stand sie da – vor einem fremden Garten und einem leeren Busch, mit ausgestrecktem Zeigefinger und mit Tränen in den Augen ...

Eine weitere Ewigkeit schien zu vergehen und um sie herum war es vollkommen ruhig. Totenstille. Nichts regte, nichts rührte sich, kein Windhauch, kein Auto fuhr an ihr vorbei, sogar das Geschrei der Kinder aus der Nachbarschaft war verstummt.

Anna schniefte und wischte sich mit dem Ärmel ihrer Jacke ihre laufende Nase ab. Sie trocknete ihre Tränen, die mittlerweile links und rechts über ihre Wangen liefen und schaute sich um. Gott sei Dank, niemand zu sehen, keiner hatte sie beobachtet oder gar Notiz von ihr genommen. Sie atmete einmal, zweimal, dreimal tief durch und schnappte sich das am Boden liegende Fahrrad. Irgendwie steif fühlte sie sich an, die ersten Meter torkelte sie wie eine

Betrunkene in Schlangenlinie auf der Straße zurück. In ihren Gedanken war sie mit dem Vogel weggeflogen, abgehoben, wer weiß, wohin. Sie wollte auch dort sein, wo er war, ganz egal, wo.

In der nächsten Straße hörte sie vertrautes Gelächter und das Schimpfen ihres kleinen Bruders. Er hatte sich einen Platten eingefahren, aus unersichtlichen Gründen. Basti, nur um ein Jahr älter, versuchte ihn zu trösten, doch gelang es ihm nicht. Mitten auf der Straße stehend, weinte er herzzerreißend und die Klageweiber hätten sich ein Beispiel an ihm nehmen können!

Abrupt und ohne jegliche Vorwarnung war Anna wieder in diese Welt zurückgekehrt und folgte ihrer inneren Verpflichtung. Sie raste ihrem Bruder entgegen, legte das Fahrrad beiseite und drückte ihn an sich, strich ihm tröstend über seinen dunkelblonden Haarschopf und beruhigte ihn. Basti stand mit in Falten gezogener Stirn daneben und heulte schließlich aus Solidarität gleich mit. Auch er näherte sich Schritt für Schritt dem Mädchen, bis Anna nichts anderes übrig blieb, als auch ihn an sich zu drücken und zu trösten.

Derartiges Geheule blieb nicht unbemerkt und so trat Tante Grete aus dem Haus, um sich von der Ursache dieser Störung persönlich zu überzeugen. Im ersten Moment stand ihr heftiges Entsetzen ins Gesicht geschrieben, welches sich Sekunden später, und umso näher sie dem Geschehen kam, in höchste Skepsis verwandelte, um sich letztendlich in erlösendem Gelächter zu entladen. Sie krümmte sich beinahe vor Lachen, als sie das Häufchen Elend mitten auf der Straße sah, was ja nun wirklich nicht nett war, doch zumindest zur Folge hatte, dass sich die beiden Jungs, eben noch zu Tode betrübt, sofort beruhigten. Anna, leicht erbost, doch vorerst verwundert über die Reaktion der Tante, ließ sofort ab von den beiden, schnappte ihr Fahrrad und brachte es in die Garage zurück. Der Tante fiel fast hörbar ein nicht unbeträchtlicher Fels von Herzen, hatte sie doch viel Schlimmeres vermutet, was sich nun dem Verständnis und der Aufmerksamkeit des Mädchens völlig entzog.

„Wenn Onkel Hans nach Hause kommt, wird er den Reifen austauschen und dann ist der Roller wieder fahrtüchtig!“, erklärte die Tante ungewohnt liebevoll und freundlich und fast auf der Straße kniend den beiden am Boden zerstörten Jungs, „das ist überhaupt kein Problem und absolut kein Drama!“

Sie erhob sich, streichelte beiden über den Kopf und putzte ihnen die Nase.

„Jetzt kommt, ihr beiden. Ich habe eine köstliche Jause vorbereitet“, sprach sie, immer noch betont liebevoll, „ihr seid bestimmt hungrig!"

Die beiden nickten, schauten sich an und schon sprangen die schelmischen Funken wieder über. Es sei absolut kein Drama, hatte sie gesagt, und deshalb lachten die Buben im nächsten Moment auch schon wieder. Kind sollte man sein!

Und so endete dieser Tag, dem nur mehr wenige in dieser Art folgen sollten.

Der Herbst hüllte mit seinem kalten Atem das Land ein und blies solange über die Felder und Wiesen, Wälder und Gärten, bis kein Blatt mehr am Baume hing, kein Gras mehr frisch und saftig und kein Feld mehr bestellt war.

Der Winter nahte mit großen Schritten und der Monat Dezember mit seinem zauberhaften, weihnachtlichen Flair weckte große Erwartungen in den Herzen der Kinder. Die erste Welle von Prüfungen und Schularbeiten beschäftigte die größeren und kleineren Schüler und hielt sie an ihren Schreibtischen gefangen. Lernen, lernen, lernen war angesagt und bestimmte den Tagesablauf. Anna, immer fleißig und pflichtbewusst, gehörte wohl eher zu den durchschnittlichen Schülern, lernte aber brav und ohne Druck und ständige Ermahnungen von Seiten der Eltern. Was für diese einen Glücksfall darstellte, hatten sie doch in Ermangelung an Zeit, weil sie jedes mögliche Potential in ihre Arbeit steckten, keinerlei Ressourcen mehr für ihre Kinder zur Verfügung.

Andrea, die Jüngere, tat sich da etwas schwerer und fand in ihrer älteren Schwester sowohl eine Gefährtin und Freundin als auch eine Art Ersatzmutter, zu der sie mit all ihren Sorgen kommen konnte.

Dermaßen strapaziert schloss sich die erst knapp zwölfjährige Anna immer öfters ein in ihrem Zimmer, um für sich zu sein, sich ihren Phantasien hinzugeben oder ganz einfach ihre Ruhe zu haben. Ruhe vor der Pflichterfüllung, den Anforderungen, die jeder neue Tag an sie stellte und denen sie sich oftmals nicht gewachsen fühlte. Sie fühlte sich dann müde und ausgelaugt, erschöpft und am Rande ihrer Kräfte. Dann lag sie auf ihrem Bett, mit einem Buch in der Hand und schlief einfach ein! Mitten in der Nacht erwachte sie oftmals, um festzustellen, dass es bereits sehr spät war. Dass ihre Eltern und ihre Geschwister schon längst im Bett waren und sie sich noch waschen und den Pyjama anziehen musste.

❖

„... der Schnee fiel immer dichter und die Schneeflocken wurde immer größer. Schließlich waren sie riesengroß, als der Schlitten endlich in einer Landschaft aus Eis und Schnee anhielt. Überall glitzerte und funkelte es im Licht des Mondes – es war Nacht geworden.

Kay konnte sich nicht denken, wo er sich befand, und er zitterte vor Angst, als nun die weiße Frau auf ihn zukam ...", las Anna, schon seit über einer Stunde über das Märchenbuch gebeugt auf ihrem Bett sitzend und zwinkerte. Vor lauter Konzentration hatte sie schon ganz trockene Augen. Sie fühlte ein leichtes Brennen, zwinkerte noch einmal und las weiter: „... sie war sehr schön, aber ihre Augen leuchteten eiskalt. Sie küsste Kay auf die Stirn – im selben Augenblick gefror sein Herz zu. Nun wusste er, wer sie war: es war die Schneekönigin!"

Mit leicht geöffnetem Mund und tief eingetaucht in dieses Märchen von Hans Christian Andersen, konnte sie gar nicht genug von diesen Geschichten bekommen und merkte dabei gar nicht, dass es schon stockdunkel geworden war. Bevor sie umblätterte, wischte sie mit der Hand über ihr Gesicht. Rasch und flüchtig, um nur ja keine Sekunde zu verlieren!

Irgendetwas musste sie ins Auge bekommen haben, einen Krümel oder ein Staubkörnchen. Da war etwas, das ihr die Sicht trübte. Doch sie ließ sich nicht beirren und las einfach weiter. Erst als diese Störung nach zwei weiteren Seiten immer noch da und durch kein Reiben wegzumachen war, hielt sie kurz inne. Das erinnerte sie doch an etwas ...

„Oh, nein!", schoss es ihr durch den Kopf, *„nicht wieder so etwas wie im Sommer bei Tante Grete!"*

Einen Moment lang überlegte sie, was sie nun tun sollte. Sie ließ dabei ihren Blick durchs Zimmer wandern – und der Punkt wanderte mit. Wie damals wurde er größer und zuckte und hüpfte, flackerte und wackelte. Sollte sie ihn einfach ignorieren? Vielleicht würde es ihm dann zu blöd und er würde einfach verschwinden? Einen Versuch war es wert, entschied das Mädchen, schnappte ihr Märchenbuch und las die Geschichte zu Ende.

Der Punkt hatte sich innerhalb weniger Minuten zu einem Fleck ausgedehnt und machte ein mehrmaliges Lesen des Textes notwendig, um ihn noch verstehen zu können. Geduldig wiederholte sie immer und immer wieder die eben gelesenen Zeilen. Solange, bis sie die Geschichte endlich fertig gelesen hatte. Nun war das Brennen in ihren Augen stärker geworden und ein leichtes Stechen über ihrer Schläfe forderte ihre Aufmerksamkeit. Anna legte ihre Handflächen aufs Gesicht und schloss ihre Augen. Sie fühlte sich müde, das Lesen hatte sie angestrengt. Was geschah nur mit ihr? Sie konnten nichts sehen, nur den riesigen, zuckenden Fleck, der immer da war, egal, wo sie auch hinsah.

Sie gähnte und legte sich nieder. Sie hatte Durst, doch war zu matt, um aufzustehen. Das flaue Gefühl in der Magengegend tat sein Übriges dazu. Ein leichtes Frösteln überzog ihren Körper und sie griff nach der Decke. Das erste Mal griff sie daneben, beim zweiten Versuch spürte sie dieses unangenehme Kribbeln in ihren Fingern. Als ob eine Schar winziger Ameisen unter ihrer Haut laufen würden. Sie zog die Decke bis zu ihren Ohren hoch und verkroch sich darunter. Der riesige, zuckende Fleck glich nun einem Schneesturm, der sich vor ihr austobte, und sie erinnerte sich an das Märchen von der „Schneekönigin", das sie eben gelesen hatte. Um sich abzulenken, konzentrierte sie sich voll darauf, stellte sich vor, inmitten dieses Schneegestöbers zu stehen, warm eingepackt und irgendwo draußen auf der Wiese. Anna kniff fest ihre Augen zu und träumte von einem blauen Himmel und großen, weißen Sternen aus Schnee, die sanft von ihm herabschwebten. Sie breitete ihre Arme aus und lachte. Sie drehte sich dabei im Kreis und all diese wunderbaren Eiskristalle tanzten um sie herum.

Hinter ihr kam ein herrlicher, weißer Schlitten rasant näher, dem zwei stattliche Rösser vorgespannt waren. Ohne Angst und ohne Scheu erwartete sie diesen, als er kurz vor ihr zum Stehen kam. Eine wunderschöne, völlig in weißen Pelz gehüllte Frau saß darin und blickte freundlich auf sie herunter. Ihre eisblauen Augen durchdrangen das kleine Mädchen, während sie ihr die Hand entgegenstreckte.

„Steig ein, kleine Anna", sprach sie und lächelte.

Ohne zu zögern folgte sie der Aufforderung und schon im nächsten Moment machte der Schlitten kehrt und fuhr in die andere Richtung davon. Elegant und rasend schnell galoppierten die beiden schneeweißen Pferde und aus ihren Nüstern drangen dunstige Nebelschwaden. Die Landschaft zog an ihnen vorbei. Bäume, Häuser, Hügel und ganze Gebirgszüge ließen sie hinter sich, bis endlich vor ihnen das ersehnte Ziel auftauchte. Vorerst noch in der Ferne schien ein im Sonnenlicht glänzender Eispalast aus dem Boden zu wachsen, der stetig größer und größer wurde, bis er höher als der höchste Kirchturm, den die kleine Anna jemals zu Gesicht bekommen hatte, vor ihr prangte.

Mit weit geöffnetem Mund und staunenden Augen entlockte diese ehrliche, kindliche Bewunderung der feinen, weiß gekleideten Dame ein entzücktes Lächeln.

„Folge mir!“, sprach diese mit sanfter Stimme und wieder streckte sie ihr die Hand entgegen. Erneut folgte ihr das Mädchen, das aus dem Staunen gar nicht mehr herauskam und vorerst nicht wusste, wo es zuerst hinsehen sollte. All dieser Glanz und diese Herrlichkeit blendeten sie regelrecht, sodass sie immer wieder ihre Augen zukneifen musste, um sie etwas zu schonen. So viel gab es zu sehen und zu bestaunen, dass sie gar nicht mehr fühlte, wie kalt es hier eigentlich war.

Mit geröteten Wangen und ebensolcher Nasenspitze kamen sie nach vielen endlos langen Gängen und weiten Hallen endlich in einen kleinen, überschaubaren Raum. Sogar ein offener Kamin war darin, in dem ein wohlig warmes Feuer munter und einladend flackerte.

Das Staunen nahm kein Ende und so bemerkte die kleine Anna erst jetzt, dass ihr die Frau ihre Jacke abgenommen und ihr stattdessen einen dicken, wieder in Weiß gehaltenen Pelzmantel umgelegt hatte.

Das Mädchen lächelte sie dankbar an, als sich die Frau zu ihr herunterbeugte.

„Der ist für dich, Anna“, sprach sie sanft, doch bestimmend und schaute ihr dabei eindringlich in die Augen, „er wird dich vor allem Unheil beschützen! Sorge gut für ihn und bewahre ihn mit Achtung, dann wird er dir gute Dienste erweisen!“

Das Mädchen verstand nicht so recht und wollte eben etwas fragen, als die Frau plötzlich verschwunden war. Mit ihr war auch das Lächeln aus Annas Gesicht verschwunden und für einen kurzen Moment umfing sie eine eiskalte Angst. Erschrocken blickte sie sich um, nur die Augen wanderten und sie getraute sich keinen Millimeter zu bewegen.

„Hab keine Angst, ich beschütze dich!“, vernahm sie eine leise Stimme, die von überall her hätte kommen können.

„Ich bin hier, hab keine Angst, kleine Anna!“, ertönte diese erneut und dem Mädchen war ganz mulmig zumute. Ihr Herz pochte und ihr Körper zitterte.

„Ich beschütze dich!“, hörte sie und im selben Moment fühlte sie, wie der Mantel Wärme ausstrahlte. Irgendwie hatte sie sogar den Eindruck, als ob er sie umarmen würde, doch das erschien ihr dann doch einigermaßen seltsam.

So plötzlich, wie sie aufgetaucht war, war sie auf einmal wieder verschwunden, diese eiskalte Angst, und stattdessen umfing sie nun nur noch wohlige Wärme und Geborgenheit. Das Knistern und Knacken des Holzes im Kamin wurde melodiös und als auch noch die Flammen zu der leisen Musik zu tanzen begannen, konnte es Anna gar nicht fassen!

„Was ist hier nur los?“, fragte sie sich in Gedanken und hegte ernsthafte Zweifel an ihrem Verstand, *„spinne ich jetzt? Wo bin ich hier?“*

Doch die Antwort abzuwarten, war ihr nicht vergönnt.

„Anna? Schläfst du?“, hörte sie eine vertraute Stimme und dieser jemand rüttelte fest an ihrer Schulter.

„Du hast ja noch deine Kleider an! Das Licht brennt und es ist schon tiefste Nacht! Ist alles in Ordnung mit dir?“, machte sich die Mutter Sorgen und blickte erwartungsvoll auf ihre Tochter.

„Ja, ... alles okay ...“, brummte diese und schlug verschlafen ihre Augen auf, „ich bin wohl beim Lesen eingeschlafen.“

Als sie sich umdrehte, wurde sie von einem stechenden Schmerz in ihrem Kopf gebremst. Reflexartig griff sie sich an die Stirn.

„Ist wirklich alles in Ordnung?“, fragte die Mutter erneut, „tut dir etwas weh?“

„Nein, Mama, es ist wirklich nichts!“, schwindelte das Mädchen und biss die Zähne zusammen, „ich bin nur ein wenig durcheinander vom Schlafen.“

„Gut“, ließ sich die Mutter überzeugen, „geh noch Zähneputzen und dann wieder zurück ins Bett. Morgen ist Schule!“

„Ja, Mama, gute Nacht!“

Als sie die Tür hinter sich geschlossen hatte, sank das Mädchen zurück auf ihren Polster. Ihr Kopf brummte, doch der zuckende Punkt und das Kribbeln waren verschwunden. Es war kurz nach elf und dieser Traum ... war es überhaupt ein Traum? Er war so real, als ob sie wirklich dort gewesen wäre ...

Sie hob die Decke und suchte nach dem weißen, wohlig warmen Pelzmantel. Nichts.

„Natürlich nicht!“, schalt sie sich selbst, *„es war eben nur ein Traum!“*

Wenn auch ein wunderschöner und sehr realer Traum, dessen Bilder sie noch ganz klar vor sich sah, wie in einem Film. Die Schritte ihrer Mutter waren im Stiegenhaus verhallt, Anna wähnte sich wieder unbeobachtet.

Sie kramte nach ihrem Zeichenblock und den Buntstiften und malte auf das leere Blatt das Schloss, die Schneekönigin, den Kamin mit den tanzenden Flammen und zentral, in die Mitte, sich selbst, eingehüllt in den weißen, wohligen Pelzmantel.

Kurz vor Mitternacht räumte sie ihre Malutensilien zurück in den Kasten und legte ihr Bild neben sich auf den Nachttisch. Dann schlief das Mädchen mit einem zufriedenen Lächeln ein.

❖

„Stille Nacht, heilige Nacht ...“, sang die versammelte Familie ehrfurchtsvoll, wenn auch mit manch falschem Ton dazwischen und bewunderte dabei den herrlich erleuchteten Weihnachtsbaum. Der Blick der Kinder wanderte wohl etwas tiefer und sondierte die bunt verpackten Geschenke, die darunter in reicher Zahl auf ihre Enthüllung warteten. Nebeneinander stehend, genau nach ihrer Größe, und hübsch gekleidet standen diese wie die Orgelpfeifen und warteten auf das erlösende Wort des Vaters. Viel zu lange dauerten die Gesänge laut Meinung der Kinder, bis endlich alle bekannten Weihnachtslieder durchgesungen waren. Zum Glück kannten sie meist nur die erste Strophe, sonst hätte dieses Prozedere wohl nie ein Ende gefunden!

Unter dem wunderlichen und seligen Blick der Oma beendete der Vater schließlich den offiziellen Teil des Abends und gab den Sturm auf die Geschenke frei. Eine ganze Woche lang beehrte die Großmutter väterlicherseits die Familie, um im Kreise ihrer Lieben das Geburtsfest unseres Herrn zu zelebrieren. Nach und nach kamen an den folgenden Tagen ihre Kinder samt deren Kinder zu Besuch und es gab wenig Orte im Haus, wohin man sich in Ruhe zurückziehen konnte. Zu allem Überfluss kannte man in der Gemischtwarenhandlung nur selten Ruhetage und so herrschte auch in der Weihnachtszeit reges Treiben.

Die Kinder hatten gewöhnlich ihren Spaß, ständig waren irgendwelche Cousinen und Cousins da und es gab zu den vielen neuen Spielsachen immer ausreichend Spielgefährten. Da entweder die Mutter oder der Vater, und im günstigsten Falle sogar alle beide, im Laden beschäftigt waren, standen Übertretungen des sonst so strengen Regelwerkes an der Tagesordnung. Gelegentlich kam es sogar vor, dass eines der Kinder vor Erschöpfung zusammenbrach und an Ort und Stelle, wo es sich eben gerade befand, einschlief. Genauso wie es im Bereich des Möglichen war, dass einem Kind der Trubel zu viel wurde und es sich in seinem Zimmer verschanzte. Besser gesagt, nur einem Kind, einem ganz bestimmten Kind: Anna.

Neben dem viel zu großen und noch dazu altmodischen Pullover von ihrer Großmutter, dem Farbmalkasten von Tante Grete und Onkel Hans, den neuen Stiefeln, der Haube und noch einigem mehr war das schönste Geschenk überhaupt in diesem Jahr das Buch „Alice im Wunderland", welches Anna von einer entfernten, sehr betagten Tante erhalten hatte.

„Woher weiß diese Tante Cilli, dass ich Märchen so gerne habe?", überlegte das Mädchen und fragte sich, ob sie diese ominöse Tante jemals persönlich kennengelernt hatte. Sie drückte dabei das bunt bebilderte Buch fest an sich und schlich mit einem Lächeln und kribbeliger Vorfreude über die Treppe hinauf.

„Sie ist angeblich die älteste Schwester meiner Mutter", sinnierte sie und schloss die Tür hinter sich, *„und sie wohnt in Australien!"*

Alleine der Gedanke an ein so weit entferntes Land rang ihr unwillkürlich eine gehörige Portion Respekt und Ehrfurcht ab.

„Australien", sprach sie laut aus, „dort gibt es Kängurus, die boxen können!"

An die Zimmertür gelehnt starrte sie durch das Fenster hinaus auf die schneebedeckten Hausdächer auf der gegenüberliegenden Straßenseite. Wieder stand ihr Mund etwas offen und ihre Augen waren weit aufgerissen.

„Australien", wiederholte sie. Sie wusste sonst eigentlich nichts über dieses Land.

„Tante Cilli, ich danke dir!", sprach sie weiter und hielt das Buch in die

Höhe, „egal, wo du bist und ob du mich hören kannst, ich danke dir! Das ist das beste Geschenk, das ich erhalten habe. Danke, danke, danke!"

Sie küsste das Buch, drückte es an sich und konnte es gar nicht erwarten, endlich darin zu blättern. Deshalb schmiss sie sich sogleich auf das Bett und schlug es auf. Im Grunde genügten ihr die Bilder, die bereits in den schillerndsten Farben eine überaus phantastische Geschichte erzählten. Sie konnte sich gar nicht sattsehen an den skurrilen Gestalten, dem bunten Treiben und der fremdartigen Umgebung, in der sich das Ganze abspielte.

Entgegen ihrer sonstigen Natur, dem geschriebenen Wort zu huldigen, war ihr Blick dermaßen gefesselt von den Bildern, dass sie dem dazugehörigen Text weder Beachtung schenkte noch es der Mühe wert fand, ihn zu lesen. Normalerweise erzeugte die Wortfolge das dazu passende Bild in ihrem Kopf, doch in diesem Fall war es genau umgekehrt. Ihre Augen kreisten und musterten jeden Strich, jede Farbfläche und jedes auch noch so winzige Detail mit vollster Aufmerksamkeit und obwohl sie zum ersten Mal in ihrem jungen Leben etwas von „Alice im Wunderland" gehört, gesehen beziehungsweise gelesen hatte, ertönte eine Stimme in ihrem Kopf, die ihr genau die richtige Geschichte dazu erzählte.

Fasziniert starrte sie auf die bunten Seiten und konnte sich über Stunden hinweg mit nur einem Bild beschäftigten. Davon angeregt, holte sie wieder ihren Block und die Malstifte hervor und begann, dieses Bild nachzuzeichnen. Sie sprach dabei laut mit sich und den Figuren und plötzlich begannen sie sich zu bewegen, wurden regelrecht lebendig und zogen Anna mit hinein in die Geschichte. Flugs war sie mit dem weißen Kaninchen abgetaucht durch das Loch unter der Hecke in die Welt nach unten, lief mit ihm durch die endlos langen und verwirrend verzweigten Gänge und fühlte sich gut dabei. Weder das leiseste Gefühl von Angst noch irgendein Zweifel vermochten sie zu beeinflussen, sie war voll der Freude und des Übermuts, hier genau richtig zu sein und in völliger Sicherheit.

Irgendwann machten sich ihre Gedanken selbstständig und die Gegend, in der sie sich herumtrieb, hatte so gar nichts mehr mit ihrer realen Umgebung zu tun. Das weiße Kaninchen mit den gestressten, roten Augen hatte das Mädchen wohl abgehängt. Kein Wunder bei den vielen Gängen, da musste einem ja irgendwann der Plan fehlen!

Mit weit aufgerissenen Augen saß Anna auf ihrem Bett, das geöffnete Buch samt dem Malblock auf ihrem Schoss, der Stift lag untätig in ihrer Hand, während sie ins Nichts starrte. Weit abgedriftet in eine fremde Welt, eine weit entfernte Galaxie, schwebte sie irgendwo zwischen Realität und Phantasie. Genau die richtige Mischung, wie sie fand!

Wieder einmal legte sich die abendliche Finsternis über den winterlich kurzen Tag und Anna saß immer noch regungslos und mit starrem Blick auf ihrem Bett. Es war stockdunkel um sie herum, doch sie bemerkte es gar nicht. Der Lärm im Haus unter ihr war leiser geworden, die Gästeschar hatte sich nach Hause verzogen. Es war Essenszeit, ihr Magen knurrte.

Irgendwann war sie wieder „da", reckte und streckte sich und ihr gesamter Körper war wie steifgefroren, starr und eingerostet. Ihr Mund war ausgetrocknet, sie musste dringend etwas trinken. Ein seliges Grinsen, ähnlich ihrer Großmutter am Heiligen Abend, umspielte ihre Mundwinkel, sie klappte das Buch zu und räumte die Malsachen beiseite.

„Du herrliches, wunderbares, phantastisches, überaus bemerkenswertes Buch, du!", küsste sie es immer und immer wieder und schwebte auf einer so großen rosaroten Wolke, dass sie es selber gar nicht fassen konnte.

„Welch wundervolles, wundervolles Buch!",schwärmte sie weiter und betete ihre völlig unbekannte Tante an, „danke, liebste Tante Cilli! Wenn ich jemals etwas zu verschenken habe, so sollst du es erhalten! Als Dank für dein überaus wertvolles Geschenk!"

Trunken vor Freude tanzte das Mädchen durch ihr kleines Zimmer und ihr wurde ganz schwindlig dabei. Trotz aller Phantasie, die ihr innewohnte, konnte sie sich selber nicht erklären, warum genau dieses Buch solch eine Begeisterung in ihr auslöste. Doch sie war ein Mädchen von knapp zwölf Jahren und die Hauptsache war, dass es sich gut anfühlte. Die Umstände oder das Warum zu verstehen, war überflüssig!

Bis zum Ende der Weihnachtsferien schaffte sie es dann doch, wenn auch nur flüchtig, das gesamte Buch zumindest einmal durchzublättern. Um jede Seite dermaßen intensiv zu erleben und auch nachzuzeichnen, würde ihr die Zeit eindeutig zu knapp werden. Fi und Flo, ihre Cousinen-Zwillinge, halfen ihr schließlich mit einer Kurzzusammenfassung aus, einmal erzählt von der einen und ergänzt von der anderen. Wie könnte es auch anders sein, befand sich genau das gleiche Buch schon seit dem Weihnachtsfest des Vorjahres in deren Besitz und sie kannten es mittlerweile in- und auswendig.

Wie auch immer, Anna wollte sich trotzdem genügend Zeit lassen, um es selber zu erkunden, sich auf die Geschichte einzulassen, das eine oder andere Bild darüber zu malen und damit ihre Erfahrungen zu machen. Doch ihre Methode war Fiona und Florentina, wie sie in voller Länge hießen, genauso fremd wie Taktgefühl und Rücksichtnahme. Doch das war eine ganz andere Geschichte ...

❖

Das neue Jahr wurde mit Silvesterkrachern und Feuerwerkskörpern begrüßt und die Kinder freuten sich darüber, endlich einmal erst in den Morgenstunden des nächsten Tages ins Bett gehen zu müssen, obwohl ihnen schon lange vor Mitternacht vor Übermüdung die Augen zufielen und sie vor lauter Gähnen gar keinen Spaß mehr am langen Aufbleiben hatten. Daran hat sich bis heute nichts geändert.

Mit dem neuen Jahr setzte sich auch die Pflichterfüllung fort und die Kinder mussten alsbald wieder die Schulbank drücken. Wenn auch eine Menge Schnee den Schulweg lustiger gestaltete, so hieß es doch die meiste Zeit über: lernen, lernen, lernen.

„Attackeeee!", hörte Anna die Jungs hinter sich rufen und schon fühlte sie einen Stoß gegen ihren Kopf. Der Schneeball zerbrach und ein Teil davon schmuggelte sich zwischen ihren Hals und dem darum gewickelten Schal.

„Aua!", rief sie und putzte sich den schnell schmelzenden Schnee aus ihrem Nacken.

Kaum hatte sie sich umgedreht, war schon der nächste Schneeball im Anflug und dank ihrer guten Reaktion bückte sie sich rechtzeitig und konnte somit einem weiteren Treffer ausweichen. Siegessicher richtete sie sich wieder auf, da folgte bereits der nächste. Patsch!, dieser landete genau auf der Mitte ihrer Stirn.

„Volltreffer!“, lachten die Burschen aus der Nachbarklasse und klopften sich dabei auf die Schenkel. Während sich diese einen Vorrat an Eisbomben formten, blieb Anna leicht benommen stehen. Sie legte eine Hand auf ihren Kopf und wankte beinahe unmerklich vor und zurück. Leichte Übelkeit breitete sich von der Magengegend nach oben aus und setzte sich in ihrer Kehle fest. Sie schluckte und schloss ihre Augen. Augenblicklich gaben ihre Knie nach und sie sank in den Schneehaufen am Straßenrand.

Das Gejohle und Geschrei der Burschen hörte das Mädchen wie durch einen Filter, von weit her drangen die Geräusche und schienen sie gar nicht zu berühren. Bum, bum, bum, vernahm sie ihren eigenen Herzschlag und der Rhythmus übertrug sich auf ihre Gedanken. Bum, bum, bum, folgte sie ihm und sah sich selber zu, wie sie einen Fuß vor den anderen setzte. Immer noch am Straßenrand verharrend, hob sie ab in eine andere Welt, während ihr der bereits wohlbekannte, wenn auch verhasste zuckende und flackernde Punkt vor ihrem inneren Auge scheinbar den Weg wies.

„Es geht wieder los!“, wollte sie sich eben der aufkommenden Verzweiflung und Hilflosigkeit hingeben, als sie ohne den weißen, vor ihr laufenden Hasen durch ein Loch im Boden zu versinken schien. Im Nu war sie abgetaucht und befand sich auf einer anderen Ebene des Seins. Einer Ebene, wo ihr alles Leid fremd und jegliche Beschwerden abhanden gekommen waren.

Sie lächelte und fühlte sich wohl, lief über eine grüne Wiese und genoss die Wärme der Sonne, die vom wolkenlosen Himmel strahlte. Sie lief und lief und mit jedem Schritt hob sie weiter ab vom Boden, entschwebte der Erde und flog schließlich wie ein Vogel über den Wolken.

Handgroße, wunderschöne Eiskristalle tanzten durch die reine Luft, weiß wie Schnee, doch sanft wie Wattebauschen, und streiften ihr Gesicht und ihren Körper, schmolzen zu süßem Wasser auf ihrer warmen Haut oder blieben wie Schmuckstücke in ihrem kastanienbraunen Haar haften.

„Wie geht es dir, liebste Anna?“, schwebte die Schneekönigin in ihrem weißen Schlitten an ihr vorbei und streckte die Hand nach ihr aus.

„Ist dir gar nicht kalt ohne deinen Pelzmantel?“, fragte sie noch verwundert und da war sie auch schon wieder verschwunden.

Anna wunderte sich noch, wieso sie in dieser warmen Luft einen Mantel brauchen sollte und was die Schneekönigin dazu bewogen haben könnte, sich aus ihrer Eiswelt in eine für sie so unangenehme Gegend zu begeben, als sie ganz plötzlich und unverhofft ein stechender Schmerz im Ellenbogen durchzuckte. Sie krümmte sich zusammen und stürzte durch die Luft. Sie fiel und fiel und immer wieder verspürte sie dieses Stechen. Sie fühlte sich wie von einem Schwert durchbohrt und riss ihren Mund auf, um zu schreien, doch es kam nichts. Kein Ton drang aus ihrem Mund, egal, wie sehr sie sich auch anstrengte und wie tief ihr Leid auch sein mochte. Dennoch war alles schön, harmonisch und friedlich um sie herum und sie fühlte sich wohl, wäre da nicht dieses Stechen ...

Es dehnte sich aus auf dem ganzen Arm und lähmte ihre Schulter, während sie endlos durch die Luft dem Boden entgegenstürzte. Eine weiße Eule mit weit ausgebreiteten Schwingen kam ihr entgegen und – sie lächelte!

„Ich komme, um dir zu helfen!", krächzte diese und schlang im nächsten Moment ihre breiten Flügel um die Schultern der kleinen Anna, die immer noch durch die Weiten ihrer Phantasiewelt segelte. Aufgefangen von dieser überdimensionalen, weißen Eule war das Mädchen mit einem Mal in einen wunderbar weichen, weißen Pelzmantel gehüllt und schwebte wie auf einer Wolke durch die Lüfte. Jeglicher Schmerz hatte sich verflüchtigt, die Sonne strahlte weiter und ihr war warm und behaglich zumute, sie fühlte sich geborgen und beschützt, behütet und in Sicherheit.

Ein Lächeln, das beinahe zum Zwang wurde, breitete sich in ihrem kindlichen Gesicht aus und sie konnte es nicht mehr abstellen. Der weiche, weiße Mantel hüllte sie ein, vom Hals bis zu den Zehenspitzen und glich beinahe einem Panzer. Schützend und abschirmend, doch auch in einer sonderbaren Weise besitzergreifend und beherrschend.

„Was willst du, kleine Anna?", vernahm sie eine Stimme, „Hilfe oder Schmerzen, entscheide dich! – Jetzt!"

„Ich danke dir für deine Hilfe!", antwortete das Mädchen spontan und selbstbewusst, „alles ist besser, als diesen Schmerz zu ertragen!"

Im selben Moment lockerte der Mantel seine Umarmung und schrumpfte zu einer erträglichen Größe. Anna konnte ihre Beine wieder bewegen und fühlte sich frei, doch beschützt. Ihr Lächeln wurde entspannter und sie breitete ihre Arme aus und drehte noch einige Runden durch den stahlblauen Himmel. Seite an Seite mit großen Adlern und kleine Spatzen, bunten Schmetterlingen und brummenden Fliegen, fleißigen Bienen und jagenden Hornissen. Und immer mit ihrem weißen Pelzmantel um die Schulter. Absolut nicht sonderbar, es war einfach so!

„Anna! Anna!", wurde das Rütteln an ihrer Schulter stärker und die Stimme, die sie vernahm, immer lauter und eindringlicher.

„Anna, Anna, Anna ...", klang der Schrei verzweifelt und als die Angesprochene endlich ihre Augen öffnete, blickte sie in das höchst entsetzte Gesicht ihres kleinen Bruders.

„Was ist mit dir, Anna? Warum liegst du hier im Schnee, es ist schon fast dunkel, warum machst du so etwas?", war der kleine Anton kreidebleich im Gesicht und vermeinte seine Schwester dem Tode persönlich entrissen zu haben.

Mühevoll richtete sie sich auf, alles war steif und schwer an ihr. Obwohl sie offenbar seit Stunden im Schnee gelegen hatte, war ihr warm und bis auf die pulsierenden Kopfschmerzen ging es ihr gut.

„Anton, mein Lieber!", begrüßte sie ihren kleinen Bruder freundlich und bemühte sich zu lächeln, „es ist alles in Ordnung. Danke, dass du mich geweckt hast."

„Aber, aber ... warum schläfst du hier im Schnee? Mitten auf der Straße? Warum nicht zuhause in deinem Bett, wenn du so müde bist?"

„Die Buben aus der Nachbarklasse haben mich mit Schneebällen beschossen", rang sie um eine auch für ihn verständliche Erklärung, „da bin ich gestürzt und offenbar eingeschlafen ... tiefer, als ich gedacht habe ..."

Er starrte sie mit großen Augen an und dann umarmte er sie.

„Komm mit nach Hause, bitte!", flehte er, denn offensichtlich saß ihm der Schreck tief in den Gliedern.

„Natürlich komme ich mit!", versuchte sie ihn zu beruhigen, doch bat ihn vorher noch eindringlich, „Mama sagen wir, dass ich bei einer Freundin war, okay? Sonst macht sie sich unnötige Sorgen!"

Der kleine Junge nickte und ging Hand in Hand mit seiner großen Schwester nach Hause.

❖

Es sollte ein langer, kalter Winter werden, wollte man vom ersten Monat des Jahres Rückschlüsse auf den weiteren Verlauf zulassen. Immer wieder entleerten sich die schweren Schneewolken ihrer flockig, weißen Pracht und hüllten das Land in unschuldiges Weiß. Dicht und schützend, alles Unschöne, Farbige, Lebendige und von Menschenhand Erschaffene, Starre und Bewegliche, Großes und Kleines, all das wurde für Wochen, gar Monate zugedeckt und entzog sich so dem Bewusstsein der Menschen.

Die vorrangig dominierende Farbe war Weiß und wenn es der Wettergott gut meinte, umrahmt von einem strahlend blauen Himmel. Ein einheitliches Farbenbild: Weiß, Weiß, Weiß und manchmal etwas Blau. War Weiß überhaupt eine Farbe? Farben sind doch bunt, schrill, satt und ergiebig, doch dieses Weiß war nichts als Weiß, schlicht und einfach Weiß.

Viele Male stand Anna am Fenster und drückte sich an der kalten Scheibe die Nase platt. Von ihrem Zimmer aus hatte sie einen schönen Überblick über die Straße und einen Teil der Stadt. Vor allem die Hausdächer konnte sie von hier oben im zweiten Stock gut sehen und entfernt im Hintergrund den kleinen Berg, auf dem sich eine Kapelle und der Friedhof befanden.

Langsam begann es wieder zu schneien. Große, bauschige Flocken tänzelten vom Himmel und Annas Gesicht verzog sich zu einem Lächeln. Sie kam aus dem Staunen nicht heraus und am liebsten hätte sie jeden einzelnen Eiskristall genau angesehen und besser noch persönlich auf der Erde willkommen geheißen. Das Schneetreiben wurde dichter und bald war es ihr nicht mehr möglich, einzelne Flocken zu erkennen, alles verschwamm zu einem weißlichen Schleier, der ihr, einem Vorhang gleich, die Sicht vernebelte. Dazu trug auch ihr staunend geöffneter Mund einiges bei, war doch innerhalb von Sekunden die Scheibe beschlagen und sie musste mit ihrem Ärmel darüber wischen, um wieder durchsehen zu können. Natürlich zeichnete sie vorher noch lustige Gesichter hinein oder schrieb ihren Namen auf.

„Frau Holle ist wieder fleißig am Werk“, dachte das Mädchen und malte eine Wolke und Schneeflocken auf die feuchte Glasscheibe, *„das wird die Schneekönigin aber freuen!“*

Als Liebhaberin von Märchen jeglicher Art kamen ihr diese zu allen möglichen und auch unmöglichen Zeiten in den Sinn. Sie wurde nicht müde, diese in ihren Büchern nachzulesen und ganz egal, wie oft es auch geschah, sie erfreute sich jedes Mal aufs Neue daran. Die meisten kannte sie schon in- und auswendig, doch dank ihrer ungeheuren Gabe zur Begeisterungsfähigkeit vermochte sie stets Neues und Besonderes darin zu entdecken.

„Schneeflöckchen, Weißröckchen ...", begann sie leise zu singen, streckte ihre Arme zur Seite und begann zu tanzen. Sie drehte sich einige Male im Kreis herum, hüpfte durch ihr kleines Zimmer und trippelte auf Zehenspitzen hin und her.

„Die Tafel ist gedeckt. Willst du dich nicht zu mir setzen?", vernahm sie eine sanfte Stimme hinter sich.

Das Mädchen wandte sich um und sah nur etwas Weißes und im Hintergrund etwas Blaues. Sie drehte sich noch einmal herum und blieb dann stehen.

„Anna, wo hast du den schönen, weißen Pelzmantel, den ich dir geschenkt habe?", fragte die Frau, immer noch sanft, doch mit starrem Blick.

Die Angesprochene sah an ihrem Körper hinab und musste feststellen, dass sie durchsichtig war. Erschrocken tastete sie sich ab und fühlte zum Glück etwas, doch sie war unsichtbar! Nur ihre Hände und ihr Gesicht hatten Farbe, wobei sie aber ziemlich bleich aussah.

„Ich habe ihn dir doch geschenkt, damit er dich beschützt", sprach die Frau mahnend weiter und ihre Stimme wurde lauter und eindringlicher, „und du sollst ihn achten und gut für ihn sorgen! Also, Anna, wo ist dein Mantel?"

„Ich brauche ihn nicht, mir geht es gut!", sprach sie laut aus und wunderte sich im ersten Moment selber darüber. Wieder streckte sie ihre Arme zur Seite und begann sich erneut zu drehen. Sie lächelte und obwohl alles rund um sie herum nur aus Eis und Schnee bestand, war ihr warm und angenehm zumute.

„Hier ist es so kahl und leer", hörte sie sich sprechen und staunte immer noch über sich selbst, „alles ist so weiß und eintönig."

Das Mädchen tänzelte durch die Landschaft und tippte mit ihrem Finger mal dorthin und mal dahin und alles, was sie berührte, erhielt plötzlich eine Farbe. Die Frau, es war die Schneekönigin, erhob sich mit verärgerter Miene von ihrem Stuhl, während Anna lächelnd und mit großen, fliegenden Schritten durch das Bild schwebte und die Umgebung in ein buntes Gemälde verwandelte.

Die Schneekönigin verfolgte sie mit ihrem eisigen Blick und rief ihr nun mit befehlendem Ton hinterher: „Wo ist dein Mantel, Anna? Zieh deinen Mantel über, dafür habe ich ihn dir doch geschenkt!"

Doch das Mädchen schien sie gar nicht zu hören und machte unbeirrt weiter. Ihr Körper hatte in der Zwischenzeit seine Form und seine Farbe zurückerhalten und als sie nun auch noch die Sonne am Himmel anknipste, begann der Körper der Schneekönigin langsam zu verschwinden.

Singend und tanzend wedelte Anna durch die Lüfte und erfreute sich an der Farbenpracht ihrer Schöpfung. Riesige Blumen, in deren Blüten Elfen und Feen sangen und musizierten, mächtige Vögel mit prächtigem Gefieder und Insekten so groß, dass sie darauf Platz nehmen könnte, flogen durch die warme Luft. Manche Wolken am Himmel waren aus wunderbar weicher Watte, so richtig gemütlich zum Hineinkuscheln und Einschlafen, andere wiederum waren aus duftendem, leichtem Badeschaum, aus dem immer wieder Seifenblasen aufstiegen.

Nach und nach schmolz die Schneekönigin in den goldenen Strahlen der Sonne, bis nur mehr einige Tropfen auf dem immer noch weißen Stuhl an sie erinnerten. Dem Mädchen war dies völlig entgangen, vergnügte sie sich doch in dem bunten Bild, das durch ihren Mut und ihr Zutun aus der unendlichen Leere und Farblosigkeit entstanden war. Leicht wie eine Feder schwebte sie durch Zeit und Raum und vergaß beides. All dem Irdischen entrückt hatte auch ihr Denken ausgesetzt und sie genoss rein das Gefühl, das so unbeschreiblich war und sie voll und ganz ausfüllte. Sie wähnte sich im Paradies und da es ihr rundum gut ging, glaubte sie auch fest daran. Dann begegnete ihr die Eule wieder, hoch oben in den Lüften des endlos erscheinenden Himmelszeltes. Diesmal war sie bunt, in verschiedenen Brauntönen mit blauen Farbtupfern auf ihren Flügelspitzen. Doch da sie lächelte, erkannte sie das Mädchen wieder. Dieses Lächeln war unverkennbar, es musste die gleiche Eule sein wie vor einiger Zeit, da war sie sich ganz sicher. Staunend folgte sie ihr mit ihrem Blick und torkelte dabei verwirrt durch die Luft. Die Eule winkte ihr nur freundlich zu, sagte gar nichts, sondern lächelte nur.

„Eigenartig ...“, dachte das Mädchen und sackte etwas von ihrer Flugbahn ab, doch im selben Moment war dieser Gedanke bereits verflogen und es er-

schien ihr ganz natürlich.

Die saftig grüne Wiese stach ihr unerwartet ins Auge und lockte sie, genauer hinzusehen. Im Sturzflug, beide Arme kopfüber gestreckt wie Superman, schoss sie sekundenlang in die Tiefe und lachte dabei aus vollem Herzen. Ein leichtes Gruseln durchzog sie, es kribbelte bis in die Zehenspitzen, so aufgeregt und ausgelassen war sie dabei. Gerade rechtzeitig bremste sie sich ein und setzte sanft zur Landung an.

„Puh, das war aber knapp!", hörte sie jemanden oder etwas aufstöhnen und gleich daraufhin: „Ja, ich dachte auch schon, sie stürzt auf uns herab!"

Anna bremste und schwebte knapp über dem Boden, um zu sehen, woher diese Stimmen kamen. Die Wiese unter ihr war voll mit bunten Blumen, deren Köpfe so groß waren wie ihr eigener. In voller Pracht präsentierten Margeriten neben Gänseblümchen, Schlüsselblumen und Buschwindröschen, Kuhschelle und Löwenzahn ihre Blüten und wogen sich dabei sanft hin und her. Der herrlich, blauen Glockenblume entlockte die Bewegung ein klangvolles Geläut, das Anna an das Bimmeln der Weihnachtsglocke erinnerte. Verwirrt runzelte das Mädchen die Stirn, dann war es rundherum wieder ganz still.

„Warum bist du so erstaunt, Mädchen?", sprach plötzlich jemand oder etwas zu ihr und sie ließ ihren Blick suchend über die Wiese gleiten.

„Ja, wir sprechen zu dir", schienen die Margeriten zu nicken, „wir Blumen können sprechen, genauso wie du!"

Die Kinnlade des Mädchens klappte sichtbar nach unten und ihre Augen wurden größer und größer. Im nächsten Augenblick lächelte sie und sagte: „Ich bin Anna, freut mich, euch kennenzulernen!"

„Jetzt, wo du es sagst", wankte die größte der Margeriten hin und her, „freuen wir uns auch, doch vorhin haben wir noch gedacht, du würdest uns zerdrücken, so wie du auf uns herab gesaust bist!"

Ein Raunen zog durch die Wiese und die anderen Blumen schienen zustimmend zu nicken.

„Ich weiß, tut mir leid", grinste Anna verlegen, „ich bin noch nicht so geübt im Fliegen. Ich verspreche euch, ich werde fleißig üben und mich bessern!"

Die Blumen steckten ihre Köpfe zusammen und tuschelten. Dann richteten sie sich wieder auf und die Größte der Margeriten, offenbar ihre Sprecherin, wandte sich an das Mädchen.

„Ist schon gut, Kleine, du hast uns eben ein wenig erschreckt!"

„Willst du etwas von meinem Nektar kosten?", piepste eine andere, leuchtend rote Blume von etwas weiter hinten und streckte sich, um aus der Masse herauszustechen.

„Er schmeckt süß und ist ganz frisch!"

„Der ist wirklich überaus lecker, du kannst ihn ruhig kosten!", brummte eine dicke Hummel, die sich von hinten dem Mädchen näherte.

„Ja, gerne. Danke schön!", war ihre Skepsis verflogen und sie beobachtete die Hummel, wie diese mit ihrem Rüssel aus dem Inneren der weit geöffneten Blüte den Blütenstaub aufsaugte. Sie surrte dabei wie der Staubsauger von Mutter und schmatzte auch noch.

„Jetzt du!", machte sie nach einer Weile den Platz frei und deutete auf das Mädchen.

Etwas ratlos, wie das bei ihr funktionieren sollte, streckte sie die Zunge heraus und tastete mit deren Spitze die Blume ab. *„Das schmeckt ja wirklich süß und lecker!"*, dachte sie und rückte näher an den Kelch heran. Sie schleckte und schmatzte genüsslich und konnte gar nicht genug davon kriegen. Die rote Blume erfreute das sehr und bot ihr die nächste ihrer Blüten an.

Anna schleckte weiter und weiter und meinte nach und nach ihren Geschmack verloren zu haben. Es war weder süß noch klebrig, vielmehr war es zunehmend nass und kalt.

„Bäh!", wandte sie sich erschrocken ab. Sie stand in ihrem Zimmer vor dem Fenster und schleckte dessen Scheibe ab ...

❖

„Ich freue mich schon aufs Schlittenfahren!", sprang Anton vor seinen Schwestern, die gerade dabei waren, sich ihre Handschuhe überzuziehen, hin und her.

„Hör auf, bleib stehen!", ermahnte ihn die Mutter, „dir wird noch ganz heiß, wenn du so herumhüpfst!"

Aufgeregt und mit leicht geröteten Wangen lief er zur Tür hinaus und sprang dort weiter vor der Auslage hin und her.

„Viel Spaß euch beiden und passt mir gut auf Anton auf", drückte sie den Mädchen noch einen Kuss auf die Stirn und winkte ihnen nach. Mit sorgenvollem Ausdruck im Gesicht starrte sie durch das Geschäft und lächelte, obwohl ihre Kinder bereits um die Ecke verschwunden waren.

„Es tut Anna sicher gut, wenn sie öfters mit anderen Kindern zusammen ist", sinnierte sie, *„sie vergräbt sich sonst zu sehr in ihrem Zimmer mit ihren Büchern."*

Die Schwestern stapften nebeneinander durch die schneebedeckten Straßen und jede zog einen Schlitten hinter sich her. Auf einem davon saß der kleine Anton, der vor lauter Aufregung immerzu herumzappelte. Geduldig wechselten sich die Mädchen ab, ohne ihn zurechtzuweisen. Leichter Schneefall setzte ein und vereinzelt torkelten Flöckchen durch die winterkalte Luft. Als sich das Trio dem Stadtrand und somit dem Fuß des Berges näherte, hielten die Mädchen an und Anton musste ab jetzt selber und zu Fuß gehen. Ihn die Steigung hinaufzuziehen war ihnen dann doch zu mühsam. Wenngleich sie trotzdem schneller gewesen wären, hätten sie all ihre Kräfte gebündelt.

Endlich an der einzigen Erhebung in der Nähe der Kleinstadt angekommen, tummelten sich schon eifrig unzählige Kinder aus der Umgebung, um mit Schlitten, Skibobs oder einfach auf Plastiksäcken den Hang hinunter zu rutschen. Auch Fi und Flo samt Bruder Basti waren schon seit einer Weile hier und von Weitem hörbar. Immer mit Geräten auf dem neuesten Stand ausgestattet, meinten sie, das Kommando führen zu können und schrien dementsprechend laut durch die Gegend. Andrea winkte ihnen zu und war offensichtlich die Einzige, die sich über ihre Anwesenheit freuen konnte. Basti kam Anton mit seinem Bob entgegen und lud ihn sogleich ein, mitzufahren.

„Wenigstens einer ist normal in dieser Familie!", ätzte Anna in Gedanken und schüttelte ihren Kopf. Im nächsten Moment bremsten sich die Zwillinge vor ihr ein, während Andrea noch ihren Schlitten über den Hügel hinaufzog.

Um das Gespräch mit den beiden möglichst kurz zu halten, machte auch sie sich schleunigst weiter auf den Weg nach oben. Wohl konnte sie dem Getümmel und dem Rummel hier keinerlei Spaßiges oder Angenehmes abgewinnen, so musste sie sich doch gestehen, dass sie grundsätzlich gerne Schlitten fuhr. Achtsam am Rande der Piste gehend, um nicht gerammt zu werden, stapfte das Mädchen Schritt für Schritt hinauf. Alle paar Meter blickte sie sich um, um bei ihren Geschwistern nach dem Rechten zu sehen. Die Jungs hatten ihren Spaß und Andrea musste lernen, alleine zurechtzukommen.

Es dauerte eine ganze Weile, bis sie endlich dort angekommen war, wo die meisten Kinder den Startpunkt sahen. Sie drehte sich in Fahrtrichtung um und zögerte. Dieses Gewimmel auf der Abfahrtspiste war ihr zu viel.

„Da hab ich ja gar keinen Platz mehr!", murmelte sie und überlegte, was sie machen sollte.

Ein Adler, ein Falke oder ein ähnlich großer Vogel zog seine Bahnen über diesem Gebiet und seine Schreie erregten Annas Aufmerksamkeit. Sie blickte nach oben und lächelte.

„Hallo, Vogel!", begrüßte sie ihn und beobachtete, wie er seine Kreise durch die Lüfte zog. Die Gedanken in ihrem Kopf wollten sich gerade auf die Reise machen, abheben, um sich diesem Geschöpf anzuhängen und mit ihm wegzufliegen, als sie ein höchst unsanfter Rempler in die Realität zurückholte.

„Na, bist du zu feige, um runterzufahren?", grinste sie Fi mit verächtlich verzogener Fratze an und Flo daneben tat es ihr gleich.

„Nein ...", stotterte Anna und musste sich erst orientieren.

„Gib es ruhig zu, Cousine, du hast Bammel davor, den Steilhang runterzufahren!", stachelte die zweite und beide lachten einig.

„Nein, hat sie nicht!", meinte Andrea trotzig im Hintergrund und versuchte, ihre Schwester zu verteidigen. Nun blieb ihr nichts anderes übrig, als den Berg hinunterzufahren. Und am besten noch schneller als ihre beiden Cousinen, denn zumindest ein klein wenig Ehrgeiz trug Anna doch in sich, wenn es ihr im Grunde auch zu blöd erschien, doch wollte sie auf keinen Fall ihre jüngere Schwester enttäuschen.

Mit strengem Blick und zusammengebissenen Zähnen platzierte sie sich auf ihrem Holzschlitten und brachte sich in Position. Schneller, als die beiden Cousinen schauen konnten, raste sie auch schon den Berg hinunter, wich gekonnt allen anderen Kindern aus und kam sicher und ohne einen einzigen Fehler im Auslauf an. Stolz auf sich selber stieg sie ab und drehte sich um. Sekunden später trafen auch die anderen neben ihr ein. Während Andrea sofort auf sie zustürmte und sie beglückwünschte, hatten Fi und Flo nur Spott für sie übrig.

„Du hast ganz einfach nur Glück gehabt!", warfen sie ihr von Weitem zu und schon waren sie wieder auf dem Weg nach oben.

Keine Ahnung, was die sonst so besonnene Anna getrieben haben mochte, auch sie hastete noch mehrere Male den Berg hinauf, um ihn, kaum am Abfahrtspunkt angelangt, wieder nach unten zu rasen. So wie es ihr sonst nur in ihren Phantasiewelten erging, war sie gleichsam völlig weggetreten und schien sich in einer anderen Welt zu befinden, als sie hinauf und hinunter, ohne Unterbrechung, ohne Rast und Ruhe mit ihrem Schlitten unterwegs war. Mit dem Zählen gar nicht erst begonnen, bemerkte sie erst nach einer Weile, dass viele Kinder am Rande der Piste standen und ihr applaudierten, während ihre Cousinen mit hochroten Köpfen und vor der Brust verschränkten Armen unten im Auslauf auf sie warteten.

„Wem willst du etwas beweisen?“, brummten die beiden synchron und Andrea strahlte daneben bis über beide, von der dicken Haube bedeckten Ohren hinaus.

„Du bist Sieger, okay?“, gaben sie klein bei und zogen angefressen ihren Skibob nach oben.

„Anna, du bist die Beste!“, jubelte ihre kleine Schwester und umarmte sie so heftig, dass sie ihr beinahe den Atem abdrückte.

Ehe die viel Umjubelte wusste, was da eben geschehen war, stand sie wieder alleine auf der niedergetretenen Wiese. Die Kinder zerstreuten sich in alle Richtungen und gingen ihren Vergnügungen nach. Erschöpft sank Anna auf ihren Schlitten und vergrub ihr Gesicht in ihren Händen. Sie schloss die Augen und bemerkte, dass sie durstig war. Automatisch griff sie in den Schnee und krallte sich eine Handvoll, führte sie zum Mund und schleckte daran. Kalt, doch flüssig, das tat gut!

Wieder veranlasste sie das Schreien des großen Vogels über ihr, in den Himmel zu blicken und das entlockte ihr ein Lächeln. Sie musste gähnen und auch ihr Magen meldete sich zu Wort. Eine Weile folgte sie mit ihrem Blick dem Vogel, bis sie erneut diesen zuckenden Punkt über sich bemerkte. Müde schloss sie nochmals ihre Augen und ihre Gedanken überschlugen sich. Was sollte sie bloß machen? Nach Hause gehen – ohne ihre Geschwister? Hier bleiben – aber wo und wie spät war es überhaupt?

Wie von einer fremden Hand geführt, stand sie ohne Vorwarnung auf und zog ihren Schlitten quer über die Wiese. Sie trottete wie in Trance und blickte stier geradeaus. Einen Schritt vor den anderen, bedächtig und wie von Geisterhand geführt, marschierte das Mädchen zum nahegelegenen Wald. Ohne sich auch nur ein einziges Mal umzublicken, ohne zu wissen, wo ihre Geschwister waren und wie es ihnen erging, es schien ihr völlig egal zu sein. Vor ihr zuckte der Punkt, hüpfte und flackerte.

„Sieh mich an, ich bin hier!“, schien er zu rufen, „folge mir, folge mir!“

Anna war wie ferngesteuert und ging weiter in den winterkahlen Wald hinein. Der Schnee lag knietief, nur auf dem ausgetretenen Pfad konnte sie laufen und sie folgte ihm wie auf Schienen. Minutenlang trottete sie dahin und folgte diesem zuckenden Punkt, den sie in den vergangenen Monaten zu hassen gelernt hatte. Und trotzdem war da etwas, dem sie nicht widerstehen konnte. In diesem Zustand war sie nicht mehr Herrin ihrer Sinne, stand außerhalb und musste quasi hilflos mit ansehen, was mit ihr geschah.

Der fließende Bachlauf schien ihr Ziel zu sein und sie blieb stehen. Beruhigend plätscherte das Wasser über die Steine und sprudelte und funkelte in der untergehenden Sonne. Sie starrte auf dessen Oberfläche, auf der der sie begleitende Punkt munter auf und ab hüpfte. Motiviert hatte er sich zu einem Fleck ausgebreitet und verschlang alles, was sich darin befand. Er verschleierte ihr die Sicht in sein Inneres.

Willenlos setzte sie sich auf den Schlitten und starrte regungslos in das Wasser. Immer größer und mächtiger wurde der Fleck und nur mehr am Rande war etwas von der herrlichen Winterlandschaft rund um ihn herum zu erkennen.

Ein Sog schien das Mädchen zu erfassen und mit einem Mal war sie in die Fluten des Gewässers abgetaucht. Wie ein Fisch im Wasser glitt sie durch das kalte Nass und es perlte an ihr ab wie an einem schuppigen Kleid. Hurtig tauchte sie in wellenförmigen Bewegungen auf und ab und sog das kalte Nass in sich ein, um es durch ihre Kiemen wieder ausströmen zu lassen. Andere Fische und Krebse kreuzten ihren Weg und sie fühlte sich gut. Steine, ganze Felsen und Algen streiften ihren aalglatten Körper, es sprudelte und perlte um sie herum und sie fühlte sich wie eine Meernixe, nur ohne Salz im Wasser.

Nach einer Weile ergoss sich ein Wasserfall aus einer hohen Felswand und spuckte sie aus. In freiem Fall flog sie durch die Lüfte und stürzte in hohem Bogen nach unten, um in einem warmen Becken aus prickelndem Wasser zu landen. Wieder abgetaucht in die unendlichen Tiefen dieses kleinen Sees fühlte sie auf dessen Grund etwas Weiches, Schwammiges, stieß sich daran ab und tauchte auf. Die Sonne strahlte vom Himmel und Vogelschwärme durchkreuzten deren goldgelbe Strahlen.

Wieder Luft atmend trieb sie an der Wasseroberfläche und blinzelte. Unzählige fremdartige Geräusche erfüllten ihr Gehör und streichelten sanft ihre Sinne. Ein süßlicher Duft erfüllte ihre Nase und langsam schwamm sie zum Ufer. Warm und feucht war die Luft, die sie umgab und ein feines Frösteln überzog ihren zarten Körper. Obwohl das Bunte um sie herum das Bild beherrschte, tauchte unerwartet die Schneekönigin vor ihr auf, breitete den weißen Pelzmantel aus und sprach mit übertriebener Freundlichkeit in ihrer Stimme: „Dein Mantel, Anna. Er beschützt dich!"

Plötzlich zog ein Schneesturm auf und schon in der nächsten Sekunde war der Dschungel mit all seiner bunten Pflanzen- und Tierpracht in eine weiße Wolke gehüllt. Dankbar ließ das kleine Mädchen ihren Körper in den Pelzmantel hüllen und entschwebte augenblicklich in die Weiten des Himmels. Der Sonne entgegen, von wundervollen, radgroßen Eiskristallen begleitet entschwand sie in die Weiten des Universums und fühlte sich geborgen, beschützt, behütet – Dank der Schneekönigin ...

Das Klappern ihrer Zähne ließ sie erwachen und als Anna langsam die Augen aufschlug, erschrak sie über sich selbst. Ihre Hände in den selbstgestrickten Handschuhen ihrer Mama in den eiskalten Bach gestreckt, waren diese angesogen mit dem Wasser und demnach war es auch nicht verwunderlich, dass ihr kalt war. Hastig zog sie diese aus und legte sie auf den Schlitten. Gottlob war alles andere an ihr trocken geblieben. Abrupt stand sie auf und wurde vom stechenden Schmerz in ihrer linken Kopfhälfte eingebremst.

„Oh nein!", entkam es ihr und schön langsam wurde sie dieses unangenehmen Besuchers überdrüssig.

„Was ist das nur ständig?", überlegte sie und machte sich mit dem Holzschlitten im Schlepptau auf den Weg zurück zu den anderen.

Die Sonne versank bereits hinter dem Hügel und es war Zeit, nach Hause zu gehen, wollten sie noch vor Einsetzen der Abenddämmerung dort ankommen. Nach wenigen Minuten erreichte sie den Waldrand und stieß auf dem

Stadtanger auf ihre Geschwister. Freudig von ihrer Schwester und dem kleinen Bruder begrüßt, tat sie, als ob nichts geschehen wäre. Die Zwillinge samt Basti hatten sich offenbar eben erst auf den Heimweg gemacht, und so war die Abwesenheit der großen Schwester nicht einmal aufgefallen. Einmal tief durchgeatmet, glaubte Anna das alles verdrängen oder gar vergessen zu können. Einigermaßen erschöpft stapften die drei Richtung heimwärts und die Ältere wurde von tiefgreifenden Sorgen geplagt.

Wo sollte das bloß alles hinführen? Was war *das* überhaupt? Wieso hatte genau *sie* das? War es gefährlich, sollte sie ihren Eltern davon erzählen? *Wie* sollte sie ihnen davon erzählen, würden sie es überhaupt verstehen?

Fragen über Fragen plagten das junge Gehirn, doch die Antworten darauf fehlten. Noch ...

❖

Lebensmittel aller Art, von Nudeln über Reis bis hin zu Gemüse und Obst, eingelegt in Gläsern oder für noch längere Zeit haltbar in Dosen, stapelten sich in den Regalen der Gemischtwarenhandlung ihrer Eltern. Neben einer Kühlvitrine für Milchprodukte und einer feinen, wenn auch kleinen Feinkostabteilung gab es auch Haushaltswaren, Putz- und Waschmittel sowie Süßigkeiten für die Kinder, Zeitungen und Zeitschriften für Mama und Papa und Kleidung für die ganze Familie. Und das war bei weitem noch nicht alles!

Gelegentlich trieb sich Anna in den Gängen zwischen den Regalen herum und bestaunte die bunte Produktpalette. Als sie noch kleiner war und die ersten Buchstaben in der Schule gelernt hatte, versuchte sie immer diese auf den Etiketten wiederzufinden und erfreute sich an jedem Wort, das sie lesen konnte. Nach und nach ergaben so die unverständlichen Zeichen, die ihr gar wie mystische und verzauberte Hieroglyphen vorkamen, einen Sinn und die Welt des Wissens eröffnete sich ihr. Nun, da sie sich bereits in die Hauptschule vorgearbeitet hatte, stellten die Etiketten keine Herausforderung mehr für sie dar. Vielmehr interessierte sie jetzt der Ablauf im Geschäft im Allgemeinen und die Lagerhaltung im Besonderen. Woher kommen diese Waren? Wie kommen sie zu Vater und Mutter und dann in die Regale? Gut, diese Fragen waren einigermaßen leicht zu beantworten, half doch auch sie gelegentlich beim Einsortieren aus, wenn sie von Zeit zu Zeit Lust dazu verspürte.

Die Fleisch- und Wurstwaren lieferte Metzger Huber aus dem Nachbarort und das Gemüse kam erntefrisch von den umliegenden Bauern. Außer im Winter, da kauften die Leute vorzugsweise das eingelegte Gemüse in den Dosen oder Einweggläsern. Auch die Eier und die Milch wurden von den Landwirten mit dem Traktor angekarrt und es machte ihr stets großen Spaß beim Ausladen zu helfen. Manchmal durfte sie auch eine Runde mit dem Bauer auf dem Traktor mitfahren, aber in letzter Zeit konnte sie dafür keine so große Begeisterung mehr entwickeln.

Egal, zu welcher Tageszeit sich Anna im Geschäft aufhielt, es waren immer Leute da, die einkauften. Ein bisschen wunderte sie sich schon darüber, gab es doch viele Geschäfte in ihrer Heimatstadt. Neben dem Bäcker, Fleischer und Schuster waren da noch eine Schneiderei, ein Kleidergeschäft, ein Blumenladen und sogar ein Schuhgeschäft. Eine Apotheke gab es auch noch, fiel ihr eben ein, doch die brauchten hauptsächlich die kranken Leute. In den Laden ihrer Eltern kamen ja nur diejenigen, die Hunger oder Durst hatten oder die etwas zum Lesen brauchten oder zum Anziehen. Gut, die konnten aber auch in das Schuh- oder Kleidergeschäft gehen oder sich in der Trafik eine Zeitung kaufen. Die Trafik, richtig, die hatte sie in ihrer gedanklichen Aufzählung auch vergessen!

Nachdenklich stand sie mitten am Gang vor den Nudeln und starrte geradeaus ins Leere. Das hatte doch etwas, Geschäfte zu machen, Waren erst ein- und dann wieder weiterzuverkaufen. Spannend, dachte das Mädchen und grübelte so vor sich hin.

Eine Frau mit einem Einkaufskorb auf dem Arm kam vorbei und Anna machte ihr Platz. Die Frau lächelte sie höflich an und griff nach einer Packung Fadennudeln, ehe sie weiterging.

„Da gibt es wohl Suppe zum Abendessen“, mutmaßte sie und folgte ihr mit dem Blick bis zur Kasse nach vorne.

„Genau betrachtet ist es der einzige Einkaufsmarkt in der ganzen Stadt“, überlegte das Mädchen weiter und machte eine halbe Drehung, *„die anderen Geschäfte führen nur eine Sorte Lebensmittel. Entweder nur Fleisch und Wurst oder*

nur Brot oder Eier, Milch, Käse ... und auch nur mit Bedienung."

Gedankenverloren blickte sie auf die Nudeln vor sich. Da gab es Bandnudeln, Spiralen und Hörnchen, Spaghetti und eben Fadennudeln.

„Bei uns kann sich jeder nehmen, was er möchte, sich alles selber aussuchen, das finde ich toll! Und natürlich bezahlen, das ist ganz wichtig!"

Zufrieden lächelte sie in sich hinein, während sie langsam weiterschlenderte. Die Frau von vorhin hatte eben bezahlt und war unterwegs Richtung Ausgang. Frau Hoffman, Annas Mutter, saß an der Kasse und war stets freundlich. Aber sie kümmerte sich auch sonst noch um viele andere Dinge. Es gab so viel zu tun in solch einem Geschäft, dass keine freie Minute zum In-die-Luft-Schauen blieb. Auch Annas Vater, Herr Hoffman, huschte stets schwer beschäftigt vom Lager ins Geschäft und wieder zurück. Er kümmerte sich hauptsächlich um die Anlieferung und Verteilung der Waren, während sich seine Frau um die Kunden bemühte. Ein guter Kontakt, sowohl zu den Kunden als auch zu den Lieferanten, war nötig, hatte sie bereits mehrmals von ihren Eltern gehört. Wenn ich einmal groß bin, dann verstehe ich das ganz bestimmt, tröstete sich das Mädchen und hatte für den heutigen Tag genug vom Geschäft.

Noch rasch einen Lolli unter ihre Strickjacke geschoben und schon verschwand sie über die Treppe nach oben. Obwohl die Tage bereits länger wurden und der Frühling mit steigenden Temperaturen die Leute ins Freie lockte, genoss das Mädchen die Stille und Abgeschiedenheit in ihrem Zimmer. Vertieft in ein gutes Buch konnte draußen die Sonne vom Himmel glänzen – wenn es für Anna Zeit zum Lesen war, war ihr das völlig einerlei!

Ihr Lieblingsbuch „Alice im Wunderland" lag griffbereit am Bett. Sie packte erst den Lutscher aus und schleckte prüfend darüber.

„Heidelbeere", bestätigte sie, „schmeckt auch gut!"

Mit kleinen Schritten ging sie an ihrem Bücherregal entlang, das beinahe bis zur Decke reichte und bis obenhin vollgestopft mit Büchern war. Immer wieder sortierte sie einige davon aus, zum Beispiel die Bilderbücher, die sie in der Kindergartenzeit so gerne durchgeblättert hatte, um für die neuen Platz zu schaffen. Während sie sich genüsslich schleckend an der neuen Geschmacksrichtung erfreute, betrachtete sie mit einer gehörigen Portion Stolz ihre Bibliothek. „Wissen ist Macht", hatte sie einmal irgendwo aufgeschnappt und obwohl ihr der Sinn dieses Ausspruches noch verwehrt blieb, so hatte sie doch das Gefühl, dass er stimmte – auch für sie. Wissbegierig war sie, zweifelsohne, und auch neugierig.

Das kleine Wandstück zwischen Tür und Bücherregal war zugehängt mit Bildern und Zeichnungen von Anna. Eng aneinandergereiht fanden sich Abbildungen von der Schneekönigin neben Szenen aus verschiedensten Märchen und auch aus ihrem aktuellen Lieblingsbuch „Alice im Wunderland".

In den beiden Laden unter ihrem Bett verstaute sie die Lektüre, die in ihrem Regal keinen Platz mehr fand. So schlief sie jede Nacht auf einem Stapel Bücher und in ihrer lebhaften Phantasie stellte sie sich vor, wie all die Bilder, Buchstaben und Wörter daraus durch ihre Matratze aufstiegen und sie durch ihre Träume begleiteten. So lernte sie auch im Schlaf und diese Vorstellung gefiel ihr!

Alice wartete bereits geduldig auf ihre wissbegierige Freundin. Der lilafarbene Lolli war schon um die Hälfte geschrumpft, als sich Anna endlich auf ihr Bett setzte und das Buch zur Hand nahm. Fast jede Seite hatte sie schon genauestens und ausführlich betrachtet, auch alle Texte gelesen und so blieben nur noch die letzten beiden übrig. Rasch war ihre Phantasie beflügelt und schneller als ein Wimpernschlag möglich war, war sie in die Geschichte eingetaucht. Als ob sie ihre Familie besuchen würde, wurde sie von den skurrilen Figuren begrüßt und wie es schien, auch längst freudig erwartet.

Sie schleckte weiterhin an ihrem Lolli und ein Gedanke tauchte immer wieder in ihrem Kopf auf: *„Bin ich verrückt? Sollte ich nicht einfach nur lesen und die Bilder betrachten? Ist es normal, gleich mitten in der Geschichte zu sein?"*

Diese Fragen rotierten seit Langem in ihr, genauer gesagt, seit sie zum ersten Mal von diesem zuckenden Punkt heimgesucht worden war.

„Anna, da bist du ja endlich!", hörte sie Alice rufen und das weiße Kaninchen, das eilig auf seine Taschenuhr starrte, meinte: *„Ja, endlich! Es ist doch schon so spät!"*

Vorher hatte sie das nicht weiter gestört, denn es erging ihr bei jeder Geschichte gleich: sie las und schwupp!, schon war sie mittendrin! Und es hatte ihr immer großen Spaß gemacht.

Warum war es plötzlich anders?

Sie schleckte an ihrem Lutscher und lächelte. Das Wunderland war einfach herrlich, so farbenprächtig, bunt und lustig. Die Sonne schien, die Blumen blühten, die Fanfaren aus dem Schloss der Herzkönigin ertönten im Hintergrund und die weiße Eule kam ihr entgegen ...

„Die weiße Eule?", überlegte Anna und die Bedenken von vorhin waren wie weggewischt.

Die Eule drehte einige Runden am strahlend blauen Himmel, winkte dem Mädchen zu und verschwand wieder.

„Seltsam ...", dachte sie, doch da kreuzte das Kaninchen wieder ihren Weg und sie musste ihm einfach folgen. Plötzlich, mit der Größe einer Ameise, huschte sie flink und wendig wie eine ebensolche zwischen den Halmen des ihr haushoch erscheinenden Grases hindurch. Allerlei andere Insekten begegneten ihr, es kribbelte und krabbelte um sie herum und ihre Augen waren so damit beschäftigt, möglichst viele Eindrücke aufzunehmen, dass sie ihrem Weg nicht mehr die nötige Aufmerksamkeit schenken konnte. Ihre Neugierde ließ sie beinahe mit einem daher laufenden Käfer kollidieren, doch dieser wusste ihr geistesgegenwärtig noch rechtzeitig auszuweichen.

„Hast du keine Augen im Kopf?", schimpfte dieser unüberhörbar und fuchtelte wild mit seinen Käferbeinen durch die Luft, während sich die krabbelnde Anna weiter durchs hohe Gras schlug.

„Entschuldigung, Herr Käfer!", murmelte sie und beschloss, eine kurze Verschnaufpause einzulegen.

„Warum renne ich eigentlich so?", fragte sie sich keuchend und nach Luft ringend, „und wo ist das weiße Kaninchen abgeblieben?"

Sie drehte sich herum und suchte, doch anstelle es ausfindig zu machen, bemerkte sie, wie sie immer größer wurde. Wie Alice, wenn sie einen Zaubertrank genommen oder geheimnisvolle Beeren verspeist hatte, wuchs nun Anna über das Gras hinaus, überragte bald die Sträucher, schließlich auch die Bäume – als wollte es gar nicht mehr enden!

Als ihr Kopf in einer Wolke feststeckte, musste sie niesen.

„Zum Wohle, kleine Anna!", sprach jemand zu ihr und derjenige musste sogleich lachen, „*kleine* Anna ist gut! Kleine Anna, wirklich lustig!"

Das Mädchen wedelte mit ihren Händen herum und teilte so das Wölkchen, um endlich etwas sehen zu können. Auf der einen Hälfte lag die weiße Eule, schlecht erkennbar in der weißen Umgebung, und hielt sich ihren Bauch vor Lachen.

„Ach du bist es, weiße Eule“, sagte sie und wollte noch wissen: „Wie ist dein Name?“

Es dauerte noch eine Weile, bis sich das Tier beruhigte. Dann richtete es sich auf und zog hinter seinem Flügel ein Taschentuch hervor.

„Hier bitte, kleine Anna“, hielt sie es dem Mädchen vor die Nase und begann sofort wieder zu lachen, „*kleine* Anna, das ist gut!“

„Was ist daran bitte *so* lustig?“, war diese schon etwas verärgert und schnappte sich das weiße Tuch.

Selbiges kaum in Händen haltend, entfaltete es sich und wurde zu dem weißen Pelzmantel, den sie von der Schneekönigin geschenkt bekommen hatte. Verwirrt starrte sie den Mantel an und wollte eben die Eule fragen, was das sollte, als diese ihre Schwingen ausbreitete und in die Weiten des Himmels verschwand. Nur ihr blödes Gelächter war noch zu hören ...

Anna stand nun alleine da und es war stockfinster um sie herum. Sie riss ihre Augen weit auf und drehte den Kopf herum. Irgendetwas lag auf ihr. Sie bewegte ihre Arme solange, bis Licht zum Vorschein kam und frische Luft und sie dieses Etwas abgeworfen hatte. Endlich konnte sie die Sonne wieder sehen, die Insekten brummen und die Vögel zwitschern hören. Sie stand immer noch auf der grünen Wiese, doch war sie abermals auf Ameisengröße geschrumpft und neben ihr lag der weiße Pelzmantel. Sekundenlang versuchte das Mädchen die Orientierung zu finden, aber alles ging sehr schnell und ihr fehlte ein wenig der Plan. Während sie so überlegte, was sie nun machen sollte, spürte sie etwas an ihrem rechten Bein. Automatisch versuchte sie dieses Etwas abzuschütteln und sah an ihrem Körper nach unten. Der weiße Mantel hatte sich um sie geschlungen und schien zu versuchen, an ihrem Bein hochzukrabbeln.

„Hey, was soll das? Geh weg!“, herrschte sie ihn an, zappelte und hüpfte herum. „Ich brauche dich nicht, lass mich in Ruhe!“, wurde sie ein wenig nervös, als er immer noch an ihr hing.

Doch ihr bestimmender Ton schien zu helfen, der Mantel löste erst die Umklammerung und dann sich selbst in Luft auf. Währenddessen wuchs das Mädchen in die Höhe, doch nur bis zu ihrer normalen Größe. Sie stand immer noch auf der Wiese im Wunderland und alles war wieder wie vorher. Die frische Luft kitzelte sie in der Nase und als sie erneut niesen musste, um einiges heftiger als vorhin, kniff sie dabei die Augen zu. Diese wieder aufgeschlagen, befand sie sich in ihrem Zimmer am Bett sitzend und das Buch lag auf ihrem Schoß ...

❖

Der Übergang von einer Jahreszeit in die andere verursachte dann und wann heftige Schmerzen im Kopf von Frau Hoffman ebenso wie Wetterumschwünge und zu viel Ärger, den sie sowohl undankbaren Kunden als auch immer wieder einmal ihrer Familie zu verdanken hatte. Wenn diese gar nicht mehr auszuhalten waren, natürlich die Schmerzen, nicht die Kunden oder die Familie, fiel sie für höchstens einen halben Tag aus, um sich ins Bett zu legen oder auf die Couch im Wohnzimmer, wo sie dann zu schlafen versuchte. Waren die Schmerzen allerdings einigermaßen erträglich, biss sie einfach die Zähne zusammen und ging ihrer Alltagsbeschäftigung nach. Das Geschäft hatte Vorrang, es bildete schließlich ihre Lebensgrundlage.

Ähnlich erging es Anna, wenn sie der zuckende Punkt quälte, das Kribbeln in ihrem Körper ihre Bewegungen unkoordiniert erscheinen ließ und ihre Aussprache an das Lallen eines kleinen Babys erinnerte. Sie biss ihre Zähne zusammen und hielt durch. Oder sie vergrub sich unter der Decke in ihrem Zimmer und wartete, bis der ganze Spuk wieder vorbei war.

Vom kleinen Mädchen zu einer jungen Dame herangewachsen, wollten die Veränderungen in ihrem Leben anscheinend kein Ende nehmen. Langsam formte ihr einem Bügelbrett ähnlicher Körperbau Rundungen aus und wurde zunehmend weiblicher. Damit einher ging eine weitere Verwandlung, welche gemeinhin als „Menstruation“ bekannt war. In der Schule schon davon gehört, fühlte sich Anna lange nicht davon betroffen. Es würde irgendwann einmal soweit sein, dachte sie, in weiter Zukunft, entfernter Zukunft – oder sie womöglich gar nie betreffen? Ehrlich gesagt hatte sie sich nie groß Gedanken darüber gemacht. Sie war gerne ein Kind und dass sich das einmal ändern sollte, kam in ihrer Vorstellungswelt nicht vor. Ihre Mutter war eine Frau, ihre Tante Grete und die Frau Lehrerin in der Schule, doch dass aus ihr auch mal eine werden sollte, war mindestens so weit entfernt wie die Sonne.

Nichtsdestotrotz entdeckte sie eines schönen Tages einen roten Fleck in ihrer Unterhose. Schön war dieser Tag jedoch nicht, denn erstens regnete es in Strömen, obwohl es Mitte Juli und zu Beginn der Sommerferien war, und zweitens wollte sie partout nicht in dieses Ferienlager, das ihre Eltern für sie ausgesucht hatten.

„Anna, es tut dir gut unter anderen Kindern zu sein. Das wird bestimmt lustig, dort lernst du viele neue Freunde kennen. Das Programm hört sich sehr interessant an, denn es wird viel geboten!“, klangen ihr die Eltern noch in den Ohren. Sie konnte und wollte das nicht mehr hören! Warum meinten ihre Mutter und ihr Vater, stets zu wissen, was gut für sie wäre? *Sie* wusste, was gut für sie war und sie wollte ganz einfach ihre Ruhe haben! War das denn so schwer zu verstehen?

Anna saß auf der Toilette und starrte den roten Fleck in ihrem Höschen an.

„Jetzt ist es soweit“, dachte sie und eine Stimmung, als stünde der Untergang der gesamten Menschheit bevor, überkam sie.

„Was soll ich jetzt machen?“, überlegte sie und stützte ihren Kopf auf ihre Hände, *„soll ich es Mama erzählen? Oder Papa? Nein, wenn schon Mama. Sie ist ja auch eine Frau und wird das sicher besser verstehen. Ob sich Papa da überhaupt auskennt? Ein bisschen vielleicht, er hat ja auch eine Frau ... “*

Anna beschloss, vorerst abzuwarten. Vielleicht handelte es sich ja um eine einmalige Aktion und die weibliche Menstruation würde ihre ständigen Besuche noch ein wenig hinauszögern. Vorerst musste sie sich um das Problem mit dem Ferienlager kümmern, denn das erschien ihr im Moment dringlicher zu sein.

Sie zog sich an und suchte ihre Mutter. Der erste Weg führte sie in den Laden, und wie konnte es auch nicht anders sein, war sie dort mit einer Kundin beschäftigt. Anna drückte sich, immer wieder verstohlen zu ihr hinüber schielend, zwischen den Regalen herum und wartete geduldig, bis die Dame weg war. Endlich war es soweit und das Mädchen lief ihrer Mutter entgegen.

„Anna“, entdeckte diese ihre Tochter und umarmte sie, „Mädchen, was ist denn los mit dir?“

„Mama ...“, begann sie zu stottern und blickte sie mit großen Augen treuherzig an, „ich will nicht in dieses Ferienlager!“

Verdutzt rang die Frau um die passenden Worte und überlegte ein paar

Sekunden. Sie konnte den aufgeregten Herzschlag des Mädchens regelrecht spüren. Wortlos nahm sie ihre Hand und zog sie mit sich in ihr kleines Büro. Dort setzte sich die Mutter auf einen Stuhl und bat ihre Tochter zu sich.

„Was ist so schlimm an diesem Ferienlager?“, fragte sie mit sanfter Stimme.

„Ich will dort nicht hin!“, begann Anna und schaute verlegen zu Boden, „das ist bestimmt langweilig, ich will lieber zuhause bleiben und lesen! Oder dir und Papa im Geschäft helfen!“

„Ach, Anna“, klang die Mutter beinahe verzweifelt, schüttelte den Kopf und fuhr sich mit beiden Händen übers Gesicht, „wenn du wirklich gar nicht willst, dann lass es. Dann stornieren wir die Reise eben!“

Damit hatte das Mädchen nun wirklich nicht gerechnet! Innerlich eingestellt auf ein hartes Duell, Argument gegen Argument, ein erbittertes Betteln und Flehen, sogar auf die Knie wäre sie gefallen – doch so einfach sollte es gehen? Warum so plötzlich?

Es machte Klick in ihrem jugendlichen Gehirn und mit einem Mal lag die Entscheidung bei ihr – und das gefiel ihr, ohne Zweifel!

„Warum eigentlich nicht?“, überlegte sie ernsthaft, *„es könnte doch wirklich ganz lustig werden!“*

„Mama“, begann sie und nun stellte sich ihre Mutter auf das Schlimmste ein, „ich fahre in dieses Ferienlager!“

Die Verblüffung nahm ihren Lauf ...

„Wo ihr euch beide, du und Papa, doch solche Mühe gegeben habt, etwas Passendes für mich zu finden ...“

... der Mund der Mutter öffnete sich ...

„... da kann ich als eure Tochter doch nicht so undankbar sein ...“

... und wollte sich noch weiter öffnen ...

„... und deshalb sage ich: Danke schön! Ich freue mich darauf! Es wird bestimmt lustig werden!“

Erfreut sprang das Mädchen erst von einem Fuß auf den anderen, um dann ihre immer noch sprachlose, höchst verdutzte Mutter zu umarmen und zu küssen.

„Ich werde gleich mal nachsehen, was ich alles mitnehmen soll!“, hüpfte sie wie auf Wolken schwebend zur Tür hinaus.

„Wie soll einer schlau aus diesem Mädchen werden?“, schüttelte Frau Hoffman erneut ihren Kopf und strich mit den Handflächen über ihr Gesicht. So verharrend schloss sie ihre Augen und genoss für einen kurzen Moment diese Stille um sich herum. Manchmal war ihr einfach alles zu viel. Und ihre Erstgeborene machte ihr das arbeitsreiche Leben auch nicht leichter.

Anna hüpfte und tanzte in ihrem kleinen Zimmer umher und suchte alles Mögliche zusammen. Schließlich hatte sie vor zu verreisen, ganz alleine, mit vielen anderen Kindern – eigentlich waren es schon Jugendliche, wie auch immer.

Die Bücher wollte sie zuhause lassen. Wozu sie auch mitschleppen? Da gab es doch sicherlich viele andere interessante Dinge zu tun ... wenn ihr im Moment auch keine einfallen wollten ...

Doch sie hatte sich fest vorgenommen, offen für alles zu sein. Für alles und jeden, der ihr begegnen wollte und sollte.

Drei Tage später saß Anna mit lauter unbekannten Burschen und Mädchen zwischen 14 und 17 Jahren in einem großen Bus und es regnete wieder, oder noch immer, in Strömen. Nach langen zwei Stunden Fahrt, in denen die Begleiter und Ferienlagerverantwortlichen den Kids alle möglichen Regeln und Hinweise durchs pfeifende Mikrophon, abgelesen wie eine Trauerrede von einer langen Liste, durchgegeben hatten, trafen sie endlich am vorgesehenen Ziel ein. Mitten im Wald standen die sechs Blockhütten, auf die die Jugendlichen aufgeteilt wurden und in die sie sich auch möglichst schnell zu verziehen hatten.

„*Na, das fängt ja gut an!*“, dachte sich sicherlich nicht nur Anna!

Zusammen mit vier anderen Mädchen belagerte sie eines der Blockhäuser. Auspacken, sich frischmachen und kennenlernen standen bis zum Mittagessen auf dem Programm. Das Wetter versprach nichts Gutes, es regnete und regnete.

Während die anderen ohne Unterbrechung quasselten, sich vorstellten und über sich sprachen, war Anna stumm wie ein Fisch. Sie hing ihren Gedanken nach und räumte ihre Shirts und Hosen in den Kleiderschrank. Sie legte ihre Unterwäsche in die Schublade und sortierte die Socken dazu.

„Und wie heißt du?“, wurde sie von einem der Mädchen gefragt. Sie drehte sich um und irgendwie freute sie sich sogar, angesprochen zu werden. Schließlich war es ihre Entscheidung gewesen, an dieser Ferienreise teilzunehmen, also sollte sie die Gelegenheit auch nützen, neue Freundschaften zu schließen.

Das Eis war gebrochen – schneller, als sie es selber von sich erwartet hatte! Anna begann wie auf Knopfdruck, einem Wasserfall gleich, zu plaudern und die Fünfergruppe in ihrem Haus verstand sich auf Anhieb prächtig. Die folgenden Tage bis zum Ende der Woche gestalteten sich abwechslungsreich und interessant, lustig und überaus unterhaltsam und sogar lehrreich. Keine Sekunde lang vermisste Anna weder ihre heiß geliebten Bücher noch das Zeichnen, und das wollte schon etwas heißen!

Sogar das Wetter spielte mit und sorgte mit strahlendem Sonnenschein ab dem zweiten Tag für äußersten Frohmut in der illustren Truppe. Sowohl Betreuer als auch die Burschen und Mädchen hatten ihren Spaß und genossen das bunte Programm.

Der Tag der Heimreise nahte, und als ob auch der Wettergott darüber äußerst betrübt gewesen wäre, setzte prompt kurz nach der Abfahrt wieder Regen ein. Es goss erneut wie aus Eimern, doch blieb die Stimmung während der Fahrt sehr fröhlich. Zumindest während der ersten Stunde, danach wurde allen Beteiligten klar, dass diese Ferienreise bald ihr unwiderrufliches Ende nehmen würde.

Anna saß im Kreise ihrer Blockhausgenossinnen in der letzten Reihe, also ganz hinten im Bus und hielt die Augen geschlossen. Nicht nur die Tage waren reich an Erlebnissen, erst mit dem Einsetzen der Dunkelheit begannen die Lebensgeister der Jugendlichen so richtig zu erwachen.

Erschöpft von der letzten Nacht, der großen Abschiedsfeier mit Würstelgrillen und Singen am Lagerfeuer, beherrschte leises Schnarchen an den verschiedensten Stellen im Bus die Fahrt. Nur der Busfahrer war munter und gut ausgeschlafen und genoss die Musik aus seinem Radio, während die Gäste ihren Gedanken und Träumen nachzuhängen schienen.

Auch Anna ließ ihre Erinnerungen an die vergangenen Tage Revue passieren und grinste immer wieder einmal im Halbschlaf. So übel waren sie gar nicht, die Mädchen in ihrem Haus. Monika und Sybille, Annegret und Emilie. Da waren aber auch noch einige Jungs aus den Häusern ganz hinten, abseits, beinahe mitten im Wald. Weiter hinten, nicht so wie ihr Haus, welches sich in der Nähe des Sees befand und von wo aus sie einen guten Ausblick auf den in der Ferne zu erkennenden Gebirgszug hatten. Markus und Stefan, Andreas und Josef, Manfred und Gerhard und wie sie alle hießen, doch vor allem war da Sebastian, der ihr besonders aufgefallen war und ihr auch gut gefiel.

Wieder umspielte ein Lächeln ihre Mundwinkel und sie meinte noch den schüchternen Kuss von Sebastian auf ihren Lippen fühlen zu können. Am dritten Abend am Lagerfeuer, als sie gemeinsam in der Runde saßen und jeder, der Lust und Laune hatte, eine schaurige Geschichte zum Besten geben konnte, saß sie genau neben ihm. Anna fiel nichts Passendes ein, waren es doch hauptsächlich Märchen, die sie bisher in ihrem jungen Leben gelesen hatte. Obwohl diese auch oft ziemlich schaurig waren, schämte sie sich doch, diese vorzutragen und schwieg deshalb vorsichtshalber. Besonders die Burschen wussten da schon besser Bescheid und erfreuten sich daran, den Mädchen mit gruseligen Geschichten ein Kreischen zu entlocken.

Anna saß, wie gesagt, neben Sebastian und als wieder eine schaurige Erzählung die Runde machte, griff sie wie automatisch nach seiner Hand. Gebannt lauschte sie der Schilderung und rutschte immer näher an den ihr bis dahin unbekannten Burschen heran. Offensichtlich schien es ihn nicht zu stören, ja wusste er es gar zu genießen, denn irgendwann umschlang er sie mit seinem Arm und sie fühlte sich geborgen und beschützt. Als die Geschichte nun doch unerwartet gut ausging, fühlte Anna ein Kribbeln durch ihren Körper ziehen, ausgehend von den Zehenspitzen bis hin zu den Spitzen ihrer kastanienbraunen Haare. Und ihre dermaßen aufgestaute Energie entlud sich in einem spontanen Kuss auf die Lippen ihres überraschten Sitznachbarn. So einfach und genauso schnell geht es manchmal.

Bruchteile von Sekunden veränderten so ihr Leben. Irgendwann löste sich die Lagerfeuergesellschaft auf und alle verzogen sich in ihre Betten. Anna wurde nun erst so richtig bewusst, was da geschehen war. *Mit* ihr geschehen war und überhaupt. Viel zu schüchtern war sie, um diesem Jungen danach noch in die Augen sehen zu können. Dabei fühlte sich das so unwahrscheinlich gut an. So weich und sanft waren seine Lippen, so zart und liebevoll seine Berührung.

Anna spürte ein leichtes Rütteln an ihrem Arm und schlug ihre Augen auf. Sebastian, der Junge aus ihren ach so süßen Träumen, saß plötzlich neben ihr. Etwas verschlafen und überrumpelt schaute sie sich um. Sybille und Annegret hatten ihm ihren Platz überlassen, die anderen in der Reihe dösten vor sich hin.

„Wie geht es dir, Anna?“, fragte er sanft und legte seine Hand auf die ihre.

„Gut, danke“, antwortete sie knapp und wusste nichts weiter zu sagen.

„Ich hab dir hier meine Adresse und die Telefonnummer aufgeschrieben“, steckte er ihr einen klein zusammengefalteten Zettel zu, „ich würde mich freuen, wenn du dich bei mir meldest.“

Dabei blickte er ihr fest und doch sehr liebevoll in die Augen. Wie ein Blitz durchzuckte es sie und sie konnte, selbst wenn sie es gewollt hätte, seinem Blick keinen Millimeter ausweichen. Im nächsten Augenblick umarmte und küsste er sie. Nur sekundenlang, doch Anna hatte das Gefühl, abzuheben in die Weiten des Himmels, zu entschweben in die Schwerelosigkeit des Glücks und wollte nie wieder zurückkehren. Träumend hielt sie ihre Augen geschlossen und als sie diese wieder öffnete, war der Platz neben ihr leer. Kurz darauf erreichten sie die heimatliche Stadt und das magische Wunder dieser Reise war vorbei.

Nach heftigen Umarmungen und eifrigen Schwüren, weiterhin in Kontakt zu bleiben, zerstreuten sich die Teilnehmer in alle Himmelsrichtungen und von den gut gemeinten Vorsätzen blieb irgendwann nur mehr eine immer schwächer werdende Erinnerung übrig.

❖

Die Mittagspause war gerade lange genug, um zuhause einen Happen essen zu können und dann schleunigst zurück in die Schule zu gehen. Bei Schönwetter fuhr Anna gerne mit dem Rad, denn so ging es erheblich schneller und sie konnte die Mahlzeit auch genießen. Im Winter oder wenn sich die Regenwolken wieder einmal wie aus Eimern über die Welt ergossen und sie zu Fuß unterwegs war, durfte sie einen höheren Gang einlegen, damit sich das Ganze auch rentierte. Zum Glück hatte sie nur an zwei Tagen in der Woche Nachmittagsunterricht und das ließ sich aushalten. Und wie es im nächsten Schuljahr sein würde, wusste sie ja jetzt noch nicht.

Seit sie nun aber offiziell zu den Frauen gehörte und ihr die Menstruation mehr oder weniger regelmäßige Besuche abstattete, verbrachte sie die Mittagspausen in der Schule. Und das meistens am Klo sitzend.

Heftige Bauchkrämpfe gingen mit der ohnehin schon starken Blutung einher und verdarben ihr neben dem Appetit auch meist die gute Laune. Oftmals konnte sie nicht einmal aufrecht stehen, so sehr schmerzte ihr Unterbauch. Als Nachzüglerin in dieser weiblichen Angelegenheit war sie eine der Letzten in ihrer Klasse, die von der „roten Tante" heimgesucht wurde.

Den Begriff „rote Tante" hatten einige Mädchen dieser Schule vor mehreren Jahren aufgebracht, doch das war schon so lange her, dass sich heute niemand mehr an die Hintergründe des Entstehens erinnern konnte. Das Bild der anderen stets vor Augen, die schon die Menstruation hatten und stolz darauf waren, ließen sie diesem Ereignis ziemlich gelassen entgegensehen. Dass es für sie mit solch unangenehmen Schmerzen verbunden sein würde, konnte sie ja nicht ahnen!

Zusammengekauert saß sie auf der Toilette und konnte keinen klaren Gedanken fassen. Anstelle mit den anderen zu plaudern oder ihre mitgebrachten Jausenbrote zu verspeisen, wartete sie auf eine Erleichterung. Zuhause verweilte sie oft eine ganze Stunde am stillen Örtchen und das, ohne zu lesen!

Meistens ging es dann doch irgendwie und sie musste ja ohnehin wieder zurück zum Unterricht.

In diesen Tagen stand für alle Schülerinnen und Schüler der vierten Klasse Hauptschule eine Berufsorientierung auf dem Stundenplan. Es galt nun zu entscheiden, was sie in Zukunft machen wollten. Anna war ziemlich ratlos, wohin sie ihr Weg führen sollte. Sicher gab es einiges, was sie interessierte; darüber hinaus wollte sie aber auch ausloten, welche Möglichkeiten ihr die Heimatstadt bot.

Langsam schlenderte sie die Straße entlang. Obwohl das Wetter schön und die Temperaturen dem Frühling entsprechend warm waren, hatte sie beschlossen, zu Fuß zu gehen. Immer öfter traf sie diese Wahl, weil sie im Gehen besser nachdenken konnte, als wenn sie mit dem Rad zur Schule fuhr.

Den Weg kannte sie in- und auswendig und ihre Beine führten sie, ohne sich darüber groß Gedanken machen zu müssen. Zwischenzeitlich streifte sie mit ihrem Blick über die Häuser, über den strahlend blauen Himmel, folgte den Vögeln und bestaunte mit einem Lächeln die zum Aufblühen bereiten Bäume. Sie kam an den Geschäften unterschiedlichster Art vorbei, die zum Teil eng aneinandergereiht, wie auf einer Perlenkette, besonders am Hauptplatz der Kleinstadt den hier lebenden Menschen alle notwendigen Güter feilboten. Entsprechend belebt war dieser Teil und es herrschte reges Treiben, auch in den angrenzenden Straßen. Das gefiel dem Mädchen, konnte sie es doch auch im Laden des elterlichen Betriebs immer wieder miterleben. Zu studieren oder ihre Freude am Zeichnen beruflich zu nützen, kam ihr jedoch nicht in den Sinn.

„Handeln mit Waren, um die Leute damit zu versorgen, hat schon was“, sinnierte sie vor sich hin und starrte Löcher in die Luft, *„doch auf welche Art soll ich mich konzentrieren? Lebensmittel? Naja. Kleidung, Schuhe? Nein, auf gar keinen Fall! Bücher? Bücher! Da kenn ich mich aus! Bücher, genau, das wäre das Richtige für mich!“*

Voller Freude über ihre Eingebung überlegte sie, wo sie doch schon mal hier war, gleich in der einzigen Buchhandlung der Stadt vorbeizuschauen. Solange der Entschluss noch frisch war, wollte sie fragen gehen – bevor sie es sich wieder anders überlegte!

Mit klopfendem Herzen ergriff sie die Klinke an der Eingangstür zum Geschäft von „Schreibwaren und Bücher Gürtler“. Unzählige Male war sie schon hier gewesen wegen einiger Hefte, Malblöcke oder Stifte für die Schule, auch Bücher kauften sie stets hier und auch die Schulbücher wurden hier ausgegeben. Trotz der Vertrautheit war sie nervös, führte sie diesmal doch ein eigenes Anliegen hierher. Beinahe wollte sie umdrehen und so tun, als ob sie nichts brauchte, doch da hatte sie bereits Herr Gürtler persönlich erkannt und kam auf sie zu.

„Grüß dich, Anna“, sprach er sie an und das Mädchen lächelte verlegen.

„Wie kann ich dir helfen?“, fragte er freundlich und Anna schluckte. Dann nahm sie all ihren Mut zusammen und sagte: „Nehmen Sie auch Lehrlinge auf? Ich meine fürs Verkaufen und so.“

„Du möchtest dich bei mir bewerben?“, lächelte er und legte väterlich seine Hand auf ihre Schulter. Das Mädchen nickte und fühlte, wie ihr die Schamesröte ins Gesicht stieg.

„Nun“, begann er und wurde nachdenklich. Er rieb sich am Kinn und Anna befürchtete schon das Schlimmste.

„Warum habe ich bloß gefragt!“, schalt sie sich in Gedanken und wäre am liebsten im Erdboden versinken.

„Gut, dass du nachfragst“, antwortete er und das Lächeln fand in sein Gesicht zurück, „im nächsten Jahr wird tatsächlich eine Lehrstelle frei!“

Erleichtert hob sie ihren Kopf und lächelte zurück. Ein Stein fiel ihr vom Herzen.

„Das dürfte mit deinem Schulabschluss gut zusammenpassen“, überlegte er erneut und Anna nickte. Herr Gürtler war genau wie ihr Vater im örtlichen Verein der Wirtschaftstreibenden und somit kannten sie sich sehr gut. Also wussten sie auch untereinander über die Kinder und deren Alter Bescheid.

„Jetzt bin ich in der vierten Klasse Hauptschule und im nächsten Jahr fertig mit der Schule“, strahlte sie den Mann an und war richtig stolz auf sich selbst.

„Schön, meine Liebe“, legte er wieder väterlich seine Hand auf ihre Schulter und klopfte leicht dagegen, „dann freue ich mich auf deine Bewerbung! Ich werde dich auf alle Fälle vormerken. Richte deinen Eltern liebe Grüße von mir aus.“

„Danke, Herr Gürtler, mach ich!“, konnte sie ihre Freude kaum verbergen, „auf Wiedersehen, Herr Gürtler, und nochmals danke!“

Ihr Herz klopfte nun stärker als vorher, als wollte es zerspringen vor Begeisterung. Möglichst ruhig und gefasst steuerte sie die Eingangstür an und kaum war sie auf der Straße verschwunden und um die nächste Ecke gebogen, musste sie einen lauten, kreischenden Freudenschrei loslassen. Sie war so stolz auf sich und ihren Mut und auch darauf, ihr Leben selber in die Hand genommen zu haben.

„Warten wir erst einmal ab“, kam die ernüchternde Antwort des Vaters, als ihm Anna zwei Tage später die freudige Nachricht überbrachte. Auch die Mutter tauschte nur einen vielsagenden Blick mit ihrem Mann aus und löffelte weiter ihre Suppe. Schweigen beherrschte das Mittagessen, auch Anton und Andrea hingen ihren Gedanken nach.

Die Enttäuschung verdarb Anna den Appetit und sie stand augenblicklich auf.

„Iss doch wenigstens deinen Teller leer!“, hörte sie die Mutter noch rufen.

„Lass sie doch. Du weißt doch, was für ein Sturkopf sie ist. Wenn sie wieder zur Besinnung gekommen ist, wird sie erkennen, wie gut sie es zuhause hat!“

„Pah!“, schimpfte sie in Gedanken und die Tränen stiegen ihr in die Augen, *„ihr habt doch alle keine Ahnung!“*

Wütend warf sie die Tür hinter sich zu und versperrte sie zur Sicherheit. Sie rutschte zu Boden und vergrub ihr Gesicht in ihren Händen. Dann heulte sie los. Zum-Steine-Erweichen, mit voller Kraft und tief aus ihrem Herzen brach es aus ihr heraus. Sie schluckte und schniefte, stotterte und würgte. Ihr Kopf war leer und dunkel, tiefschwarz, gefüllt mit Wut und etwas Angst. Vorwürfe und Beschimpfungen durchzogen wie Blitze die Dunkelheit und je mehr sie weinte, desto leichter wurde ihr. Mit jeder Träne schwemmte sie etwas von ihrem Schmerz aus sich heraus, so lange, bis der Fluss versiegt war. Sie hatte keine Ahnung, wie lange es gedauert hatte, doch irgendwann war sie ruhig. Innerlich wie äußerlich. Ihr Gesicht spannte, die Tränenbäche verklebten ihre Wangen und zogen sie zusammen. Ihre Nase tropfte und war gleichzeitig verstopft. Sie stand auf, um sich ein Taschentuch zu holen und blieb am Fenster stehen. Draußen strahlte die Sonne, als ob alles in bester Ordnung wäre.

„Warum müssen Eltern so blöd und das Leben so anstrengend sein?“, murmelte sie und beobachtete die Vögel. Ihr Blick heftete sich an einen von ihnen und zog mit ihm durch die Lüfte. Eine Weile stand sie so da und ließ ihre Gedanken schweifen. Ein leichtes Ziehen im Bauch erinnerte sie daran, dass ihre Tage noch nicht vorbei waren. Unbewusst streichelte sie mit ihrer Hand darüber, als sie ein Stechen über ihrer Schläfe verspürte. Für einen Augenblick schloss sie die Augen und atmete tief durch. Als sie diese wieder aufschlug und ‚ihren‘ Vogel suchte, bemerkte sie einen kleinen Punkt.

„Das muss es aber nicht sein!“, meinte sie zu hören und der Punkt begann zu zucken.

„Folge mir!“, hörte sie nun ganz deutlich und langsam stieg der Ärger wieder in ihr hoch.

„Ach, lasst mich doch in Frieden!“, schimpfte sie, wirbelte mit ihrer Hand durch die Luft, als ob sie den Punkt damit vertreiben wollte und warf sich aufs Bett.

„Alle, wie ihr seid!“, rief sie und die Tränen begannen erneut zu fließen, „ich will ganz einfach meine Ruhe haben! Wie willst du mir denn helfen!“

Das Mädchen vergrub ihr Gesicht im weichen Polster und schluchzte in diesen hinein. Aber so leicht ließ sich der Punkt nicht abschütteln! Er war da, ob vor geöffneten oder geschlossenen Augen, er war da.

Sein Zucken und Hüpfen wurde stärker und stärker, wie immer. Und mit ihm auch das Stechen über ihrer rechten Schläfe.

„Folge mir!", meinte sie ihn ein weiteres Mal flüstern zu hören.

„Nein, ich will nicht, lass mich in Ruhe!", brummte sie in den Polster und vergrub sich noch tiefer hinein.

Stille umfing sie, doch sie war angespannt, sie lag quasi auf der Lauer. Sie schnupfte und rümpfte trotzig ihre Nase, während der Punkt vor ihr zuckte und vibrierte. Größer war er bereits geworden, doch er war still, sagte nichts mehr, rief ihr nichts mehr zu.

Anna entspannte sich und drehte sich auf den Rücken. Sie zog sich die Decke bis zum Hals und öffnete ihre Augen. Sie schloss sie wieder, um sie abermals zu öffnen. Egal, was sie machte, der Punkt war da. Mittlerweile zu einem riesigen Fleck ausgeweitet, verlockte das nebelige Nichts in es einzutauchen. Willenlos geschah es und Anna wurde regelrecht in ihn hineingezogen. Sie sauste durch einen Tunnel aus weißem Licht, um irgendwann nach einem langen, angenehmen Flug in die Weiten des Himmels ausgespuckt zu werden. Sie schwebte durch die Lüfte und fühlte sich frei, schwerelos und leicht. Es war rundherum warm und ruhig und sie war allein ...

Genussvoll schloss sie ihre Augen und fiel hinab in diese Leichtigkeit. In vollstem Vertrauen vermochte sie loszulassen, verschwendete keinen Gedanken daran, was sein oder passieren könnte. Ihr war es völlig einerlei, was um sie herum geschah, sie fühlte sich einfach nur gut!

„Schön, dass du hier bist, kleine Anna!", drang eine sanfte Stimme an ihr Ohr und veranlasste sie dazu, ihre Augen zu öffnen.

Sie fühlte etwas Weiches, Geschmeidiges auf ihrem Körper und konnte gerade noch die vor ihr wegfliegende, weiße Eule erkennen. Auf ihren Schultern lag nun der weiße Pelzmantel der Schneekönigin. Die Eule hatte diesmal gar nicht gelacht ...

Mit einem seligen Grinsen im Gesicht kuschelte sich das Mädchen in den Mantel, obwohl ihre Gedanken gegenteiliger Art waren: *„Ich brauch den Mantel nicht! Es geht mir gut! Lasst mich doch bitte zufrieden!!!"*

Offensichtlich willenlos ergeben – wem oder was auch immer – schmiegte sie sich weiterhin in den sie umhüllenden Pelz und schwebte damit durch die Lüfte. Wie im Wunderland von Alice reckten und streckten sich die Blumen da unten auf der bunten Wiese und winkten ihr freundlich zu.

Angekommen in einer kleinen Stadt, ähnlich der, in der sie wohnte, flog sie plötzlich tiefer und streifte beinahe deren Dächer. Schräg und sich lustig hin und her bewegend, meinte sie auch die bunt bemalten Gebäude sprechen zu hören und es hatte den Anschein, dass sie dort alle kannten, ja sogar schon auf sie warteten!

„Wir grüßen dich, kleine Anna!", sangen sie beinahe im Chor, „sieh uns an, wie wir alle fleißig sind und arbeiten!"

Verwundert schaute sie ihnen zu, während sie weiterhin knapp über deren Giebel hinweg schwebte. Das eifrige Treiben da unten amüsierte sie. Ihr Lächeln war eingefroren, sie grinste andauernd und konnte nichts daran ändern. Sie fühlte sich wohl und hatte keinerlei Schmerzen mehr, weder im Bauch noch über der Schläfe. Alles war gut und schien in bester Ordnung zu sein. Es war so, wie es sein sollte ...

Das Flackern vor ihren Augen hatte aufgehört und nun wartete sie auf das Kribbeln in ihrem Körper. Wie auf einem unsichtbaren Seil hängend flog sie weiter, stieg höher nach oben und überquerte erst einen dichten, wunderbar sattgrünen Wald und gelangte anschließend an einen Fluss. Das Plätschern des Wassers lockte sie an und sie machte sich bereit zur Landung. Leuchtend bunte Forellen sprangen aus dem Nass, um im nächsten Moment wieder darin abzutauchen. Sie hörte sich in der Ferne lachen. Es war ihr eigenes, kindlich begeistertes Lachen, welches sie wie durch einen Trichter, einen Filter vernahm und das sie erschreckte.

Sie fühlte sich weiterhin wohl, es ging ihr gut und sie war ohne Schmerzen. Auch das Kribbeln ließ auf sich warten und für einen Moment wusste sie nicht, ob sie darüber froh sein oder sich wundern sollte.

„Das Wasser ist herrlich!", glucksten die Forellen und tauchten unentwegt auf und ab, „es spült allen Kummer und alle Sorgen weg!"

Anna nickte wie ferngesteuert und ihr Gesicht war immer noch zu einer grinsenden Fratze verzogen. Langsam bahnten sich ihre Gedanken die eigenen Wege und sie fragte sich, was das alles sollte. So schön es hier auch war und so sehr sie es auch liebte, in ihre Phantasiewelten abzutauchen, so unheimlich wurde es ihr mit der Zeit. Sie hatte weder in einem Buch gelesen noch ein Bild angesehen, sie war lediglich am Fenster gestanden und hatte die Vögel am Himmel beobachtet ...

War sie verrückt oder vielleicht krank im Kopf, gar geistesgestört?

Ein Teil in ihr war klar, vollkommen klar und genau das ängstigte sie. Auf den Rest, und der war unbestreitbar größer und auch mächtiger als ihr klarer Anteil, hatte sie leider keinerlei Einfluss. Der machte mit ihr, was er wollte – wer oder was es auch immer so wollte!

„Geht es dir gut, liebe Anna?", säuselte hinter ihr eine ebenso wohlbekannte Stimme, „wie schön, du trägst den Mantel, den ich dir geschenkt habe."

Nun wusste sie, auch ohne sich umzudrehen, das war die Schneekönigin. Der klare Anteil in ihr sträubte sich gegen diese überzogene Freundlichkeit, doch setzte sich zu ihrem Leidwesen der andere, größere durch. Das Mädchen wandte sich um und grinste – immer noch wie eingefroren, einzementiert, unwiderruflich.

Eine Umarmung folgte und ein gruseliger Schauer durchzog den Körper des Mädchens.

„Warum sträubst du dich so, meine Liebe?", klang die Frage wie ein Vorwurf und der Blick der kühlen Frau wurde ernster, „es geht dir doch gut, oder? Alle Schmerzen sind verflogen und du bist behütet und beschützt!"

Sie lockerte die Umarmung und hielt das Mädchen an den Schultern fest. Ihr Blick drang tief in sie ein und erfüllte sie von innen heraus mit einer eisigen Kälte.

„Alles ist gut! Was willst du mehr? Sei dankbar dafür!", meinte sie schroff und schon im nächsten Augenblick lächelte sie mit verhohlener Freundlichkeit. Erneut umarmte sie das steife Mädchen, drückte ihr einen Kuss auf die Wange und verschwand im eisigen Blau des Himmels.

Anna stand da wie ein Eiszapfen, wie festgefroren an einer Dachrinne und konnte sich nicht bewegen. In ihrem Inneren trug sie heiße Kämpfe aus, unentschlossen, welche Seite die richtige war, wie sie sich entscheiden sollte und ob sie sich überhaupt entscheiden sollte oder musste?

„... sie wird noch erkennen, wie gut sie es zuhause hat! ... Sie ist ein Sturkopf, ein Kind, das keine Dankbarkeit kennt ... wir wissen, was gut für sie ist!", hallten

Aussagen ihrer Eltern in ihrem Kopf und drückten auf ihr Gewissen. Freiheit oder Sicherheit, wollen oder müssen, dürfen oder können? Dankbar und brav sein oder ausbrechen und ausprobieren? Brav und folgsam oder verstoßen und einsam? Alleine oder in der Familie ... ich oder ... ?

Ein heftiger Hustenanfall quälte sie urplötzlich, sie hatte sich verschluckt, doch woran? Anna war von einer Sekunde auf die nächste in ihr Zimmer zurück geschleudert worden, zurück in die Realität, mit all ihren Schmerzen und Sorgen und all den offenen Fragen ...

❖

Der neunte und letzte Schulbeginn im Leben von Anna war da und somit der erste Tag im letzten Schuljahr. Entgegen ihrem Wunsch hatten sie ihre Eltern in der Handelsakademie angemeldet. Im Grunde war es völlig egal, wo sie ihr letztes Pflichtschuljahr absolvierte, es ging ihr rein darum, ihren Willen durchzusetzen. Und diesmal hatte sie eben, oder wieder einmal, den Kürzen gezogen.

Griesgrämig und mit ernster Miene saß sie in der Klasse, in der nur wenige vertraute Gesichter zu finden waren. Zwei Mädchen aus der Hauptschule und ein oder zwei Jungs aus der Nachbarklasse befanden sich auch hier, alle anderen waren ihr unbekannt. Dieses eine Jahr würde sie auch noch durchstehen, sagte sie sich immer wieder, obwohl die Gewissheit, ‚verloren' zu haben gegen die Übermacht der Eltern einfach mehr Gewicht hatte.

Der Herbst mit seinen sich verfärbenden Blättern übte einen besonderen Reiz auf das Mädchen aus und immer, wenn es das straffe Lernprogramm der Schule zuließ, flüchtete sich Anna in die Weiten des nahegelegenen Waldes. Dieses, ihr letztes, Zeugnis positiv abzuschließen, war ihr Ziel, mehr strebte sie nicht an. Stets die bevorstehende Lehre in der Buchhandlung von Herrn Gürtler vor Augen, war dies das Einzige, das sie aufrecht hielt und zum Studium anregte. Ihre Eltern hatten wohl anderes im Sinne mit ihrer erstgeborenen Tochter, doch wollte diese ihre Pläne entweder nicht hören oder ganz einfach nicht akzeptieren.

Durch das Verharren in ihrem Trotz und ihre anhaltende Ablehnung häuften sich die Besuche im Wald und Anna verbrachte viel Zeit in der Natur. Anton und Andrea, ebenfalls älter geworden, vermissten ihre Schwester zunehmend, doch war sie auch für sie unnahbar. Die Ältere der drei Geschwister genoss dafür umso mehr ihre Freiheit, wie sie meinte, und die Ruhe, für sich sein zu können. Fern der Verantwortung und jeglichem Müssen saß sie oft stundenlang auf einem Stein nahe dem kleinen Bach, der den Wald durchzog und starrte auf das Wasser. Oftmals in ein Buch vertieft, vermochte sie mittlerweile auch ohne helfende Texte und Erzählungen in ihre Phantasiewelten abzutauchen und inszenierte ihre eigenen Geschichten.

Die Märchen hatten ausgedient, ebenso wie die Lust am Zeichnen und Malen mehr und mehr schwand. Anna war nun ein Teenager und entwickelte sich, zumindest äußerlich, mehr und mehr zu einer jungen Frau. Ihr Körper wurde rundlicher und weiblicher, sie war groß und schlank und ihr kastanienbraunes Haar fiel leicht gewellt über ihre Schultern. Wäre sie zugänglicher gewesen, hätte sie fünf Verehrer an jedem Finger haben können, hörte sie oftmals ihre Tante sagen, wenn diese meinte, unter Erwachsenen zu sein. Doch galt das Interesse des Mädchens anderen Dingen. Phantasievolleren und geistigeren Dingen, wofür die Burschen ohnehin zu oberflächlich wären, laut ihrer festen Überzeugung.

Was allerdings nicht heißen sollte, dass sie keinerlei Interesse am anderen Geschlecht gehabt hätte, was doch völlig natürlich war in ihrem Alter. Doch wollte sie es nach außen hin keinesfalls preisgeben, sondern ersann, gut verborgen in ihrem Kopf, die wildesten und heißesten Romanzen. Gelegentlich kam auch ein gewisser ‚Sebastian' darin vor, dessen weiche Lippen und zärtliche Küsse sie noch wie an besagtem Tage auf ihren Lippen spüren konnte. Doch mehr war da nicht.

Der Wald war ein guter Platz, um sich immer wieder von der Willkür der Eltern zu erholen oder sich vor deren gestrengen Blicken zu verstecken. Und ihr Kopf ein noch besserer, um ihre Wünsche und Träume allein zu verwahren.

In einem der strammen Bäume saß ein Specht und klopfte. Weiter drüben huschte flink und wendig ein Eichhörnchen in den höchsten Wipfeln umher und direkt vor ihren Augen führte eine Ameisenstraße durch das Gras.

Nachdenklich zupfte Anna an einem Gänseblümchen, ein Blütenblatt nach dem anderen fiel zu Boden, während sie weit abgedriftet zu sein schien. In Gedanken und in ihrem Kopf immerzu auf Reisen, wusste oftmals sie selber nicht mehr zwischen Traum und Wirklichkeit zu unterscheiden. Ihre Welten verschwammen und oft schneller, als sie zu reagieren vermochte, war sie abgetaucht in eine entfernte Galaxie. Willenlos und doch freudig ob dieses schwerelosen Zustandes kreierte sie ihre eigene Realität und war Herrin über ihr Sein. Alles funktionierte, so wie sie es wollte. Sollte es bunt sein, war es so. Sollte es warm oder auch mal kühler sein, war es so. Hatte sie einen Begleiter an ihrer Seite, sollte es so sein. Wollte sie alleine sein, war auch das kein Problem. Sie war glücklich in ihrer Welt und doch auch wieder nicht.

„Anna, kommst du bitte einmal her“, rief ihr die Mutter hinterher, als sie wie gewohnt nach ihrem Trip in die Natur über die Treppe nach oben verschwinden wollte.

Widerwillig folgte das Mädchen der Aufforderung und kehrte um.

„Komm bitte mit, Anna. Vater und ich wollen mit dir reden.“

Sie schloss die Tür des kleinen Büros hinter sich und fuhr fort: „Was ist los mit dir? Deine Leistungen verschlechtern sich, deine Noten sacken ab ...“

Bevor die Mutter sich weiter in die Angelegenheit hineinsteigern konnte, unterbrach sie der Vater und sprach weiter: „Anna, du weißt, wir wollen nur das Beste für dich. Diese Schule bietet eine gute Grundlage für deine Zukunft. Dort lernst du alles, was du später einmal brauchst.“

Die dermaßen Belehrte verdrehte nur verächtlich ihre Augen und hätte sich am liebsten ihre Ohren zugehalten. Das tiefbrave Mädchen in ihr verbat es ihr allerdings und so trat sie einfach ungeduldig von einem Fuß auf den anderen, in der Hoffnung, dass dieses Gezeter bald ein Ende finden würde. Ablehnung und Hass waren in ihren Augen zu lesen, als sie die folgenden Worte vernahm.

„... um das Geschäft weiterzuführen ... unseren Lebensunterhalt zu sichern ... Tradition ... Familienehre ...“

Sie wusste nicht, was sie alles noch hören oder besser überhören sollte, irgendwann hielt sie es einfach nicht mehr aus und verließ fluchtartig das beengte Büro.

Minuten später fand sie sich apathisch, in zusammengekauerter Haltung sitzend am Boden ihres Zimmers wieder und wackelte kontinuierlich vor und zurück. Ihr Mund war leicht geöffnet und ihre Augen blickten stier geradeaus. Sie fixierte das Tischbein vor sich und schwupp!, schon war sie in eine ihrer Phantasiewelten abgetaucht. Umhüllt von einem Heil und Segen verheißenden strahlend blauen Himmel, voller sorglos zwitschernder Vögel, umrahmt von einer grünen blühenden Landschaft schaffte sie es auch ohne Hilfe des zuckenden Punktes, wenn sie es für nötig befand. Und immer wieder kam auch die weiße Eule vorbei, gefolgt von der eisigen und zugleich liebevollen Schneekönigin, um ihr den pelzigen Mantel anzutragen. Und immer öfter nahm sie diesen auch an, ließ sich von ihm umhüllen und einhüllen und einlullen in das Gefühl des Heilseins und des Gefühls, alles sei gut. Frei von Schmerzen und Sorgen zu sein, hatte schon etwas ...

❖

Wieder einmal hatte sie ihre „Tage" und wenn man „Tage" einfach so daher sagt, meint man im Grunde zwei bis drei, maximal vier oder auch fünf, wenn es hochkommt. Jene von Anna allerdings dehnten sich oftmals auf eine ganze lange Woche aus und bis sie wirklich abgeklungen waren, mochte das schon zehn Tage oder mehr dauern. Das ließ in dem Mädchen das Gefühl aufsteigen, andauernd die Menstruation zu haben, ständig zu bluten, auszulaufen, und das zehrte gewaltig an ihren Kräften.

Zudem plagten sie neben den damit einhergehenden Bauchkrämpfen auch immer öfter heftige Kopfschmerzen, verbunden mit Übelkeit, Appetitlosigkeit und daraus resultierender schlechter Laune. Unabhängig davon, ob sich das ganze Übel mit dem zuckenden Punkt angekündigt hatte oder einfach so über sie hereinbrach, blieb es irgendwann auch vor den Augen der besorgten Eltern nicht mehr verborgen. Bezüglich „Frauenangelegenheiten" überließ der Vater der Mutter kampflos das Feld und obwohl der Besuch beim Frauenarzt noch nicht sehr lange zurücklag, so war seither dennoch keinerlei Verbesserung zu verspüren, eher im Gegenteil, der Zustand von Anna hatte sich sogar verschlechtert.

Nach der üblichen Routineuntersuchung verschrieb ihr der Gynäkologe, der vom Alter her mindestens ihr Großvater hätte sein können und demnach auch eine sehr beruhigende, besonnene Ausstrahlung auf das nervöse Mädchen hatte, krampflösende Medikamente in Tropfenform, welche sie immer dann einnehmen sollte, wenn ihr die Regelbeschwerden zu viel wurden. Ansonsten sei alles in Ordnung, meinte er mit brummiger Stimme und väterlichem Tonfall, und dass es bei so jungen Mädchen häufig vorkomme, dass ihre Menstruation zuweilen schmerzhaft sei und sich dies wieder beruhigen würde, sobald selbiges auch ihr Hormonhaushalt getan hätte.

So nett dieser ältere Herr auch gewesen war, konnte Anna doch nicht umhin, eine leichte Wut in sich aufsteigen zu fühlen. *„Der hat doch keine Ahnung, wovon er redet“*, dachte sie und versuchte zu lächeln, *„er ist doch ein Mann! Wie will er denn das wissen! Ich hasse es, eine Frau zu sein!“*

Von den verschriebenen Tropfen stieg sie bald auf die schneller wirkenden Tabletten um, mit Unterstützung ihrer Mutter, die meinte, ihrer Tochter damit Gutes zu tun. Immer öfter nahm sie diese schon vorbeugend ein, sobald sich ihre Tage wieder durch eine rote Markierung in ihrer Unterhose ankündigten. Tatsächlich verfehlten sie ihre Wirkung nicht und sie ging zunehmend beschwerdefrei durch ihre monatliche Menstruation. Beinahe einer Betäubung gleichend fühlte sich ihr Unterbauch gefühllos und wie außerhalb ihres Körpers liegend an, aus dem sich, nichtsdestotrotz, jede Menge Blut löste.

Die unangenehmen Nebenwirkungen dieser Krampflöser spürte sie aber umso deutlicher und intensiver. Beinahe in regelmäßigen Abständen innerhalb weniger Tage erhielt sie seither Besuch von dem kleinen, zuckenden Punkt, der lustig hüpfend Aufmerksamkeit forderte. Sie in sein alles verschlingendes Nichts in seiner immer größer werdenden Mitte saugend, begab sich das geschwächte Mädchen kampflos in seine Gewalt und ließ alles mit sich geschehen.

Anfangs dauerte der ganze Spuk nur einen Tag. Ging sie früh zu Bett und wachte am nächsten Morgen erholt wieder auf, konnte sie weiterhin aus ihrem Kraftvorrat schöpfen, ohne dass ihr Umfeld wirklich etwas davon mitbekam. Seit die Weiblichkeit von ihr und ihrem Körper blutend Besitz ergriffen hatte, trat nach und nach eine leichte Schwächung auf. Vorerst noch unbemerkt und durch Ausreden und Ausflüchte schnell vom Tisch der Realität gewischt, war ihre Erschöpfung bald nicht mehr zu übersehen. Das von Natur aus zierliche

Mädchen magerte zusehends ab, die Kleidung hing schlotternd an ihr und ihr Gesicht war fahl und bleich. Aus tiefliegenden Augen in dunklen Höhlen nahm ihr die Mutter ihre Ausreden bald nicht mehr ab und sie forderte ein klärendes Gespräch.

Zögerlich rückte Anna mit der Wahrheit heraus und breitete in knappen, doch präzise formulierten Worten ihre Leidensgeschichte aus, die bereits vor einigen Jahren begonnen hatte. Sprachlos und tief erschüttert saß ihr die Mutter gegenüber. Schuldgefühle und Entsetzen wechselten sich ab. War es möglich, dass sie so lange nichts von dem Leid ihrer Tochter mitbekommen hatte? War sie so blind gewesen oder zu beschäftigt, gefühllos oder nur unaufmerksam?

Daran konnte sie nun nichts mehr ändern, dafür *jetzt* etwas unternehmen. Nach einer innigen, länger als gewöhnlich dauernden Umarmung versprach sie dem Mädchen Besserung und Hilfe. Sie wollte alles in ihrer Macht stehende unternehmen, um der Sache erst auf den Grund zu gehen und danach Heilung anzustreben – sofern dies möglich war.

Zwei Wochen später befanden sich Mutter und Tochter auf dem Weg zu einem Facharzt für Neurologie. Einen ganzen Tag hatte sich die Frau dafür reserviert, um mit dem Zug in die nächste Stadt zu fahren und dort mit klopfendem Herzen im Wartezimmer auszuharren. Endlich hatte der Herr Doktor Zeit und führte nach einer ausführlichen Befragung einige Tests an dem Mädchen durch, das erst ehrfürchtig und dann skeptisch diese Untersuchungen verfolgte. Die beschriebenen Symptome und der Anfallablauf deuten auf „Migräne“ hin, meinte er wissend und dass sich diese „kindliche Migräne“, wie er ergänzend hinzufügte, mit der Stabilisierung ihres Hormonhaushaltes wieder verflüchtigen würde. Die krampflösenden Mittel solle sie vorerst absetzen und beobachten, ob und wie sich ihr Zustand verändern würde.

Um sicher zu gehen, verwies er die beiden an einen Kollegen, einen anderen Facharzt, einen für Endokrinologie, der sich besonders gut mit Hormonen und deren störenden Auswirkungen auskennen soll. Seinen Befund und seine Empfehlung würde er direkt an dessen Büro weiterleiten und er drückte der besorgten Mutter zum Abschied einen Zettel mit Adresse und Telefonnummer in die Hand. Sobald sie wieder zuhause wären, würde sie einen Termin mit ihm vereinbaren, nahm sie sich vor, doch vorerst wollte sie sich während der verbleibenden Zeit bis zur Rückfahrt ganz ihrer Tochter widmen.

Es war leicht bewölkt, doch angenehm warm und da und dort fand die Sonne ein Fleckchen, um durchzublinzeln. Schweigend marschierten die zwei über die Hauptstraße, bis sie ein geeignetes Kaffeehaus fanden, um einzukehren. Alles, was sie wollte, durfte sich Anna bestellen, es gab keinerlei Einschränkungen. Eine höchst ungewohnte Situation, an die sie sich erst gewöhnen musste. Die Sorgen waren der Mutter ins Gesicht geschrieben und ganz offensichtlich drückte sie das schlechte Gewissen. Die plötzliche Aufmerksamkeit genießend, fühlte sich Anna zum ersten Mal in ihrem Leben wichtig und beachtet und sie begann es zu genießen.

Der nächste Termin beim Arzt folgte und bald darauf ein weiterer und noch einer – bis es zu einem wahren Spießrutenlauf ausartete und alles andere als angenehm war. Die Aufmerksamkeit der Eltern und besonders der Mutter ließ nach und verwandelte sich schließlich sogar in Ärger über die viele Zeit, die sie wegen des ‚Leidens' ihrer Tochter nun verschwendete. Zeit, die ihr fehlte, um ihrer Arbeit nachzugehen, den Lebensunterhalt zu bestreiten und auch Zeit, die sie für sich nützen könnte, um sich zu erholen (was sie aber so gut wie nie tat).

Mehr war es das schlechte Gewissen und die Last der Verantwortung, die sich nicht nur auf sie, sondern auch auf ihre Laune auswirkte.

Bald war alles wieder beim Alten und jeder ging seinen gewohnten Tätigkeiten nach. Der Alltagstrott stülpte den Schleier des Vergessens, oder besser gesagt des Verdrängens, über die Krankheit von Anna, die nun wieder auf sich alleine gestellt war. Medikamente wechselten sich ab, ständig nahm sie irgendetwas anderes ein, doch die Situation blieb unverändert. Nahm sie die einzelnen zu wenig oft, um ihre Wirkung entfalten zu lassen oder nahm sie womöglich überhaupt die falschen ein? Sollte sie manche kombinieren oder alle weglassen? Es oblag ihr, dies zu entscheiden. Nur sie konnte die Auswirkungen fühlen und nur ihr Körper musste das alles vertragen.

Wie gut, dass sie eine Möglichkeit für sich gefunden hatte, diesem Dilemma zu entfliehen. So gesehen war es sogar der zuckende Punkt, der ihr Heil und Segen brachte, obwohl er, nun unter der offiziellen Bezeichnung „Migräne", überhaupt erst der Auslöser war. Ein Widerspruch in sich, ein Kreislauf, der sich zu einem Strudel entwickelte und sie mitriss und aus dem sie sich nur schwer lösen konnte – oder auch wollte. So genau wusste sie das auch nicht ...

❖

Im Frühsommer des folgenden Jahres machten die warmen Temperaturen Gusto auf die bevorstehenden Sommerferien, zumindest bei den jüngeren Schülern und auch den Geschwistern von Anna. Diese jedoch fieberte dem Ende ihrer schulischen Laufbahn entgegen und steigerte sich in die Vorfreude der beginnenden Lehre hinein. Einige erbitterte und Kräfte raubende Kämpfe gingen dieser freudigen Erwartung zuvor, bis sie ihre Eltern schließlich davon überzeugt hatte, sie den von ihr gewählten Weg gehen zu lassen. Dafür strengte sie sich in der Schule an, verbesserte ihre Noten und zauberte auch mit dem daraus resultierenden, guten Zeugnis ein zufriedenes Lächeln auf das Gesicht von Herrn Gürtler.

Gerade mal eine Woche Ferien gönnte sich das Mädchen, bevor sie ihre neue Arbeitsstelle antrat. Ihre exzentrische Art und ihre Vorliebe für Einsamkeit und Stille brachten ihr im Laufe der Jahre wenige bis gar keine Freunde ein und so genoss sie auch diese letzte Woche als Schülerin alleine. Jeden Tag war sie mit dem Fahrrad unterwegs, radelte frohen Mutes durch die Gegend, um letztendlich immer an derselben Stelle ihr Ziel zu finden: am kleinen Bach in ihrem geliebten Wald.

Dermaßen gestärkt von der Kraft der Natur brachte sie ihren ersten Arbeitstag gut hinter sich. Auch den nächsten und den übernächsten, die erste Woche, den ersten Monat und Herr Gürtler zeigte sich mit seinem eifrigen Lehrling überaus zufrieden. Auch im Hause Hoffman schien der Haussegen gerade und unter strahlendem Sonnenschein zu hängen, die Wogen hatten sich geglättet und die Tage plätscherten ruhig dahin.

Anna war glücklich und wirkte ausgeglichen. Sie fand sogar wieder Zeit und Muße, sich mit ihren Geschwistern zu beschäftigen, was diese ebenso erfreute. Es gab keinerlei Anlass zur Klage und auch im Körper des Mädchens kehrte Ruhe ein. Ihr Gewicht stabilisierte sich und die Farbe kehrte in ihr Gesicht zurück. Langsam begann sie ihre Weiblichkeit anzunehmen – von dem

Gefühl, sich zu ‚lieben', war sie allerdings noch Meilen weit entfernt! Doch es schien zu genügen. Ihre monatlichen Blutungen wurden erträglich, sie setzte alle Medikamente ab und somit minimierten sich auch die Besuche des lustig zuckenden Punktes.

Das erste Lehrjahr mit ausgezeichnetem Erfolg abgeschlossen, griff Anna nach den Sternen. In ihren seither äußerst realistisch wirkenden Träumen malte sie sich bereits ihren eigenen Buchladen aus, sah ihn richtig vor sich und hielt bereits Ausschau nach einem geeigneten Standort. Auch den Führerschein zu erwerben zählte zu ihren Träumen, wenn dieser auch im Moment vorrangig und zum Greifen nahe war. Wohl nicht ganz so leicht zu bestehen erschien ihr diese Prüfung, doch mit allem aufzubietenden Eifer und Ehrgeiz stellte auch das kein wirkliches Problem dar.

Und wie stolz ihre Eltern auf einmal waren! Wieder einmal galt ihr die ganze Aufmerksamkeit und diesmal verdient!

Das zweite Lehrjahr begann, wie das erste aufgehört hatte und alles lief wie geplant, wie gewünscht, wie am Schnürchen.

„Anna, kommst du bitte einmal", rief sie ihr Vater zu sich, als sie an einem Abend von der Arbeit nach Hause kam und sich frohen Mutes einer deftigen Jause widmen wollte.

Fröhlich folgte sie ihm, ohne vorerst den ersten Tonfall in seiner Stimme zu bemerken. Er führte sie in das kleine Büro hinter dem Gemischtwarenladen, mit dem sie eher schlechte Erinnerungen verband. Schweigend schloss er die Tür hinter sich und bat sie, Platz zu nehmen. Anna tat, wie ihr geheißen und lächelte. Traurig und mit versteinerter Miene schaute sie ihr Vater an, direkt und unverwandt und überaus eindringlich.

„Deine Mutter liegt im Krankenhaus", begann er und das Mädchen fühlte, wie ein Blitz durch ihren Körper fuhr.

„Sie hatte einen Schlaganfall", sprach er weiter und sein Blick sank zu Boden, „ihr Herz, es ist schwach ... zu schwach. Sie hat einfach immer zu viel gearbeitet, sich zu viel zugemutet und ich habe es zugelassen!"

Von einem Moment auf den nächsten brach es aus ihm heraus. Er verdeckte mit seinen Händen das Gesicht und schluchzte los. Anna saß wie festgefroren auf dem Stuhl und konnte sich nicht bewegen. Ihr Kopf war leer, völlig weggefegt war jeglicher Gedanke, ein riesengroßes Nichts tat sich in ihr auf, dunkel und eisig kalt. Sie öffnete ihren Mund, doch es fehlten ihr die Worte.

Ebenso plötzlich, wie er zu heulen begann, fasste sich der Mann wieder und blickte seiner Tochter erneut direkt in die Augen.

„Deine Mutter hat ein schwaches Herz, wir wissen es schon länger", fuhr er fort und Annas Augen weiteten sich.

„Der Arzt hat es schon vor Jahren diagnostiziert, nach der Geburt von Anton. Sie ist mit einem Herzfehler geboren ...", stoppte er, als suchte er nach der richtigen Erklärung, „sie wollte es nicht wahrhaben und ich ebenfalls nicht ..."

Nachdenklich sank er immer weiter zusammen, während die ihm gegenübersitzende Tochter nicht wusste, wie ihr geschah. War es etwa wieder eines ihrer Hirngespinste? Hatte sie sich, ohne es zu merken, in eine ihrer Phantasiewelten geflüchtet? Nur diesmal in eine wirklich abscheuliche, unfreundliche?

Sie schnappte nach Luft und rang nach Worten, doch es wollte einfach nichts aus ihr herauskommen. Ihr Vater blickte sie an, schweigend und Hilfe suchend. Anna erhob sich und umarmte ihn. Sanft streichelte sie über seinen Rücken, der sich unter dem erlittenen Schmerz krümmte. Unerwartet stieg ein Lächeln in ihr hoch und das Gefühl, nun *ihm* helfen zu können. Ihrem Vater, dem Familienoberhaupt, dem sonst so starken Mann, der immer für alles und jedes einen Ausweg parat hatte oder es zumindest vor seinen Kindern so darzustellen wusste. Nun spielte ihr das Schicksal die Möglichkeit zu, mit Hilfe ihrer Erfahrungen und Erlebnisse ihrem Vater helfen zu können.

Leise begann sie zu summen, eine Melodie, die ihr in diesem Moment einfach so in den Sinn kam. Sanft wiegte sie sich dazu hin und her und streichelte weiterhin über seinen Rücken. Lächelnd schloss sie die Augen und sah den strahlend blauen Himmel vor sich, die weiße Eule, die vorbeikam, um ihr den flauschig weißen Pelzmantel zu überreichen, der in diesem Falle für ihren Vater gedacht war. Sie griff danach und umhüllte seinen vor Schmerz und Trauer gekrümmten Körper damit und spürte eine sich in Sekundenschnelle ausbreitende Wärme und ein Gefühl der Geborgenheit.

Die Zeit dehnte sich, endlos. Aus Sekunden wurden Minuten und aus diesen wiederum Stunden. Nach und nach fühlte das Mädchen, wie sich ihr Vater beruhigte. Sein Atem wurde langsamer und sein Herzschlag ebenso. Weiterhin wiegten sich die beiden sanft hin und her, während Anna immer wieder diese Melodie summte. Irgendwann waren beide so entspannt, als würden sie schlafen. Keiner wusste, wie lange sie schon so dagestanden hatten und es war auch völlig unwichtig.

„Ich danke dir, Anna“, war es der Vater, der diese innige Umarmung löste und unverhofft lächelte. Er drückte ihr einen Kuss auf die Stirn und bat sie, nach ihren Geschwistern zu sehen. Dann verließ er das kleine Zimmer und verkroch sich im Lager.

Anton und Andrea wussten schon länger Bescheid, sie waren quasi hautnah dabei und dementsprechend verstört. Besonders der kleine Bruder, wenn er auch mittlerweile schon dreizehn Lenze zählte.

Tage des Bangens und Hoffens vergingen und jeden Abend pendelte die gesamte Familie ins Krankenhaus, um die Mutter zu besuchen. Sie lag auf der Intensivstation, angehängt an alle möglichen Geräte, mit denen sie über Schläuche und Kabel verbunden war. Es sah aus, als würde sie atmen. Ihr Brustkorb hob und senkte sich, doch täuschte dieser Eindruck. Es war nicht sie, die atmete, sondern ein fein eingestellter Apparat pumpte regelmäßig Luft in ihren leblosen Körper. Stillschweigend saßen die Kinder und der Vater am Bett und starrten sie an. Nichts regte sich, nichts rührte sich an ihr. Nicht die leiseste Zuckung war zu erkennen, nichts, was an ein Leben zu erinnern vermochte.

Andrea brach regelmäßig in Tränen aus. Sie schluchzte und heulte und hängte sich an den Vater, während Anna gefasst erschien und mit ihrem Bruder das Weite suchte. Die kleine Cafeteria des Krankenhauses war in diesen schweren Tagen ihr zweites Zuhause geworden, wo die beiden zusammen saßen und sich über alles Mögliche unterhielten, nur nicht über das Drama, das sich zwei Stockwerke höher über ihnen abspielte.

Am Ende der folgenden Woche war es dann soweit, der behandelnde Arzt im Krankenhaus rief Herrn Hoffman zu sich und meinte, es stünde sehr schlecht um seine Frau. Eiligst brach er auf in die Stadt. Andrea, sie hatte schon einen Tag zuvor, beim letzten Besuch, eine schlimme Vermutung in sich aufsteigen gefühlt, ließ sich nicht abwimmeln und blieb exakt an diesem Tag der Schule fern. Anton, unwissend wie sich die Lage entwickelte, folgte brav dem Unterricht. Ebenso war Anna ahnungslos und bediente, wenn auch etwas abwesender als sonst, die Kunden im Buchladen von Herrn Gürtler.

Wenige Stunden nach diesem Anruf verabschiedete sich Frau Hoffman von dieser Welt und hinterließ auf der Erde einen Trümmerhaufen ...

„Hey, Anna, was ist? Trinkst du noch einen mit, oder was?“, lallte der Junge neben ihr an der Bar und die Angesprochene antwortete in ähnlichem Tonfall: „Sicher doch!“

Es war drei Uhr morgens und dicke Rauchschwaden vernebelten die Sicht. Doch das schien niemanden zu stören. Die Musik war laut und dröhnte in den Ohren. Das Bier und der Wein flossen in Strömen und die Stimmung strebte dem Höhepunkt entgegen.

Zwei Burschen und zwei Mädchen, inklusive der bisher so braven Anna, befanden sich unter den Gästen, die zum Teil schon schlafend auf den Tischen und Bänken verteilt lagen oder sich an den wieder aufgefüllten Gläsern festhielten. Schwerfällig und wankend zählte sich Anna zum zweiten Teil der illustren jungen Gästeschar und versuchte ihrem Sitznachbarn in die Augen zu blicken. Der Alkohol war ihr in den Kopf gestiegen, sie hatte mehr zu sich genommen, als ihr schlanker Körper verkraften konnte und nun wackelte nicht nur sie ziellos in der Gegend herum, sondern auch die Disco, in der sie sich befand, drehte sich mit ihr im Kreis. Irgendwann wachte sie am nächsten Morgen in ihrem Bett auf und versuchte sich krampfhaft an den Ausgang des vergangenen Abends zu erinnern. Immer häufiger passierte ihr das, besser gesagt an jedem Wochenende.

Seit ihre Mutter verstorben war, herrschte Trauerstimmung im Hause Hoffman. Ihr Vater verschanzte sich entweder im Lager und hinter seiner Arbeit oder mutierte zum weinseligen Witwer, der ohne die Ehefrau an seiner Seite unfähig war, sein Leben in den Griff zu bekommen. Anna, für ihren Teil, fand Ausgleich und Abwechslung im Ausgehen, Freunde treffen, die sie plötzlich hatte, und auch ein Stück weit im Alkohol, der ihr wenigstens für einige Stunden die heile Welt vorgaukelte.

Andrea und Anton waren weitgehend auf sich alleine gestellt. Auch die ältere Schwester fühlte sich überfordert mit dem Berg an Anforderungen, die von einem Tag auf den anderen plötzlich an sie gestellt wurden. Neben der Hausarbeit und ihrer eigenen Arbeit im Schreibwaren- und Buchladen brauchte sie dringend Ablenkung von der Tristesse, die zuhause das Klima bestimmte, da konnte sie sich nicht auch noch um ihre Geschwister kümmern. Zum Glück zeigte sich ihr Arbeitgeber, Herr Gürtler, sehr verständnisvoll und einsichtig, unterhielt er doch persönliche Beziehungen zur Familie des Mädchens und stand in engem Kontakt mit Herrn Hoffman.

Bereits ein halbes Jahr war vergangen, seit dem schicksalhaften Tag, und das Drama steigerte sich noch. Das Geschäft musste laufen, der Umsatz stimmen und das tägliche Auskommen gesichert sein und so verausgabte sich der Familienvater bis zum Umfallen. Einer Flucht gleich verbrachte dieser oftmals nicht nur die Tage, sondern auch immer mehr Nächte im Lager, vor Erschöpfung eingeschlafen auf einer Palette zwischen den Regalen. Er wurde schmächtiger und fahler und krankheitsanfälliger.

Es war nun Anna, die vor zwei Jahren noch so hart und ausdauernd um die Durchsetzung ihrer Wünsche gekämpft hatte, die den ersten Schritt zur Veränderung dieser leidlichen Situation setzte. Schweren Herzens, bat sie Herrn Gürtler um eine Unterredung und trat ihm in aufrechter Haltung und mit stolz geschwellter Brust gegenüber.

„Herr Gürtler", begann sie mit fester Stimme, „Sie wissen, wie sehr ich die Arbeit bei Ihnen schätze und liebe. Doch das Leid und den Kummer meines Vaters kann ich nicht länger ertragen!"

Sie musste trotz ihrer festen Überzeugung eine kurze Pause einlegen, in der ihr Chef zustimmend nickte und fuhr dann fort: „Ich bitte Sie, mich gehen zu lassen. Ich werde die Lehre im Geschäft meines Vater abschließen. Er braucht mich jetzt, meine Familie braucht mich!"

Herr Gürtler war den Tränen nahe und umarmte zum ersten Mal in seinem Leben einen ihm anvertrauten Lehrling.

Ein weiteres Mal hielt Anna einen Mann, einen väterlich alten Mann in ihren Armen und fühlte sich als die Stärkere der beiden. Erneut fand das Lächeln in ihr Gesicht zurück und sie meinte zu spüren, dass ihre Entscheidung richtig war – zumindest für diesen Moment.

„Ja, liebe Anna", löste sich ihr Chef aus der innigen Umarmung und schaute ihr tief und fest in die Augen, „du bist ein gutes Mädchen! Ich lasse dich gehen. Wenn auch schweren Herzens, doch ich verstehe deine Situation. Dein Vater kann stolz auf dich sein und ich bin es auch!"

Nun war auch bei dem Mädchen der Tränenkanal geöffnet und ohne jegliche Einflussnahme schossen diese aus ihren Augen. Wild und zügellos begann sie zu heulen und brachte den vor ihr stehenden Mann durcheinander. Unkenntlich dessen, wie er reagieren sollte, stand er für einen Moment lang orientierungslos da, um endlich dieses Häufchen Elend vor sich erneut in den Arm zu nehmen und zu trösten. Wie gut fühlte es sich doch an für das ach so erwachsene Mädchen, gehalten zu werden. Umhüllt von starken Armen, ließ sie sich fallen in das Mitgefühl und das Gefühl des Trostes, glitt hinab in die endlosen Weiten ihrer Traurigkeit und sie fühlte sich aufgefangen, gehalten und verstanden.

Alles anders ...?

„Frau Professor, wären Sie so nett, einen Blick auf mein Bild zu werfen?“, meldete sich ein Schüler aus der hintersten Reihe.

„Hm ...“, betrachtete die zu Hilfe Geholte das Werk nachdenklich und meinte: „Die Konturen sind klar, die Farben gut gewählt, doch der Inhalt kommt noch nicht richtig zur Geltung. Denken Sie sich noch einmal hinein, Sie wollen einen Reifen verkaufen, was ist wichtig für den Kunden, welche Eigenschaft, welcher Nutzen oder was auch immer soll ihn dazu anregen, genau dieses Produkt zu erwerben?“

Während sie diese Anregung aussprach, blickte die Frau an die Zimmerdecke, als ob sich dort oben der Schlüssel, die Lösung oder die Erklärung finden würde und unterstrich ihre Gedanken mit enthusiastischen Handbewegungen. Nicht nur der Schüler, der gefragt hatte, auch alle anderen, die gesamte Klasse war aufmerksam und saugte die Hinweise in sich auf.

„Die Ansätze sind sehr gut, Herr Undesser, wirklich sehr gut!“, lobte sie ihn noch zum Abschluss und ging, noch beim Thema verweilend, zurück zu ihrem Schreibtisch.

An der Tafel angelangt, drehte sie sich um und richtete sich an die gesamte Schülerschar.

„Marketing im Allgemeinen und die Werbung im Besonderen sind nicht ausschließlich Werkzeuge, um Produkte und Dienstleistungen an den Kunden zu bringen. Es sind Botschaften, die hier vermittelt werden. Bilder, Träume, Wünsche, die sich erfüllen sollen. Es ist eine Kunst, die Herzen der Menschen, der Kunden zu berühren. Und Sie sind die Künstler, meine Damen und Herren!“, beendete sie ihren emotionalen Vortrag, den sie wohl wahrhaftig nicht zum ersten Mal vom Stapel gelassen hatte, doch für den sie immer wieder eifrige Zuhörer fand. Die Begeisterung war förmlich im Raum zu spüren, als ein leises Raunen durch die Reihen ging. Die Köpfe wurden zusammengesteckt, es wurde diskutiert und beraten, die bisher erstellten Bilder wurden verglichen und bald saß wieder jeder Einzelne über seinem Werk und zeichnete, malte, radierte und korrigierte.

Zufrieden, eine neue Welle der Begeisterung ausgelöst zu haben, lehnte sie sich in ihrem Sessel zurück und beobachtete das Werken in der Klasse.

Draußen präsentierte sich der Tag grau in grau. Es regnete schon seit den späten Nachtstunden und der Anreiz, ins Freie zu gehen, schwand mit jedem Tropfen.

Das Grün der dichten Blätter in den Baumkronen würde sicherlich wunderbar leuchten im Sonnenschein, so sauber gewaschen wie es nun sein müsste. Ein beinahe unmerkliches Lächeln umspielte ihren Mund, als ihr Blick durch die regennasse Fensterscheibe nach draußen wanderte und sich in den Weiten des düsteren Himmels verflog. Sekundenlang befanden sich ihre Gedanken auf Abwegen, irgendwo hinter den Wolken, wo es sicherlich freundlicher und schöner war. Wo der Himmel blau und das Wetter strahlend war, fernab jeglichem Müssen und Sollen, in Freiheit, Frieden und ...

Die Pausenglocke drang penetrant und unüberhörbar an ihre Ohren und holte sie viel zu abrupt in die Klasse zurück. Wie meistens in ihrem Unterricht, blieben die Schüler jedoch unbeeindruckt auf ihren Plätzen sitzen und beschäftigten sich weiterhin mit ihrer Arbeit. Draußen auf dem Gang herrschte nur der Bruchteil einer Sekunde später nach dem erlösenden Signal heftige Betriebsamkeit. Die große Flucht aus den Klassenzimmern hatte eingesetzt und ein Stau war vorprogrammiert.

„Der Unterricht ist für heute beendet, meine Damen und Herren“, sprach die Professorin aus und empfand dabei jedes Mal selber etwas Traurigkeit. Die Kunst war ihr Leben, sie liebte sie und auch davon zu berichten, zu unterrichten und etwas von dieser Liebe an ihre Schüler weiterzugeben. Und ihre Schüler liebten sie und ihren Unterricht. Eine geradezu perfekte Symbiose, die zu unterbrechen ein wahrhaftes Verbrechen war! Doch Vorschrift war Vorschrift und schon am nächsten Tag ging der Unterricht weiter.

„Sie können gerne Ihre Arbeiten zuhause fertigstellen und mir morgen Ihre Werke präsentieren. Ich wünsche Ihnen allen noch einen schönen Tag“, sprach sie, packte ihre Unterlagen zusammen und mischte sich unter die Menge am Flur.

Stets ein Lächeln auf ihren Lippen schlenderte sie in Richtung Lehrerzimmer und beobachtete dabei die Kinder, die eigentlich keine mehr waren, doch sich immer wieder wie solche benahmen. Details stachen ihr dabei ins Auge, Bewegungen, Regungen und Kleinigkeiten, die sie sensibel in sich aufnahm.

Die Tür zum Lehrerzimmer war geschlossen – wie immer. Das Lehrpersonal wollte nach dem Unterricht seine Ruhe haben, unter sich sein, abschalten und für wenige Minuten ausspannen.

Sie öffnete die Tür, trat ein und schloss sie wieder hinter sich. Es war auch besser so. Zu viel Lärm und heftige Betriebsamkeit, die zu sehr ablenkten, herrschten draußen. Obwohl es auch drinnen nicht ruhiger zuging, jedoch anders.

Auf ihrem Platz sitzend, fand sie einen kleinen rosafarbenen Zettel vor.

„Bitte ins Sekretariat kommen", stand darauf mit Kugelschreiber gekritzelt.

„Ist der für mich?", erkundigte sich die Frau bei ihrer Sitznachbarin.

„Ja, den hat Marlies vorhin, als du im Unterricht warst, hereingebracht", und ergänzte, als sie ihren fragenden Blick sah, „ich habe keine Ahnung, worum es geht!"

Obwohl dies nur eine kurze Pause war, beschloss sie, nach einem prüfenden Blick auf die Uhr, doch gleich im Sekretariat vorbeizuschauen. Die Neugierde war groß und Eile war offensichtlich geboten. Zwei Stockwerke höher hatte sie anschließend Unterricht, doch wenn sie sich sputen würde, müsste es sich ausgehen, dachte sie und schon war sie unterwegs.

Heftige Betriebsamkeit in den Gängen und auf den Plätzen der Schule verhinderte ein zügiges Vorankommen, doch endlich stand sie im Sekretariat.

„Grüß dich, Marlies", keuchte sie und holte einmal tief Luft, „ich soll mich bei dir melden?"

„Anna, ja genau", grinste diese und suchte etwas zwischen ihrem Stapel an Zetteln, Mappen und Unterlagen am Schreibtisch.

„Ein gewisser Herr Mangold hat für dich angerufen. Ein Kunsthändler und Galeriebesitzer", las sie von einem Zettel ab, „ich hab seine Telefonnummer aufgeschrieben."

Sie hielt ihr die Notiz unter die Nase, während sie das eben eingehende Telefonat entgegennahm.

Ihr Gegenüber stand da und starrte auf das kleine, ebenfalls rosafarbene Stückchen Papier.

„Herrn Mangold bitte zurückrufen", stand mit Kugelschreiber darauf und darunter eine Telefonnummer.

Marlies, vertieft in das Telefonat, nickte Anna zu, runzelte ihre Stirn und als diese zurücknickte und sich in die entgegengesetzte Richtung fortbewegte, war die Angelegenheit für sie erledigt.

„Mangold, Mangold, ...“, überlegte Anna und die Glocke zur nächsten Unterrichtseinheit erfüllte die Schule. Ihre Schritte wurden schneller und schneller und schließlich joggte sie zurück zum Lehrerzimmer. Dort holte sie sich ihre bereits vorbereiteten Unterlagen ab und sprintete in den zweiten Stock des Schulgebäudes.

Atemlos stand sie vor besagtem Klassenzimmer und holte erst einmal tief Luft. Dann öffnete sie die Tür und trat mit einem freudigen Lächeln ein.

„Ich begrüße Sie sehr herzlich an diesem trüben, regnerischen Tag“, strahlte sie dafür wie die Sonne persönlich und fügte hinzu, „lassen Sie uns gemeinsam etwas Wunderbares aus diesem Tag machen!“

Schon war auch die Begeisterung dieser Schüler entfacht und sie folgten ohne Murren ihrem Vortrag. Anna war wirklich eine Lehrerin aus Leidenschaft. Stets mit vollem Eifer und Einsatz bei der Sache. Pflichterfüllung war ihr oberstes Gebot und dies galt es mit der Leidenschaft für die Kunst zu kombinieren. Daraus resultierte unweigerlich Kunst in bester Form und höchster Qualität, wenn sie ihre Sache gut machte! Und sie machte sie gut!

„Heute wollen wir uns dem Studium abstrakter Darstellung widmen“, begann sie mit ihren Ausführungen und geriet dabei förmlich ins Schwärmen. Spannend brachte sie einige ihrer im Privatbesitz befindlichen Bücher über abstrakte Malerei den Schülern näher und erklärte so nebenher die Ansätze und Gedanken der darin abgebildeten Künstler.

Selber eine begnadete Malerin, berichtete sie aus Erfahrung und lebte und identifizierte sich mit allem, was darin zu finden war. Fünf bis zehn Minuten dauerten ihre Ausführungen, bis diese in Anregungen und Hinweise übergingen, um schließlich in der selbsttätigen Arbeit der Schüler zu gipfeln. Jederzeit bereit für Fragen oder Anregungen ließ sie sich auf dem für sie zur Verfügung stehenden Lehrerstuhl nieder, um zwischenzeitlich etwas durchzuatmen.

In solchen Momenten pflegte ihr Blick immer durchs Fenster in die Weiten des Himmels zu verschwinden. Bis hinter die Wolken, fernab der Realität und weit, weit weg von ihrem jetzigen Zustand.

Plötzlich und unerwartet tauchte Herr Mangold in ihren Tagträumen auf und stellte sich als liebevoller, wenn auch dicklicher Mann mit freundlichem Gesicht dar.

„Mangold, Mangold ...“, drehten sich ihre Gedanken im Kreis und sie wurde einfach nicht schlau daraus.

In einem völlig klaren Augenblick zuckte sie kurz zusammen, um dann eine Frage in die Klasse zu entsenden: „Ist jemand der Anwesenden vielleicht so freundlich, mir sein Notebook für eine Recherche zur Verfügung zu stellen?“

Sekunden der Überraschung folgte eine wahre Welle der Hilfsbereitschaft und es boten sich der netten Lehrerin auf einmal unzählige Schüler mit ihren Geräten an. Eines davon dankbar angenommen, klemmte sie sich sofort dahinter und tippte den Namen ein.

„Mangold ...“, stand nun groß vor ihr geschrieben und es erschien eine lange Liste.

„Galerie, Kunsthandel“, ergänzte sie, doch die Anzeigen nahmen kein Ende, es gab also viel über diesen Mann zu berichten.

Geduldig klickte sie einen Link nach dem anderen an und schaute die sich ihr öffnenden Seiten durch. Zwischendurch immer wieder einen kontrollierenden Blick durch die Klasse schickend, stellte sie nach einigen Minuten fest, dass sie nichts Neues mehr erfahren würde. Herr Mangold war ein Kunsthändler und Galeriebesitzer, angesehen in der Welt der Reichen und Schönen, berühmt für sein Gespür, was neue, aufstrebende Künstler betraf und vermögend genug, diese zu fördern, wenn er es anstrebte.

Soweit so gut, doch was hatte das mit ihr zu tun? Einer Hochschulprofessorin für Bildende Künste? Mehrere Schüler forderten ihre Aufmerksamkeit und für den Rest der Stunde war der betuchte Kunsthändler aus ihrem Gedächtnis verbannt. Es gab schließlich Wichtigeres zu tun – im Moment zumindest!

❖

„Guten Morgen, Schatz“, wurde sie freundlich von hinten begrüßt und sie fühlte zwei warme Arme ihre Taille umschließen. Im nächsten Augenblick spürte sie einen feuchten Kuss, begleitet von einem sanften Kratzen an ihrer Wange.

„Einen ebensolchen, Robert“, drehte sie sich um und fiel ihrem Mann um den Hals.

„Hast du gut geschlafen?", fragte er sie liebevoll und schaute ihr dabei tief in die Augen. Das Grün in ihnen funkelte frech und unternehmungslustig, während das Blau, mit dem es eine harmonische Mischung einging, etwas Geheimnisvolles und Verruchtes vermuten ließ. Die Unnahbare kam ein wenig damit zum Ausdruck und genau das weckte den Jagdinstinkt im Manne – immer noch.

„Danke der Nachfragc, ich habe sehr gut geschlafen", lächelte sie und streichelte zärtlich über seinen sorgsam gepflegten Bart.

„Und wie hast du geschlafen?", fragte sie und nippte zwischendurch an ihrem Kaffee.

„Ach, weißt du", entfernte er sich ein paar Schritte von ihr, um seiner Antwort mehr Raum zu geben, „grundsätzlich gut, doch meine Bettnachbarin hatte offenbar intensiv geträumt und auch mehrmals laut gesprochen. Da ich nicht wusste, ob ich damit gemeint war, bin ich jedes Mal aufgewacht ..."

„Ach, du Ärmster!", versuchte sie Mitgefühl zu zeigen, schaffte es aber nicht, ihr amüsiertes Lächeln zu unterdrücken.

Mit treuherzigem Blick ließ sich ihr Mann tröstend den Bart kraulen.

„Was hat dich so bewegt, letzte Nacht?", fragte er nun ernsthaft interessiert. „War es wirklich so schlimm?"

„Es war nicht schlimm. Es war nur ... anders", überlegte er und suchte nach der passenden Erklärung.

„Du hast mit jemandem gesprochen, diskutiert oder verhandelt. Es hat sich wie ein Dialog angehört – zumindest, was ich, unsanft aus meinen Träumen gerissen, mitbekommen habe!"

Anna zuckte lächelnd mit den Schultern. Wieder kam sein treuherziger Blick, wenn auch nur kurz, zum Vorschein. Ein prüfender Blick auf die Küchenuhr mahnte zur Eile und machte den Grund der Diskussion vergessen. Die folgende, herzliche Umarmung und der innige Kuss waren auch gleichzeitig das Zeichen zum Abschied.

„Ich muss los!", stellte der Mann seine Tasse in die Abwasch, griff nach seiner Jacke und verschwand durch die Tür, „wir sehen uns am Abend. Ich wünsche dir einen schönen Tag!"

Für knappe zehn Minuten herrschte nun Ruhe in der Küche und Anna nützte die Zeit, um in der aktuellen Tageszeitung zu blättern, denn sie wusste, dass sie diese nicht lange für sich haben würde. Nach jeder Seite nahm sie einen Schluck Kaffee, als pünktlich wie die Maurer, der jüngere Sohn neben ihr auftauchte und ohne einen Gruß direkt zum Kühlschrank eilte.

„Guten Morgen, Georg“, grüßte sie ihn freundlich und lächelte, während von ihm lediglich ein brummiges „Morgen“ retour kam.

Vergraben in eine Schüssel Cornflakes, welche er mit einem Schwall eiskalter Milch übergoss, begann er sogleich, diese in sich hineinzuschaufeln. Ohne aufzublicken und ohne ein weiteres Wort. Exakt fünf Minuten später erschien der ältere Sohn auf der Bildfläche. Voller Schwung und Elan tänzelte dieser auf seine Mutter zu, drückte ihr einen Kuss auf die Wange und strahlte über das ganze Gesicht.

„Einen wunderschönen, guten Morgen“, trällerte er und klopfte seinem kleinen Bruder ermunternd auf die Schulter. Dieser ließ sich jedoch keineswegs von seinem Vorhaben abbringen und löffelte weiter sein Frühstück hinein. Er stand lieber später als früher auf und hatte demnach einen strikten Zeitplan bis zur Abfahrt des Schulbusses einzuhalten.

„Was steht heute bei dir auf dem Programm, Emil?“, fragte sie den Älteren neugierig, als er den Inhalt des halben Kühlschranks vor sich auf dem Tisch ausgebreitet hatte und sich dann gemütlich auf seinem Platz niederließ.

„Ein langer, arbeitsreicher Tag“, begann er und seine Miene verriet, dass es sich schon darauf freute. Unterdessen hatte sein Bruder seine Cerealien wieder weggeräumt und war nach oben in sein Zimmer gehuscht, um die Schultasche zu holen.

„Wir haben einen neuen Kunden bekommen“, lächelte er und begann mit dem Zubereiten seiner Frühstücksbrote, „eine große, bekannte Firma und dort sollen wir innerhalb der nächsten drei bis vier Monate die gesamte EDV umstellen.“

„Hört sich wirklich nach viel Arbeit an“, bekräftigte Anna und verabschiedete zwischendurch Georg, der es offenbar eilig hatte. Die Mutter räumte das restliche Geschirr in die Spülmaschine, machte den Tisch sauber und nahm sich noch ein paar Minuten Zeit, um den Erzählungen ihres Sohnes zu lauschen. Sie setzte sich ihm gegenüber.

„Vor allem die Lagerhaltung soll durch das neue Programm optimiert werden", begann er, biss von seinem Käsebrot ab und sprach schmatzend weiter, „dieses Programm ist wirklich toll, es wurde ja auch von uns entwickelt!"

Er lächelte zufrieden und stolz.

„Die Umstellung selber ist nicht der große Aufwand, das haben wir schnell im Griff. Dafür hat es die Einschulungsphase in sich!", er nickte zustimmend und wissend mit dem Kopf und nahm sich das nächste Brot vor, „erfahrungsgemäß muss immer jemand von uns vor Ort sein, damit die Sache auch richtig anläuft."

„Und dazu gehörst auch du", ergänzte die Mutter und musste sich nun ebenfalls auf den Weg machen.

„Genau!", grinste Emil und blätterte nebenbei in der Zeitung.

Ein weiterer Arbeitstag stand der Frau bevor, doch würde ihrer wesentlich früher enden als der von ihrem Mann oder ihrem Sohn.

Kurz vor Mittag verließ sie das Schulgebäude und sog die sich langsam erwärmende Luft in sich ein. Die Feuchtigkeit der vorangegangenen ausgiebigen Regenfälle war noch deutlich spürbar. Wasserlacken auf der Straße und dem Gehsteig und tropfende Blätter und Blumen erinnerten ebenso daran, jedoch war die Sonne bereits eifrig am Werke, diese aufzutrocknen.

Unweigerlich musste sie lächeln, streckte und dehnte sich und blieb für einen Augenblick stehen. Mit geschlossenen Augen fühlte sie den leichten Luftzug, der ihr durch die Haare strich und ihr den fröhlichen Gesang der Vögel ans Ohr wehte.

Wie gut, dass der Parkplatz zwei Straßen weiter lag, dachte sie und freute sich, einige Schritte gehen zu können. Es war Freitag und da fuhr sie ausnahmsweise mit dem Auto zur Arbeit, um anschließend gleich die Einkäufe zu erledigen. Heute wollte sie sich sputen und nur das Notwendigste besorgen. Die Geschäfte in der Innenstadt mussten warten, das hatte Zeit bis nächste Woche.

In den vergangenen Tagen war ihr Kalender vollbepackt mit Terminen und Besprechungen, da blieb ihr nicht gerade viel Luft, um auszuruhen oder durchzuatmen. Auf ihre Hobbys musste sie verzichten. Nicht einmal ein paar Seiten zu lesen ging sich aus, geschweige denn an ihrem Bild weiterzumalen.

Und genau das wollte sie an diesem ersehnten freien Nachmittag nachholen!

Vollbepackt kam sie zuhause an und begann, die Lebensmittel auszuräumen. Das Kochen ersparte sie sich, sie hatte nämlich Tiefkühlpizza eingekauft – reichlich. Außerdem gab es sie heute zum Aktionspreis. Für sich selbst allerdings, war anderes vorgesehen. Etwas, was schnell ging und sie auch während der Arbeit verspeisen konnte. Sie belegte den extra dafür mitgebrachten Kornspitz mit Schinken und Käse, legte sowohl zur Garnierung als auch zur Unterstützung ihrer Gesundheit ein sattgrünes Salatblatt obendrauf und goss den vorbereiteten Tee in die Kanne.

„Der Kassenbeleg steckt noch in der Geldbörse", fiel ihr ein und sie kramte in ihrer Handtasche danach. Ordnungsliebend wie sie eben nun einmal war, wollte sie diesen in der richtigen Schublade abgelegt wissen, bevor sie sich ihrem Vergnügen hingab. Als sie ihn gefunden und herausgzogen hatte, rutschte die kleine, rosafarbene Nachricht von Marlies, der Schulsekretärin, mit heraus und flatterte hinab, um genau auf ihrem Schoß zu landen.

„Herrn Mangold bitte zurückrufen", stand da geschrieben und darunter eine Telefonnummer.

„Auf den habe ich ja völlig vergessen!", sprach sie mit sich und blickte auf die Küchenuhr. Diese zeigte 13.35 Uhr und das am Freitag.

„Ob ich um diese Uhrzeit noch jemanden dort erreiche?", überlegte sie laut und dann kam ihr in den Sinn: „Das ist doch eine Galerie, glaube ich zumindest, und die hat sicherlich am Freitagnachmittag und auch am Wochenende für ihre Kunden geöffnet."

Für einen Sekundenbruchteil schlich sich die Möglichkeit durch ihre Gedanken, den Anruf auf den nächsten Tag oder gar nächste Woche zu verschieben – die Sehnsucht nach ihrem herrlich ruhigen Atelier war schon sehr groß – doch dann siegten die Vernunft und das Pflichtgefühl und sie griff zu ihrem Telefon. Ein wenig Neugierde war auch dabei, so ehrlich wollte sie sein!

Sie tippte die notierte Nummer ein und hielt ihr Handy ans Ohr. Leichtes Herzklopfen machte sich nach dem Ertönen des Freizeichens bemerkbar. Es dauerte ungewöhnlich lange, bis sich jemand meldete, so empfand es die Anrufende zumindest, und sie war knapp davor aufzulegen, als sie eine weibliche Stimme vernahm: „Kunstgalerie Mangold, Herzog mein Name, womit kann ich Ihnen zu Diensten sein?"

„Guten Tag", räusperte sie sich und sprach weiter, „Anna Hübner. Sie haben in der Schule angerufen und um einen Rückruf gebeten?"

„Genau“, schien die Dame am Ende der Leitung Bescheid zu wissen und kramte offenbar in ihren Unterlagen. Wenige Sekunden später sprach sie weiter.

„Frau Magistra Anna Hübner von der Fachhochschule für Mediendesign und angewandte Kunst.“

„Richtig!“

„Danke für Ihren Rückruf, Frau Magistra Hübner. Ich darf Ihnen auf diesem Wege herzliche Grüße von Herrn Mangold übermitteln, der sich zur Zeit im Ausland befindet.“

„Danke schön“, erwiderte sie einigermaßen überrascht und wartete auf eine Erklärung, die unmittelbar folgen sollte.

„Herr Direktor Mangold hat in den privaten Räumlichkeiten eines freundschaftlich verbundenen Kollegen ein Bild von Ihnen gesehen und sich auf Anhieb in dieses verliebt.“

„Danke“, wiederholte sich Anna.

„Entschuldigen Sie bitte meine saloppe Ausdruckweise, doch das waren genau die Worte, die Herr Direktor Mangold verwendet hat.“

„Ist schon in Ordnung ...“, murmelte sie, doch da setzte die pflichtbeflissene Sekretärin ihre Ausführungen fort: „Um auf den Punkt zu kommen. Herr Direktor Mangold ersucht um einen Termin mit Ihnen – am besten in Ihrem Wohnhaus, wenn Ihnen das nicht zu aufdringlich erscheint – um sich weitere Ihrer Werke zu Gemüte zu führen. Ist das für Sie machbar?“

„Natürlich ... selbstverständlich ... wollen Sie sofort einen Termin vereinbaren?“, war ihre Überraschung offensichtlich und hörbar.

„Sehr gerne!“, kam kurz und bündig retour.

„Einen Moment bitte, ich hole mir den Kalender zur Hand“, sprach sie und ihr verstärktes Herzklopfen ließ sie wie ein aufgescheuchtes Huhn kreuz und quer durch die Küche irren.

„Was mache ich hier bloß?“, schnellte ihr nicht nur diese Frage durch den Kopf, *„ich weiß ja noch nicht einmal, was dieser Herr Direktor Mangold mit seinem Besuch bei mir bezweckt! Vielleicht sollte ich die Dame danach fragen ...!“*

In Wahrheit stand der Terminplaner gerade mal zwei Schritte von ihr entfernt, doch hatte sie ganz offenkundig das Herumirren gebraucht, um nachzudenken.

„Ich hab den Kalender vor mir“, sprach sie und fühlte immer noch ihr Herz bis in die Ohren hinauf schlagen.

„Der Herr Direktor wird Ende der nächsten Woche von seiner Reise zurückkehren. Ab dem 3. Mai haben Sie freie Wahl!“

Anna blätterte und überlegte. Diese Seite strahlte ihr weiß und ohne jegliche Termine entgegen. Sollte sie gleich den Montag wählen? Wie würde das aussehen! Als ob sie nur darauf wartete, Herrn Mangold bei sich begrüßen zu dürfen – nein, das lag ihr fern.

„Der Zweck seines Besuches!“, rief sich die alles entscheidende Frage von vorhin in Erinnerung.

„Wozu will sich eigentlich Herr Direktor Mangold meine Bilder ansehen?“, fragte sie voller unschuldiger Neugierde.

„Um zu entscheiden, ob er sie in seiner Galerie ausstellen und einem sowohl versierten als auch kaufkräftigen Publikum zugänglich machen will!“, kam postwendend eine beinahe schon gewohnt knappe wie präzise Auskunft.

„Aha ...“, nahm die Verblüffung bei der Kunstprofessorin kein Ende.

„Herr Direktor Mangold ist bekannt für seinen Spürsinn und Kunstverstand“, ertönte die monotone, doch freundliche Stimme von Frau Herzog durch die Leitung. Die Vermutung lag nahe, dass dies nicht ihr erster Anruf in dieser Richtung war, so routiniert und ruhig wie sie sich anhörte.

„Seine Einschätzung ist maßgeblich für den Erfolg eines aufstrebenden Künstlers“, sprach sie in gleicher Tonlage weiter, während Anna ihre Worte in sich aufsaugte, „und wenn das Interesse von Herrn Direktor Mangold erst einmal geweckt ist, dann stehen Ihnen alle Türen offen! Seine Spürnase irrt sich nie!“

„Selbstverständlich!“, stotterte die absolut Unroutinierte in solchen Angelegenheiten und versuchte einen klaren Kopf zu bewahren, stotterte aber weiter, „der Termin ...“

„Sie sind am Zug! - Passt Ihnen gleich der dritte?“

„Montag, der 3. Mai, meinen Sie?“

„Um 15 Uhr?“, fackelte die Dame von der Kunstgalerie nicht lange herum.

„Sicher, warum nicht! Montag, der dritte, um 15 Uhr, ich hab es bereits notiert!“

„Ich bedanke mich sehr herzlich bei Ihnen, Frau Magistra Hübner, und ich werde Herrn Direktor Mangold verlässlich über den vereinbarten Termin in Kenntnis setzen. Ich wünsche Ihnen einen schönen Tag, auf Wiederhören!"

„Ebenfalls, danke ... auf Wiedersehen, äh hören!", stammelte sie noch, da hatte die andere Dame längst aufgelegt.

Anna legte ihr Mobiltelefon zur Seite und starrte mit leicht geöffnetem Mund vor sich hin. Mitten durch den mit Geschirr prallgefüllten Oberschrank wanderte ihr Blick weit, weit weg in eine entfernte Galaxie. In die Weiten des Kunstgeschäftes, welches sich ihr anscheinend zu öffnen begann. Durch diesen ominösen „Herrn Direktor Mangold", wie seine Sekretärin nicht müde wurde zu betonen.

Ein paar Schritte waren nötig, um ihre Gedanken zu entwirren. Ihr so üppig belegter Kornspitz wartete unbeachtet auf dem Teller, ihr gingen nun andere Dinge durch den Kopf als das Essen. Ein Anruf genügte, um ihr die Vorfreude auf das Malen zu verleiden. Ein läppischer Anruf, ein unbedeutender Anruf ... nein, dieser war keineswegs unbedeutend, wie es den Anschein hatte! Womöglich war er folgenschwerer, als sie im Moment noch zu erahnen vermochte.

Dreimal war sie schon im Kreis durch die Küche gegangen. Sie musste raus, ins Freie, sie brauchte frische Luft. Zügig führten sie ihre Füße quer durchs Wohnzimmer, direkt zur Terrassentür. Sie riss diese sperrangelweit auf und lief hinaus auf die Wiese, um dort weiter ihre Kreise zu drehen.

„Was ist bloß los mit dir, Anna?", schalt sie sich selber, *„warum bringt dich ein Unbekannter so aus dem Gleichgewicht? Nur weil dir eine Sekretärin etwas in Aussicht stellt, heißt das noch lange nicht, dass es auch genauso sein wird!"*

Wie besessen jagte sie durch den nicht allzu großen Garten. So groß wie ein Vorgarten in einer Reihenhaussiedlung eben sein kann, um eine Spur größer vielleicht, gerade mal so viel, dass nicht gleich der Drehwurm nach der vierten Runde zu greifen beginnt.

Wie von selbst wechselte sie zwischendurch die Richtung, ging aber weiterhin ihre Runden.

„Kommt hier dein altes Muster zum Tragen?", war sie immer noch mit ihrer Selbsterkenntnis beschäftigt, *„Geltungsbedürfnis, der Drang nach Anerkennung, Bestätigung, Würdigung?"*

Abrupt blieb sie stehen und starrte in den blauen Himmel. Plötzlich fühlte sie sich wie als kleines Mädchen mit zwölf oder dreizehn Jahren und sah sich vor ihren Eltern stehen. In den Händen einige Bilder, die sie eben gemalt hatte und ihnen voller Stolz präsentierte. Kaum einen Blick hatten die beiden darauf geworfen und sie mit Worten wie „Sehr schön, Kleines" oder „Hast du toll gemacht!" abgespeist. Dabei wünschte sie sich nichts sehnlicher als zu erklären, was sie da gemalt hatte und warum und wie sie sich gefühlt hatte, was sie dazu bewogen hatte und ... und ... und.

Nichts, keine Zeit. Nur die Arbeit im Geschäft, im Lager, bei den Kunden zu sein oder auch bei den Lieferanten, das war wichtig und sonst gar nichts. Und schon gar nicht die kindlichen Kritzeleien ihrer Tochter!

Anna hockte mittlerweile zusammengekauert auf dem Rasen, verdeckt von einem fleißig blühenden Busch und hielt ihr Gesicht hinter ihren Händen versteckt. Ein beklemmender Kloß steckte in ihrem Hals fest und schnitt ihr regelrecht die Luft ab. Tränen stiegen ihr in die Augen und drängten nach außen, doch sie wusste sie zu unterdrücken. Was sollte das auch bringen? Die Vergangenheit würde sich dadurch nicht ändern und die Gegenwart auch nicht anders werden, da war sie sich sicher. Nach vorne zu schauen, war ihre Devise, alles Alte zurücklassen und sich auf das Neue konzentrieren.

Der Kloß war immer noch da und unterdrückte weiterhin ihre Luftzufuhr.

Sie stand auf, streckte sich und atmete einige Male tief ein und aus. Langsam beruhigte sie sich wieder und konnte ihre Umgebung wieder wahrnehmen. Die Sonne strahlte, die Vögel zwitscherten und die Luft war klar und warm. Nur vereinzelt befanden sich Wolken am Himmel, es waren eher Wölkchen, die dabei waren, sich aufzulösen. Das Wetter würde schön bleiben, dachte sie und freute sich darüber.

Sie blickte sich um, schaute erst die Straße entlang und dann auf ihr Haus. Als ob sie die vorhin noch so erdrückenden Gedanken an ihre Kindheit ganz einfach wegwischen wollte, strich sie sich übers Gesicht und ging zurück ins Wohnzimmer. Mit jedem Schritt drängte sich das Gespräch mit der Dame aus der Kunstgalerie wieder in ihren Kopf und forderte ihre gesamte Aufmerksamkeit.

Die treue und punktgenaue Küchenuhr zeigte 13.55 Uhr und der Kornspitz wartete immer noch. Anna nahm Platz am Esstisch und biss in ihr Mittagessen. So voller Vorfreude und mit regem Appetit sie es auch vorhin zubereitet hatte, so nebenbei verzehrte sie es nun. Knappe zehn Minuten später erinnerten nur noch einige Krümel am Teller daran und sie spülte den letzten Bissen mit einer Tasse heißem Tee hinunter.

Ein tief ausgestoßener Seufzer tat Kunde von einer bevorstehenden Wendung der Angelegenheit und tatsächlich hatte sich die Frau ihrer wahren Interessen besonnen und machte sich nun endlich auf den Weg in ihr heißgeliebtes Atelier. Selbst die Überlegung, sofort und sogleich ihren Mann anzurufen und ihm die Neuigkeit mitzuteilen, ließ sie in der Küche zurück und nahm nur die Kanne voller heißen Tee mit sich. Zwei Räume weiter, dem hinteren Garten zugewandt, befand sich ‚ihr' Raum, ihr Atelier. Wohl etwas zu klein für diesen Zweck, doch zumindest ausreichend und ihr alleine gehörend. Besser klein, als gar keinen eigenen Raum, war ihr Motto und dazu stand sie auch. Hierhin konnte sie sich zurückziehen, ungestört arbeiten, lesen oder einfach nur alleine sein, was immer ihr Herz gerade begehrte und wonach ihr der Sinn stand.

Von Licht durchflutet befand sich inmitten das halbfertige Bild. Auf einer Staffelei und mit etwas Bewegungsspielraum rundherum.

Anna zog ihren Mantel über, der bereits vollgekleckert war mit einer bunten Palette verschiedenster Farben. Sie zog ihn sich so lange über, bis er zu steif war, um sich darin zu bewegen, dann fand der nächste seinen Einsatz. Wie viele sie schon verschlissen hatte, konnte sie nicht mehr nachempfinden, doch es überschritt sicherlich schon den zweistelligen Bereich!

Erst stellte sie das Radio an, platzierte ihre Teekanne samt Tasse am kleinen Beistelltischchen und dann kamen die Farben an die Reihe. Genussvoll öffnete sie eine Tube nach der anderen und stellte drei Gläser frischen Wassers bereit.

Sie machte zwei große Schritte zurück und betrachtete das „Unvollendete". Ihr Blick kreiste über das Bild, nahm vermutlich jeden bereits gesetzten Pinselstrich in sich auf, ebenso wie dessen Gesamteindruck und versuchte in ihre letzten Empfindungen einzutauchen. Diesmal lag ihr Schaffen bereits mehrere Tage zurück und sie musste sich wieder Zug um Zug in ihr Werk hineindenken. Doch schon als Kind hatte sie keine Probleme damit, in Geschichten gleichsam wie in Bilder einzutauchen und das war ihr geblieben.

Wie das fertige Bild aussehen sollte, wusste außer ihr keiner – und meist wusste sie es selber nicht einmal!

Ein üppig wuchernder Urwald präsentierte sich ihr auf einer Fläche von einem mal einem Meter, dazwischen tummelten sich Papageien ähnliche Vögel mit langen, gefiederten Schwänzen in den schillerndsten Farben und goldgelben Schnäbeln, die so echt aussahen, dass man meinte, sie krächzen und plappern zu hören.

Sanft streichelte ihr Blick die satten Blätter, glitt über das Gefieder der Vögel und verweilte schließlich auf der Kokosnuss, die von einem frechen Affen hartnäckig bearbeitet wurde.

„Ob er es wohl schaffen wird, sie zu öffnen?“, fragte sie sich mit einem Lächeln um ihren Mund und versank völlig in dem Gemälde. Ihre Gedanken befanden sich auf Abwegen, durchdrangen die dünne Leinwand und schauten hinter die Kulissen. Sie ersponnen sich ihre eigene Welt und erschufen etwas, genau nach ihren Wünschen, Träumen und Vorstellungen. Abgedriftet und versunken in einem paradiesischem Dschungel, in dem weder Gefahren noch Unheil drohte, sondern sich nichts als Freude, buntes Leben und Liebe tummelte.

Das eifrige Äffchen hatte die harte Schale geknackt und schlurfte nun genüsslich von der schmackhaften Kokosmilch. Seine lange Zunge leckte und streckte sich in die schmale Öffnung, während ihm die weißliche Flüssigkeit über das Fell lief und im heißen Sonnenlicht selbiges verklebte. Anna musste unweigerlich lachen, es war einfach zu herrlich, diese sorglosen Geschöpfe zu beobachten.

Ihr Blick wanderte weiter über das Bild und blieb an einem Tiger hängen, der hinter einem dichten Busch verstohlen hervorblickte. Sein Fell war so glänzend und schimmerte seidig in der Abendsonne, dass es sie an Gold erinnerte. Lag er auf der Lauer oder starrte er nur zu seinem Vergnügen durch den dichtbelaubten Wald?

Sie war neugierig geworden und wollte abwarten, was geschehen würde. Zeit spielte in ihrer Welt keine Rolle, sie befand sich irgendwo im Nirgendwo und dort war es besonders schön!

Ein Raubtier wie ein Tiger tat nie etwas ohne Grund und schon gar kein so stolzer und anmutiger wie dieser! Obwohl sie nur den halben Schädel und ein Vorderbein von ihm zu sehen bekam, zog sie derartige Rückschlüsse auf sein Verhalten.

Sie wartete weiterhin und schien ebenso auf der Lauer zu liegen wie ihr tierischer Kollege. Unverwandt starrte sie ihn an, direkt in seine klaren, dunkelbraunen Augen. Sie verlor sich regelrecht darin, während er über sie hinweg zu starren schien. Es war ihr egal. Sie fühlte eine unglaubliche Ruhe und Erhabenheit von diesem Tier ausgehen, die auf sie ausstrahlte und in die sie eintauchte. Es umhüllte, umfing sie und sie driftete mit seiner Hilfe noch weiter ab in noch weiter entfernte Galaxien. Nicht einmal die besten Techniker und Konstrukteure könnten ein Raumschiff oder eine Rakete bauen, die diese Weiten im Weltall erreichen könnten!

Sich dessen allerdings völlig unbewusst – und es war in diesem Moment auch vollkommen irrelevant – genoss sie ganz einfach den Trip in diese unendlichen Weiten voller Stille und hätte beinahe seinen gezielten Angriff auf die eben durchs Dickicht vorbeihüpfende Gazelle verpasst. Ein Gemetzel spielte sich vor und hinter der dünnen Leinwand ab, doch entzog es sich ihrer Kenntnis.

Irgendetwas bewog sie dazu, plötzlich wieder im Hier und Jetzt zu sein, vor ihrem Bild, in ihrem Atelier, wieder zurück aus der so weit entfernten Galaxie.

Ein Hit aus den 1980-igern dröhnte aus dem Radio und drang voller Erinnerungen an ihre Ohren. Wie Blitze zuckten Szenen durch ihren Kopf und schleuderten sie sekundenlang in ihre Jugend zurück. Mitten in die Disco, wankend vom Alkohol und zugedröhnt vom stundenlangen lauten Musikhören.

„Ach, war das eine herrliche Zeit", geriet sie gedanklich ins Schwärmen und ein dümmliches Grinsen verzog ihr eben noch ernstes Gesicht.

Vor ihr stand immer noch das Bild, unvollendet, doch präsent. So sehr hatte sie sich auf die Weiterarbeit daran gefreut und nun befand sie sich unmittelbar davor und machte – nichts.

Ein erneuter, tief aus ihrem Inneren nach oben drängender Räusperer schallte durch den kleinen Raum und sie sprach laut mit und zu sich selbst:

„So, meine liebe Anna, konzentriere dich und male dein Bild fertig – oder zumindest weiter daran."

Eine Tasse immer noch heißen Kräutertees verhalf ihr zur nötigen Klarheit und während ein Schluck nach dem anderen sanft ihre Kehle entlang glitt, betrachtete sie ihr Bild. Urplötzlich überkam sie der Eifer, sie griff zu Pinsel und Farbe, völlig spontan und intuitiv, und malte drauf los. Eine Palme neben der anderen formte sich aus, wie dreidimensional, zum Greifen nahe und überaus realistisch. Ebenso die Tiere, die sich teilweise versteckt und doch wieder überaus präsent zwischen und hinter den Pflanzen wiederfanden.

Langsam senkte sich die Sonne hinter den Dächern der Reihenhausanlage und die Dämmerung setzte ein. Ein schummriges Licht bot nicht nur der Künstlerin in ihrem Atelier neue Eindrücke. Irgendwann war es nötig, das Licht anzumachen, es wurde einfach zu dunkel. Stunden waren bereits vergangen, seit sie die Tür zu ihrem kleinen Raum hinter sich geschlossen und ihn nicht mehr verlassen hatte.

War ihr Bild fertig? Sie wusste es nicht. Zu entdecken und zu malen gab es immer etwas. Die Entscheidung oblag ihr, es für vollendet zu erklären oder dessen Ausgang offen zu lassen. Meist war die Idee für ein neues Gemälde der Auslöser, das vorangegangene endlich abzuschließen. Wobei es nicht selten vorkam, dass sie plötzlich ein längst fertiges ergänzte, umänderte oder gar übermalte. Aber wer weiß das schon so genau im Vorhinein? Und wer kennt schon die wirren Gedankengänge einer Künstlerin oder gar eines Genies? Wer, wenn nicht mal sie selber?

❖

Die Sonne strahlte ermunternd zum Fenster herein und rückte mit ihrem klaren Licht die Ansammlung des benützten und zum Abwasch bereiten Geschirrs in den Blickpunkt der eben eintretenden Hausherrin. In und neben der Spüle stapelten sich Teller, Tassen und Besteck und es war niemand weit und breit zu sehen, der sich darum kümmern wollte.

Herzhaft gähnend stellte die Frau Teewasser auf und widmete sich dem Kühlschrank. Sie hatte großen Hunger und freute sich auf ein ausgiebiges Frühstück. Vornehmer bezeichnet könnte man es ‚Brunch' nennen, lag doch der Morgen schon etwas zurück und der Vormittag bewegte sich eher gen Mittag zu.

Der Wasserkocher signalisierte mit vollem Einsatz das Erreichen des Siedepunktes, während zur gleichen Zeit der Kaffeeautomat seine Arbeit aufnahm. Mit frisch gebrühtem Tee und einer obligatorischen Tasse Morgenkaffee nahm sie Platz am Esstisch und verspeiste ihre vorbereiteten Brötchen. Nebenbei blätterte sie in der Tageszeitung, die bereits durch mindestens zwei Paar Männerhände gegangen war. Dementsprechend zerfleddert sah sie auch aus.

Der Samstagvormittag war sowohl für ihren Gemahl als auch ihren älteren Sohn ein normaler Arbeitstag mit Beginn am frühen Morgen. Am Vorabend stand Selbstversorgung für die Herren auf dem Speiseplan, welcher von den Tellern leicht abzulesen war. Diesen widmete sie sich anschließend, als ihre Mahlzeit beendet war. Obwohl sie ihr Maleifer dazu veranlasste, bis in die späten Nachtstunden wie eine Besessene an ihrem Bild zu arbeiten, konnte sie nicht mit Bestimmtheit sagen, ob sie dieses auch tatsächlich fertig gestellt hatte.

Sie schlichtete einen Teller nach dem anderen in die Spülmaschine und war bald bei den Gläsern und Tassen angelangt. Zuletzt folgte das Besteck und plötzlich kam ihr Herr Mangold wieder in den Sinn.

„*Was soll ich diesem kunstverständigen Direktor bloß zeigen?*“, erschrak sie regelrecht und hielt mit dem feuchten Tuch in ihrer Hand inne.

In Gedanken ging sie ihre Bilder durch und wischte über die Arbeitsplatte ihrer nun wieder ordentlich aufgeräumten Küche. Völlig abwesend warf sie den Putzlappen in die Spüle und eilte in ihren Arbeitsraum. Das zentral in der Mitte stehende Bild völlig außer Acht lassend, stellte sie sich vor einen Stapel schon längst fertiggestellter Werke in die Ecke neben der Tür und begann diese durchzusehen. Zwischen den vorzugsweise quadratischen Formaten fanden sich auch einige längliche, stehend oder liegend bearbeitet, doch ihre Farbenpracht und Lebendigkeit zog sich wie ein roter Faden durch alle hindurch. Ihre ausgeprägte Vorstellungskraft beflügelte sie stets aufs Neue zu immer wieder phantastischen Darstellungen, in deren Welt es dem Betrachter leicht fiel, einzutauchen.

Auch Anna erging es jedes Mal wieder gleich: kaum sah sie eines ihrer Bilder an, wenn auch nur flüchtig und im Vorübergehen, war sie sogleich in dessen Bann gezogen und tauchte ab bis tief hinein in die Welt hinter der Leinwand.

Sieben Bilder waren es, sie hatte mitgezählt, die an der Wand lehnten und in die sie soeben wie durch eine stark saugende Strömung hineingezogen worden war und aus der sie sich nur schwer wieder zu lösen vermochte. Der Sog umklammerte sie, wirbelte sie durch Zeit und Raum und spuckte sie irgendwann urplötzlich wieder aus. Abrupt und ohne Vorwarnung wieder zurückgeschleudert in die nüchterne Realität, blieb lediglich ein starkes Gefühl der Sehnsucht in ihr aufrecht.

Sie machte ein paar Schritte zurück, achtsam, ihr letztes Werk zu verschonen, und überlegte.

„Die eifrige Sekretärin hatte doch gesagt, Herr Mangold habe bei einem Freund ein Bild von mir gesehen", murmelte sie leise vor sich hin und da fiel ihr ein Kunde ihres Mannes ein, für den sie im Herbst vergangenen Jahres ein Bild gemalt hatte. Dieser war damals erst kürzlich in sein neues Haus eingezogen und verfügte trotzdem noch über genügend Barschaft, um für sich und seine Frau jeweils einen niegelnagelneuen Porsche zu erwerben. Dieser Kauf war dem Chef ihres Mannes ein derartiges Geschenk wert – und er hatte Anna dafür auch fürstlich entlohnt!

Sie drehte sich um und öffnete die Terrassentür. Warme Frühsommerluft und Vogelgezwitscher schlugen ihr entgegen. Sie schloss ihre Augen und atmete tief ein und aus, verschränkte ihre Arme vor der Brust, um anschließend in die Weiten des blauen Himmels zu starren.

„Wenn er nun dieses Bild gesehen hat und es hat ihm gefallen", sprach sie zu sich selbst, „dann erwartet er bestimmt ähnliche bei mir zu sehen ..."

Sie machte einige Schritte durch den Garten.

„... es muss aber auch nicht sein", versuchte sie sich zu beruhigen, denn dieses Bild stellte eine absolute Ausnahme in ihrem bisherigen Schaffen dar. Es war abstrakt, wenn auch farbenfroh und lebendig, doch so vollkommen anders als ihre übrigen Bilder. Es war eine Auftragsarbeit und sie hatte bestimmte Anweisungen dazu erhalten, die sie umgesetzt hatte.

„Wenn Herr Mangold wahrhaften Kunstverstand besitzt, was seine Sekretärin ja immerhin hatte durchklingen lassen, dann weiß er sicher die Vielfalt eines Künstlers zu schätzen", führte sie ihre Gedanken weiter und ergänzte, „immerhin ermuntere ich meine Schüler im Unterricht, sich an Neuem, Unbekanntem zu versuchen, Verschiedenes auszuprobieren, um seinen ganz individuellen Stil und Ausdruck zu finden!"

Unzählige Runden marschierte sie durch den kleinen Garten in ihren Hausschuhen und es war bereits ein deutlich sichtbarer Kreis im schön gepflegten Rasen zu erkennen.

„*Ich* habe meinen Stil bereits gefunden", rief sie förmlich aus, hielt dabei inne und deutete mit erhobenem Zeigefinger in die Luft, „dieses eine Bild war ein Experiment, ein Versuch, der mir, das muss ich zugeben, auch sehr, sehr gut gelungen ist, doch entspricht es mir nicht wirklich. Mein Stil ist ein anderer!"

Langsam beruhigte sie sich wieder, ihr Plädoyer für sich selbst hatte ihr geholfen, wenn sie sich auch fragte, warum ihr das Ganze so nahe ging. Immer noch stand sie in dem kleinen Garten auf dem Gras und starrte in den Himmel. Ihr bisher so ruhiges und geordnetes Leben war durch einen einzigen Anruf dermaßen durcheinander geraten. Warum nur, fragte sie sich? Ich habe doch alles, was ich brauche, was ich mir wünsche! Mein Beruf macht mir Spaß, ich bin mit Freude bei der Sache und die Malerei ist mein Hobby. Wohl meine innige Leidenschaft, die mich beflügelt und mir den nötigen Ausgleich bringt, doch schlicht und ergreifend mein Hobby ist – nicht mehr und nicht weniger. Und dabei möchte ich es – eigentlich – belassen ...!

Ernüchterung machte sich in ihr breit und unbewusst begann sie, weiter im Kreis durch den Garten zu laufen. Mit gesenktem Kopf und Blick hörte sie weiter in sich hinein, wollte der Sache auf den Grund gehen, herausfinden, was los war mit ihr.

Sie erkannte sich selber nicht wieder und das machte ihr Angst. Mit Hilfe der Malerei in ihren Bildern weit abzudriften in entfernte Welten und Galaxien war genau ihres, sie war wohl weit, weit weg, entfernt von jeglichem Müssen und Sollen und doch meinte sie, alles im Griff, unter Kontrolle zu haben. Doch war das wirklich so oder wollte sie es einfach nur glauben?

Stunden und Tage verbrachte sie in der Abgeschiedenheit ihres, wenn auch kleinen, doch ihr alleine gehörenden Raumes, ihres Ateliers, wie sie es so gerne bezeichnete, und fühlte sich wohl in ihrer entrückten Welt. Ihr kleines, feines Universum, ihr Mikrokosmos, ihr überschaubares Reich, in dem sie die Herrscherin war, sie bestimmte, was sein sollte, was sie wollte und wohin sie wollte. War es tatsächlich so oder wollte sie es einfach so sehen?

Anna blieb stehen und schaute vom Boden auf. Zum zweiten Mal hatte sie sich fast dieselbe Frage gestellt: War es tatsächlich so, wie sie meinte, hatte sie Einfluss auf ihre Phantasiewelt oder nahm diese Einfluss auf sie?

„*Warum kommt mir plötzlich diese absurde Frage in den Sinn?*", kam leichter

Ärger in ihr hoch, *natürlich habe ICH die Kontrolle!*"

Der Glockenschlag des nahegelegenen Kirchturmes klang zu ihr herüber und sie ging zurück in die Küche. Wenigstens eine Kleinigkeit wollte sie ihren Männern zubereiten und sich danach einem neuen Bild zuwenden.

Während des Kochens versuchte sie, sich auf die ausführende Tätigkeit zu konzentrieren. Zur Unterstützung stellte sie das Radio lauter und sang auch noch mit. Trotzdem durchquerte immer wieder Herr Mangold mit seiner Kunstgalerie ihre Gedanken, hallten die Worte der Sekretärin in ihren Ohren nach und sie hatte wahrlich Mühe, ihre Tomatensauce nicht anbrennen zu lassen.

Die Spaghetti waren bissfest gekocht und der Blattsalat samt Dressing durchgemischt. Beides deckte sie vorsorglich ab und nahm die Sauce von der Herdplatte.

Mit der Teekanne und einer Tasse in der Hand verschwand sie in ihrem kleinen Atelier. Die Tür in den Garten stand noch offen und der süße Duft blühender Bäume und Blumen erfüllte den Raum. Zwei Amseln kämpften offenbar erbittert um ihr Revier und vollzogen dabei akrobatische Bewegungen, flatterten mit ihren Flügeln und klapperten mit ihren Schnäbeln. Normalerweise würde das genügen, um die Frau zu ihrem nächsten Bild zu inspirieren. Ihre Phantasie würde alleine dadurch angeregt sein und die Räder in ihrem Gehirn würden zu rotieren beginnen, ihr Getriebe würde in Gang gesetzt werden und die Pinsel samt Farbe würden wie von Geisterhand bewegt über die Leinwand fegen.

Doch es kam nichts Derartiges. Nichts, rein gar nichts folgte.

Anna saß mit einer dampfenden Tasse Tee auf ihrem Stuhl und starrte hinaus in den Garten. Ihr Kopf war vollkommen leer, nicht der Hauch einer Phantasie, eines Bildes oder einer Idee streifte sie.

Sie nippte an dem heißen Beerentee und starrte weiterhin Löcher in die Luft. Apathisch, einem Komapatienten gleich, war ihr Blick völlig leblos und ohne Ausdruck.

Wo war sie?

Weder hier noch dort, weder in ihrem Körper noch in einer entfernten Galaxie ...

„Anna ...?", zuckte sie jäh, wie unter heftigen Schmerzen zusammen, dabei hatte sie ihr Mann nur liebevoll und zart an der Schulter angestubst.

„Geht es dir gut?", fragte er mit sorgenvollem Blick und ging vor ihr in die Knie.

„Ja, ... danke", stotterte sie verwirrt und musste sich erst orientieren. Sie strich mit ihren Händen über ihr Gesicht und atmete tief und schwer. Die, wenn auch bereits leere, Tasse, die sie immer noch hielt, stellte sie am Boden ab und schaute ihrem Mann tief in die Augen.

Wortlos erhob er sich und umarmte sie. Eine unerwartete Regung, der er ganz einfach nachgab. Sekundenlang standen sie in inniger Umarmung da und Tränen stiegen in ihr auf. Sie versuchte sie zurückzuhalten – warum, konnte sie selbst nicht sagen, doch sie drangen ohne Vorwarnung an die Oberfläche. Sie begann unweigerlich zu heulen und zu schluchzen, die Tränen sprudelten aus ihren Augen und sie war machtlos.

„Anna, was ist los mit dir?", klang ihr Mann verzweifelt, während er ihr beruhigend über den Rücken streichelte. Sie schluchzte und seufzte und vergrub ihr Gesicht in seiner Schulter. Ihre Umklammerung wurde fester, sie presste sich regelrecht an ihn. Halt und Schutz suchend wie ein kleines Kind, dem Schreckliches widerfahren war und nun getröstet werden wollte.

„Alles wird gut, schhhhh! Beruhige dich, ich bin ja bei dir, ich bin da!", war alles, was sie hören wollte, jedoch niemals in ihrem Leben je gehört hatte.

Ihr Mann zeigte sich geduldig, sehr geduldig. Unaufhörlich strich er über ihren Rücken und ihr Haupt und drückte sie an sich. Langsam begann er, erst unmerklich, dann doch spürbar, sie sanft hin und her zu wiegen und irgendwann, keiner weiß, wie lange sie so dagestanden hatten, fing er an zu ihr zu sprechen.

„Schhhh", kam aus seinem Mund und das Kind in Anna war geweckt, „ich bin hier, ich bin bei dir! Beruhige dich, Anna!"

Es dauerte noch eine Weile, bis sie sich tatsächlich beruhigt hatte und es für sie passte, ihm ins Gesicht zu sehen. Langsam löste sie sich aus der schützenden Umarmung und blickte ihren Mann mit verheulten und verklebten Augen an.

„Ich danke dir, Robert", flüsterte sie und hatte Mühe, nicht ein weiteres Mal in Tränen auszubrechen.

Ihr Mann lächelte sanft und liebevoll und streichelte ihr über den Kopf.

„Anna, was ist los mit dir?", wiederholte er seine Frage, „was ist passiert? Ich bin dein Mann und ich liebe dich, du kannst es mir sagen!"

Das genügte.

Die Frau sank hinab auf ihren Stuhl und brach erneut in Tränen aus. Wieder ihr Gesicht in beiden Händen vergraben, brauchte sie einige Augenblicke, um sich zu sammeln, zu sich zu finden und ihre wirren Gedanken zu ordnen. Dann blickte sie auf, wischte über ihre Wangen und sagte: „Ich weiß doch selber nicht, was mit mir los ist, was auf einmal in mich gefahren ist!"

Ein paar heftige Seufzer unterbrachen sie, dann sprach sie weiter: „Ich habe einen Anruf erhalten, von einem gewissen Herrn Mangold ..."

Ihr Mann blickte unwissend und bevor sie ihm die ganze Geschichte zu erzählen begann, nahm er sie am Arm und führte sie in die Küche. Die Uhr zeigte 13 Uhr 45 und die rot gefärbten Teller wussten von zumindest zwei Personen zu berichten, die bereits ihr Mittagessen eingenommen hatten. Robert füllte zwei weitere Teller mit Spaghetti, goss Tomatensauce darauf und setzte einen seiner Frau vor. Gemeinsam aßen sie und sie erzählte, während er zuhörte.

Die Schüssel Salat war geleert ebenso wie die beiden Teller Pasta Asciutta, als beide beinahe gleichzeitig ihr Besteck niederlegten.

„Und das hat dich so aufgeregt?", fragte er und ein erlösendes Lächeln fand den Weg in sein Gesicht, „du solltest dich freuen, liebste Anna!", sprach er und legte seine Hand auf die ihre, „eine wichtige Persönlichkeit in Sachen Kunst und Malerei hat Interesse an dir! Wer weiß, welche Türen dir durch diesen Mann geöffnet werden!"

Während Anna immer noch abwesend und beinahe gleichgültig auf ihrem Stuhl saß, sprang ihr Mann auf und tänzelte durch die Küche.

„Endlich findest du Anerkennung für deine Kunst", sang er förmlich, „Menschen von weit her werden kommen, nur um dich zu sehen, deine Bilder zu bestaunen und sie werden viel Geld dafür hinblättern, nur um eines von ihnen zu erstehen!"

Die Euphorie ihres Mannes in keinster Weise begreifend, geschweige denn teilen könnend, saß sie immer noch da und staunte über seine enthusiastischen Regungen.

„Das muss gefeiert werden!", rief er aus und eilte in den Keller hinunter, um mit einer Flasche Rotwein zurückzukehren.

Er öffnete sie, suchte im Esszimmerschrank nach einer Dekantierkaraffe und füllte den Inhalt ein. Bevor er den Wein in zwei formschöne und dafür geeignete Gläser einschenkte, wandte er sich nochmals seiner Frau zu.

„Warum freust du dich nicht?", fragte er und blickte in ihre wunderschönen, ihn immer wieder aufs Neue faszinierenden blau-grünen Augen, „du bist eine Künstlerin voller Leidenschaft und endlich kommt jemand, der das erkannt hat! Ich verstehe es nicht, erkläre es mir, Anna, bitte!"

Sie schaute ihn an und ihr Blick war noch immer glasig und weit entfernt. Als ob sie gar nicht hier wäre, nur ihr Körper, aber nicht ihr Bewusstsein. Nur ihre Materie, doch ihr Geist schwebte irgendwo anders. Dort, wohin ein normaler Mensch, oder zumindest ihr Ehemann, ihm nicht zu folgen vermochte. Ein bisschen ängstigte ihn dieser Gedanke und der Zustand seiner Frau, die er plötzlich nicht wiedererkannte.

Die Angesprochene lächelte und strich sanft über den Bart ihres Mannes.

„Du hast Recht, Robert", sagte sie mit freundlicher Stimme und sie war wieder sie selbst, „ich sollte mich freuen! Ich weiß auch nicht, was mich so verunsichert hat ... ich liebe die Malerei, meine Bilder und sie sind gut, das weiß ich, doch ... ich weiß auch nicht ..."

„Du bist verunsichert", freute sich ihr Gegenüber, ‚seine' Anna wiederzuhaben, „es ist alles neu für dich. Ich bin bei dir, ich stehe dir bei, glaub mir, es wird alles gut!"

Da war er plötzlich, dieser Satz, auf den sie schon sooo lange gewartet hatte. Und warum beruhigte er sie dann nicht? Warum beschlich sie ein dermaßen eigenartiges Gefühl, als sie die so lang ersehnten Worte endlich vernommen hatte?

Der Mann, mit dem sie vor Jahren den Bund fürs Leben geschlossen hatte, reichte ihr ein Glas Rotwein.

„Lass uns anstoßen, Anna", strahlte er übers ganze Gesicht und hielt ihr das Glas unter die Nase, „auf deinen Erfolg, auf deine Karriere als berühmte Malerin und die vielen betuchten Kunden, die deine Bilder kaufen werden! Zum Wohle!"

Sprach es und kippte in einem Zug den gesamten Inhalt seines Glases hinunter. Vor Begeisterung blind, bemerkte er gar nicht, dass Anna noch nicht einmal an dem tiefroten Saft genippt hatte, als er sich bei ihr zu seinem wöchentlichen Lauftraining mit Freunden verabschiedete. Er drückte ihr einen feuchten Kuss auf die Stirn, strich ihr nochmals, wenn auch flüchtig, über den Rücken und verschwand ins Schlafzimmer, um sich umzuziehen.

Zurück blieb eine Frau mit einem Glas Rotwein in der Hand, mit einem Kopf voller Gedanken über eine ungewisse Zukunft und einem schweren Herzen.

Ein Quadratmeter strahlend weiße Leinwand prangte auf der Staffelei und blickte sie mahnend an.

„Fülle mich mit Leben! Bemale mich, mach etwas aus mir!“, hörte sie diese rufen und sie stand ihr gegenüber und fühlte sich wie gelähmt. Das war ihr noch nie passiert! Was war nur los mit ihr?

Leichte Panik kam hoch, krabbelte durch ihren Bauch, mischte die vorhin verzehrten Nudeln samt Sauce kräftig auf und machte es sich in ihrem Hals gemütlich. Wie ein dicker, fetter, alles unterbinden wollender Kloß steckte dieser in ihrer Kehle fest und bewegte sich keinen Millimeter. Weder vor noch zurück, weder nach unten noch nach oben.

Sie nahm einen Schluck Tee, der wohl schon abgekühlt, doch weiterhin schmackhaft war, aber es änderte nichts, rein gar nichts!

Anna ging grübelnd vor ihr hin und her, doch fixierte sie diese penetrant weiße, mahnende Leinwand, die sie ja selber vorhin auf die Staffelei gestellt hatte.

Obwohl ihr Kopf völlig leergefegt schien, kreuzten doch immer wieder dieselben Gedanken auf.

„Warum und wieso, was war los mit ihr? Was war geschehen? Warum benahm sie sich so eigenartig?“

Sie drehten sich im Kreis, kamen immer und immer wieder und sie wusste keine Antwort.

Die Vorstellung, eines Tages berühmt zu sein, durchbrach die Schallmauer ihrer Welt, ihrer kleinen, feinen Welt, ihres Mikrokosmos, der überschaubar war und sie nicht überforderte. Um aus diesem auszubrechen, hatte sie ihre Malerei, wenn er ihr einmal zu einengend und bedrückend erschien. Dann versank sie in ihrer Arbeit und ließ sich damit hinfort treiben, wenn auch weit, weit weg, so doch in einem geschützten Raum, wo ihr nichts geschehen konnte und aus dem sie jederzeit wieder zurück fand.

Ob es für sie allerdings jemals vorgesehen war, anerkannt und berühmt zu werden, wusste sie ja gar nicht. Sie stützte sich rein auf das eine, kurze Gespräch mit der Dame aus der Kunstgalerie, die Derartiges anklingen ließ. Doch sehr versteckt und zwischen den Zeilen, wenn man es genau betrachtete, doch schien sie offenbar genau den Punkt bei Anna gedrückt zu haben, der empfänglich war. Und alle Bescheidenheit in Ehren – aber Anerkennung für ihre Arbeit zu finden, Menschen, die ihr Schaffen zu würdigen wissen und sich dafür interessieren, das hatte doch etwas!

„Warte doch einfach ab, Anna", sprach sie mit sich selbst und ging mit der Tasse Tee in der Hand um die unbemalte Leinwand herum, „bis zu dem Besuch von Herrn Mangold ist noch eine ganze Woche Zeit und wer weiß, was er zu sagen hat! Womöglich entsprechen deine Bilder am Ende gar nicht seinem Geschmack und dann bist du sehr enttäuscht."

Sie grübelte und lehnte an der weit geöffneten Terrassentür.

„Auch eine gute Spürnase kann sich einmal irren ... außerdem gibt es noch genügend andere Galeristen und Kunstverständige, Herr Mangold ist nicht das Non-Plus-Ultra!"

Sie leerte die Tasse und blickte in den warmen Nachmittag hinaus. Alles war so friedlich rundherum, Ruhe und Wochenendstimmung lagen in der Luft. Die Kinder spielten in den Gärten, Frauen und Männer joggten durch die Straßen, fuhren Rad oder saßen mit Freunden auf einen Kaffeetratsch zusammen. Harmonie umrahmte das Bild der Reihenhaussiedlung, jeder hatte seinen Platz darin und war glücklich damit.

So auch Anna – im Grunde. Es lief alles wie am Schnürchen, geordnet, wie es sein sollte oder wie sie es haben wollte. Wie sie es brauchte, um das Gefühl der Sicherheit in sich aufrecht zu erhalten. Ein straffer Rahmen, der wenig Spielraum ließ für Überraschungen, Neues, Unerwartetes. Aber er passte für sie, zu ihr.

Anerkannt als Künstlerin? Gar eines Tages berühmt zu sein? Damit begab sie sich wohl auf sehr dünnes Eis! Sie würde sich der Gefahr aussetzen, womöglich einzubrechen, zu versinken im Untergrund, verschollen auf immer – und ward nie mehr gesehen!

Oder sie würde anstelle einzubrechen durchbrechen, gar den Durchbruch schaffen, ihre eigene Schallmauer durchbrechen! Hatte sie sich das nicht schon, seit sie denken kann, gewünscht? Sich danach gesehnt, endlich anerkannt zu werden? Gehört, verstanden, beachtet?

Und nun schien das zum Greifen nahe zu sein und sie geriet in Panik!

„Warum, wieso, was ist bloß los mit mir?"

Wieder begann sich das Karussell zu drehen.

Die Kanne war leer und Anna ging in die Küche, um neuen Tee zu machen. Sie füllte frisches Wasser in den Wasserkocher, da fiel ihr Blick auf die beiden Weingläser und die Kristallkaraffe mit dem Rotwein.

„Warum nicht?", überlegte sie und lächelte, *„ein wenig Abwechslung tut mir sicher gut!"*

Sie nahm den Wein und ihr Glas von vorhin und trug beides in ihr Atelier.

Sie warf ihren Mantel über und stellte das Radio an.

„Auf dich, meine Liebe!", prostete sie gen Himmel und nahm einen kleinen Schluck Wein.

„Gar nicht mal so übel!", dachte sie und nahm einen zweiten, größeren.

Aus dem Radio hallte schwungvolle Musik, die ihr sogleich in die Beine fuhr. Locker und beschwingt tänzelte sie durch den kleinen Raum und um die Staffelei mit der unbemalten Leinwand herum.

Summend und am Wein nippend verwandelte sich ihre ernste Miene zunehmend in ein freundliches und endlich wieder lächelndes Gesicht.

Von einem Augenblick zum nächsten hatte sie eine Idee, eine Eingebung, die ihr wie ein Blitz von oben einfuhr. Sie blieb stehen, um das bereits leere Weinglas abzustellen und griff nach einem Bleistift. Mit flinken und gezielten Strichen skizzierte sie diese Idee auf die weiße Fläche und in Gedanken malte sie diese bereits mit den buntesten Farben aus.

Wie in Trance arbeitete sie an ihrem neuen Bild, virtuos wie ein Musiker führte sie den Pinsel und komponierte ein herrliches Gemälde. Sie griff verschwenderisch tief in die Farbpalette und zauberte eine märchenhafte Welt auf die vorhin noch leere Fläche.

Diesem weißen Nichts hauchte sie neues Leben ein, war Schöpferin und Betrachterin in einem. Fasziniert von sich selbst schwang sie den Pinsel und war mit jedem Strich selber gespannt, was daraus entstehen würde. Sie malte und beobachtete sich gleichzeitig, ihr Kopf, ihr Geist, ihre Phantasie wusste wohl, was kommen sollte, doch ihre Augen und ihr Bewusstsein erfuhren es erst in dem Moment, als es deutlich sichtbar als Teil des Bildes auf selbigem erschien.

❖

Als Anna die Augen aufschlug, war es wohl nicht mehr richtig finster, doch noch düster. Ihr Wecker am Nachttisch stand auf kurz vor sechs Uhr morgens, ihr Mann neben ihr schlief noch tief und fest. Ehe sie aufstand, um zur Toilette zu gehen, fühlte sie Schmerzen in ihren Kopf. Sie kniff die Augen zusammen und griff sich an die Stirn.

„Ah!", seufzte sie und entstieg zaghaft und möglichst sanft ihrem Bett. Es pochte in ihrem Kopf und besonders über der rechten Schläfe fühlte sie einen stechenden Schmerz. Schon seit Jahren plagten sie diese migräneartigen Kopfschmerzen, mal traten sie gehäuft auf, dann hatte sie lange Zeit wieder Ruhe von ihnen. Diesmal schien auch der Rotwein, der ihr gestern Abend so gut gemundet hatte, seinen Teil dazu beizutragen. Sie trank äußerst selten Alkohol und dann auch meist nur zum Essen.

Ohne das Licht anzumachen, tastete sie sich durch das Haus. Nach dem dringenden Gang zur Toilette trieb sie die Neugierde in ihr Atelier. Die Euphorie des Malens in Kombination mit der Wirkung des Rotweins hatte sie in einen rauschartigen Zustand versetzt, welcher ihr offensichtlich einen Teil der Erinnerung abhanden kommen ließ.

Sie öffnete die Tür ihres kleinen Raumes und schaltete die Deckenlampe ein. Direkt in der Mitte prangte die kunstvoll bemalte Leinwand auf der Staffelei und strahlte ihr mit voller Kraft und tiefem Ausdruck entgegen. Wie bei einem kleinen Kind öffnete sich der Mund vor Staunen und sie schritt langsam auf das Bild zu. Knapp davor hockte sie sich hin.

„Das habe ich gemalt?", schien sie sich selber zu fragen und das Staunen hielt an.

Klare eisblaue Augen lächelten ihr aus einem wunderschönen Gesicht entgegen, dessen Züge fein und deren Konturen und Details exakt waren. Das aschblonde Haar wehte unter der filigranen Krone im Wind und der Kragen eines weißen, flauschigen Pelzes umrahmte ihren Hals.

„Ich begrüße dich, kleine Anna“, meinte sie zu hören und fühlte sich sofort von der klaren Herzlichkeit und der Wärme ausstrahlenden Stimme dieser Frau angezogen. Das kleine Mädchen in Anna lächelte und wünschte sich nichts sehnlicher als in das Bild abzutauchen. Für einen Moment lang sah sie sich tatsächlich gefährdet, doch schon im nächsten war sie wieder klar bei Sinnen und zurück in der Anna, die bereits erwachsen war und sich nicht mehr so leicht verlocken ließ.

„Ich habe die Schneekönigin gemalt!“, zeigte sie sich weiterhin erstaunt über ihr jüngstes Werk und konnte ihren Blick endlich von dem feinen, doch eine gewisse Strenge vermittelndem Gesicht losreißen. Ihr Kopf meldete sich mit stechenden Schmerzen zurück und sie griff sich erneut an die Stirn. Dann schaute sie weiter über deren Schulter hinweg in den azurblauen Himmel, der den Rest des Bildes ausfüllte. Eine weiße Eule zog hoch oben ihre Kreise und lächelte, bunte Schmetterlinge und Vögel mit paradiesischem Gefieder tanzten in der Luft zwischen sternenförmigen Eiskristallen, die in der Sonne funkelten.

Sie hockte eine ganze Weile vor ihrem Bild und so sehr sie sich auch bemühte, versank sie doch eher früher als später in dessen Welt. Diesem Sog, der nicht lange brauchte, um sie in sich aufzunehmen, war doch jedes Mal wieder stärker als ihr Wille und ihr Wollen.

Wärme umfing sie, sie flog durch die Lüfte und tanzte mit den Schmetterlingen und Vögeln über den Himmel.

„Die Eiskristalle schmelzen gar nicht in der Sonne“, murmelte sie vor sich hin, als ihr die Eule entgegenkam und sie mit ihren weißen, weiten Flügeln zu umarmen versuchte.

„Ich beschütze dich, kleine Anna“, krächzte diese und umschwirrte die gar nicht mehr so kleine Anna.

„Nein danke! Ich brauche deine Hilfe nicht!“, widersprach sie mit fester Stimme und wand sich hin und her, um der Eule zu entkommen.

Sie musste husten und fühlte dabei umso heftiger das Pochen in ihrem Kopf. Ein leichtes Frösteln überzog ihren Körper, immerhin saß sie nur mit einem Schlafanzug bekleidet am Boden. Draußen ging mit noch schüchternem Schein die Sonne auf, ein neuer Tag kündigte sich an.

Die Frau erhob sich, ohne ihr Bild eines weiteren Blickes zu würdigen und ging eilends ins Schlafzimmer zurück. Ihr Mann schlief noch tief und fest und hatte, wie es schien, nichts von dem kurzen Ausflug seiner Frau mitbekommen. Leise kroch sie zu ihm ins Bett und kuschelte sich an ihn. Ihr war nun richtig kalt geworden und die Schmerzen in ihrem Kopf verstärkten sich zusehends. Sie schloss die Augen und versuchte an nichts zu denken, bis sie endlich wieder einschlief.

„Anna, Schatz, das Frühstück ist fertig!", rüttelte ihr Mann sanft an ihrer Schulter. Seine Frau drehte sich um und griff sich augenblicklich an die Stirn. Sie hielt die Augen geschlossen und murmelte etwas Unverständliches.

„Geht es dir nicht gut, Anna?", klang er besorgt, „hast du wieder Migräne?"

Ohne ihn anzusehen, versuchte sie zu nicken.

„Soll ich dir etwas bringen?", klang er ziemlich hilflos, „eine Tablette vielleicht? Oder ein Glas Wasser? Tee?"

Sie verweigerte alles, nur als er sie fragte: „Willst du weiterschlafen?", nickte sie zustimmend und er verließ das Zimmer.

Nach einer Stunde unruhigen Schlafes stand sie schließlich auf. Sie hatte Hunger und war durstig. Ihr Kopf wollte sie offenbar bei der kleinsten Bewegung daran erinnern, dass es ihn gab, also versuchte sie, möglichst langsam zu gehen, sich sanft zu setzen oder rührte sich am liebsten gar nicht.

Ein weiterer, wunderschöner Frühlingstag war angebrochen und es war noch dazu Sonntag. Der einzige Tag in der Woche, wo alle zuhause waren – zumindest am Vormittag – wenn diesen auch ihre beiden Söhne meistens im Bett verbrachten und erst gegen Mittag auf der Bildfläche erschienen. Doch alleine das Gefühl, alle „ihre Männer" in der Nähe zu haben, erfreute ihr Herz, ließ es strahlen und Wärme spüren. Alle ihr Lieben um sich zu wissen, beruhigte sie, gab ihr Sicherheit und Geborgenheit.

Robert saß noch am Esstisch und war vertieft in die Zeitung. Das Gedeck für seine Frau lag noch bereit und auch eine Kanne Tee stand auf dem Tisch. Zögerlich tastete sie sich an ihn heran und räusperte sich, um ihn nicht zu erschrecken.

„Anna", bemerkte er sie und sprang auf, „geht es dir wieder besser? Du siehst müde aus, komm, setz dich!"

Seine Fürsorge rührte sie und sie genoss es, umsorgt zu werden. Langsam sank sie auf einen freien Stuhl, während ihr Mann Tee eingoss. Sie nahm einen Schluck und schaute ihn aus tiefliegenden Augen erschöpft an.

„Vielleicht solltest du doch wieder einmal zum Arzt gehen", meinte er sichtlich besorgt, „wegen deiner Migräne. Immerhin plagt sie dich in letzter Zeit wieder öfter!"

„Das kommt dir nur so vor", murmelte sie und nippte weiter an dem heißen Gebräu, „mir geht es gut, Robert. Aber ich danke dir für deine Fürsorge, das ist lieb von dir!"

„Du musst es ja wissen! Ich werde uns heute Mittag etwas vom Chinesen holen, dann brauchst du nicht zu kochen", schlug er vor, doch sie lehnte ab.

„Das ist nicht nötig, wirklich! Ich habe etwas vorbereitet und es macht mir nichts aus zu kochen", klang sie unbelehrbar, „wenn wir einmal pro Woche alle gemeinsam essen, möchte ich uns etwas kochen. Wir können doch nächste Woche am Abend mal zum Chinesen gehen, nur wir beide. Was hältst du davon?"

„Wie du meinst, Anna", gab er sich geschlagen und hatte bereits Pläne bis zum Mittagessen.

„Gerd und Fred warten schon auf mich. Du weißt ja, die Laufgruppe ...", kam wohl das schlechte Gewissen etwas bei ihm durch, weil er seine Frau in diesem angeschlagenen Zustand alleine ließ. Doch es hielt nicht lange an!

„Ich bin pünktlich zum Essen zurück!", rief er, bereits mit einem Fuß auf der Straße, „und schone dich ein wenig, genieße den Vormittag! Tschüss!"

Ein verzerrtes Lächeln verzog ihren Mund und sie goss sich nochmals Tee in die Tasse.

„Ist schon recht, mein Liebster", murmelte sie, „ich komm schon klar!"

Nach dem gemeinsamen Mittagessen im Kreise ihrer Familie verabschiedete sich erst der jüngere und danach der ältere Sohn, um ihren Interessen nachzugehen. Während Anna den Tisch ab- und das Geschirr in die Spülmaschine räumte, fiel ihrem Mann plötzlich ein:

„Hast du den Rotwein ausgetrunken, den ich geöffnet habe?"

Sie nickte nur.

„Was hast du gestern eigentlich gemacht in deinem Arbeitsraum? Den ganzen Nachmittag und den halben Abend warst du beschäftigt! Ein neues Bild gemalt?“

Sie nickte erneut und war nun fertig mit dem Aufräumen.

„Darf ich es sehen?“, fragte er neugierig und sie drehte sich zu ihm um.

„Sicher, gerne!“, lächelte sie und ging vor.

Sie öffnete die Tür ihres Arbeitsraumes und gleich als Erstes traf sie der eisblaue Blick der Schneekönigin. Sofort wandte sie sich ab und ihrem Mann zu. Mit einer einladenden Handbewegung bat sie ihn herein und er stellte sich vor das Bild. Ihm erging es gleich wie ihr an diesem Morgen, er bekam den Mund vor Staunen nicht mehr zu.

„Wow!“, hauchte er voller Ehrfurcht und Bewunderung, „das ist toll! Einfach toll!“

„Danke“, antwortete seine Frau und vermied es tunlichst, ebenfalls hinzusehen.

Minutenlang stand ihr Mann davor und wirkte abwesend.

„Ob ihn auch dieser Sog erfasst hat?“, überlegte sie und beobachtete seine Regungen. Ab und zu zuckten seine stier auf das Bild gerichteten Augen oder es überzog ein Lächeln sein Gesicht, um im nächsten Augenblick wieder zu verschwinden.

„So sieht es also aus, wenn ich in meine Bilder abtauche“, dachte sie und fand es äußerst interessant. So fasziniert er von ihrem Bild war, so war sie es von ihrem Mann. Besser gesagt, von dem, was ihr Gemälde mit und aus ihm machte oder womöglich mit jedem Betrachter. Dieser Gedanke flößte ihr etwas Angst ein, ließ sie frösteln und beruhigte sie andererseits auch wieder.

Sie verharrte weiter in ihrer Pose und hielt ihren Blick nur auf ihren Mann gerichtet. Minutenlang stand dieser still und reglos, nur seine Mimik und seine Augen verrieten etwas von seiner wundervollen Reise in weit entfernte Phantasiewelten.

„Robert ...?“, stupste sie ihn vorsichtig an und als er nicht reagierte, noch einmal, etwas fester.

„Äh ... ja ...“, murmelte er und es dauerte eine Weile, bis er wieder ganz da war. Er rieb sich seine Augen, schüttelte sich und schaute seine Frau mit kindlich überraschtem Blick an.

„Was war das?“, fragte er völlig perplex, „Wo war ich? Was ist mit mir passiert?“

Anna lächelte und streichelte ihm über sein Gesicht.

„Sag du es mir!“, forderte sie ihn sanft auf.

„Es war unglaublich!“, begann er erst langsam und zögerlich, doch dann sprudelte es nur so aus ihm heraus, „ich sah in das Gesicht dieser Frau, in ihre wunderschönen, eisblauen Augen und auf einmal wurde ich durch sie hindurch gezogen, als ob sie mich in sich hineinsaugte, in das Bild und ... und dann war ich dort, schwebte durch den Himmel, es war warm und angenehm und ich flog in der Luft herum ... dann kam diese Eule und sie hat mich angegrinst, irgendwie komisch, und diese Schmetterlinge und die bunten Vögel und die riesigen Schneeflocken ... es war einfach unglaublich!“

Sie musste lächeln und freute sich mit ihm und auch für sich, da sie ein solch mitreißendes Werk geschaffen hatte. Nach einer kurzen Atempause nahm die Begeisterung den zweiten Anlauf und ihr Mann wandte sich erneut dem Bild zu.

„Anna, du bist wirklich eine tolle Malerin und begnadete Künstlerin!“, lobte er sie und begann, Details daran zu erklären und hervorzuheben.

„Diese Augen, diese Tiefe, alleine schon die Farbe! Wie ein Bergsee, so klar und rein und doch so tief und unergründlich“, wurde er richtig poetisch.

Anna konnte nun nicht mehr umhin, ebenfalls hinzusehen und auf der Stelle traf sie der Blick der Schneekönigin. Während ihr Mann sich noch weiter in die Lobrede hineinsteigerte, war sie bereits gefesselt, festgefroren durch die eisige Wärme, die sie ausstrahlte und sie gleichermaßen abzuschrecken wie anzuziehen wusste und der sie sich nur schwer widersetzen konnte. Starr hielt sie ihrem Blick stand und hörte sie nach ihr rufen.

Innerlich einen Kampf austragend, war ihr Mann scheinbar am Ende seiner Ausführungen angelangt, klopfte ihr anerkennend auf die Schulter und verließ ihren Arbeitsraum.

Sie hörte ihn noch irgendetwas sagen, doch nur leise und im Hintergrund, ihre Sinne waren gefangen von der Schneekönigin, der Hand, die sie nach ihr ausstreckte, und ihren Versprechungen.

Ein kleiner, zuckender Punkt tummelte sich aufgeregt vor Annas Augen, hüpfte und sprang herum und hatte bald ihre gesamte Aufmerksamkeit. Es gab nichts, was sie hätte unternehmen können, es gab kein Entfliehen, kein

Entrinnen. Lange Zeit hatte sie Ruhe von ihm, viele Jahre lang, gar Jahrzehnte mochten es gewesen sein, ohne seine lästigen Besuche. Gefehlt hatte er ihr keine Sekunde lang. Sie hatte es sogar schon geschafft, ihn gänzlich aus ihrer Erinnerung zu verbannen – zumindest aus ihrem Bewusstsein. Abgelegt in einer Schublade, ganz weit hinten, vergraben unter vielen neuen, angenehmen Erfahrungen, dort war er gut aufgehoben. Und sie kam auch sehr gut ohne ihn aus. Dachte sie.

Warum tauchte er gerade jetzt wieder auf? Kam aus der Versenkung zurück, machte auf sich aufmerksam? Warum und warum jetzt?

Der Punkt wurde größer und zuckte und zappelte. Wie eine Schneeflocke in milchigem Grau. Trübe und düster, schlammig, matschig, unfreundlich. Weit weniger verlockend als das strahlende Weiß, das Reinheit, Klarheit und Ruhe zu vermitteln wusste.

„Warum gerade jetzt?", fragte sie sich in Gedanken, *„wo mein Leben endlich so verläuft, wie es mir gefällt!"*

Der Punkt wuchs über sich hinaus und entwickelte sich zu einem großen Fleck, der sich zwischen sie und dem starren Blick der Schneekönigin drängte. Und das mit Erfolg, was das einzig Gute an ihm war, so schien die Verbindung zwischen den beiden unterbrochen zu sein. Wohler fühlte sich Anna deshalb nicht unbedingt. In ihrem Kopf pochte und schmerzte es und irgendetwas schien wie mit einer Nadel von hinten in ihre Augen zu stechen. Diese brannten und fühlten sich trocken und entzündet an. Immer wieder kniff sie diese zu und verharrte sekundenlang mit geschlossenen Lidern. Der Punkt, der nun ein Fleck war, war jedoch immer da, immer bei ihr, vor ihr oder gar in ihr.

Irgendwann öffnete sie wieder ihre Augen und plötzlich hörte sie ein Rufen: „Komm, kleine Anna! Tauch ein, trau dich, flieg weg mit mir! Weit, weit weg, wo es warm und schön und angenehm ist. Wo alles gut ist!"

War es der zuckende Fleck oder die Schneekönigin? Sie wusste es nicht, doch ihr Wille war offenbar gebrochen, ihr, wenn auch unbewusster, Widerstand gewichen und schwupp!, schon war sie weg. Abgetaucht durch das Bild, durch die Schneekönigin hindurch, auf dessen andere Seite. Dort, wo sich die heile Welt befand ...

❖

Wie aus einem schlechten Traum erwacht, den sie mit Hilfe einer Nacht erholsamen Schlafes erfolgreich hinter sich gebracht hatte, startete sie am Montagmorgen in die neue Woche.

Beschwingt und frohen Mutes strahlte sie mit der Sonne um die Wette und ergab sich vollends ihrer Aufgabe als Pädagogin und Lehrerin. Keinen noch so winzigen Gedanken verschwendete sie mehr an Herrn Mangold, daran welche Bilder sie ihm präsentieren und wie sie ihm diese schmackhaft machen sollte. Wie von unsichtbarer Zauberhand waren alle Bedenken wie weggefegt und ihr Kopf war frei für die im Moment wirklich wichtigen Dinge.

Sie hatte keine Ahnung, warum und wie dies geschehen war oder sein konnte, und sie wollte es auch gar nicht wissen. Sie genoss ihre wiedergewonnen Freiheit im Kopf in vollen Zügen und die Leichtigkeit, die sie mitsamt der Freude auf ihre Arbeit stets begleitete.

Die ‚alte' und ihm so vertraute Anna war wieder zurückgekehrt und ihr Mann teilte diese Freude und Begeisterung mit ihr und war auch ein Stück weit erleichtert, wie er ihr bei einem gemeinsamen Abendessen am Ende der Woche anvertraute. Sie saßen beim Chinesen zusammen, genossen dessen exotische Köstlichkeiten und unterhielten sich unter anderem auch über den bevorstehenden Besuch des Kunstexperten.

Ein wenig zu ihrer eigenen Überraschung löste dieses Thema keinerlei Herzklopfen oder nervöse Regungen in ihr aus, sondern sie vermochte es tatsächlich sachlich und beinahe wie eine Außenstehende zu bereden, fand die Anregungen und Ideen ihres Mannes sehr hilfreich und spürte sogar so etwas wie Freude in sich aufkommen. Einfach nur Freude, ohne Hintergedanken und versteckte Wünsche und Sehnsüchte.

„Wie das? Warum? Wieso?", wollte sich das Karussell erneut zu drehen beginnen, doch sie wusste dem Einhalt zu gebieten. Offenbar hatte die starke Persönlichkeit in ihr gesiegt, hatte sich ihr Wissen um ihre Fähigkeiten und Begabungen durchgesetzt, hatte ihr Verstand eingesehen, dass es da absolut nichts gab, wovor sie sich fürchten musste.

Und ihr Herz? Was sagte ihr Herz? Kamen diese Zweifel und Ängste etwa von dort?

Sie verschluckte sich an dem letzten Schlückchen Rotwein, das eben zu dem köstlichen Essen durch ihre Kehle verschwand und hustete. Den Inhalt des Wasserglases nachgespült und schon schien das Problem gelöst.

Arm in Arm wie ein frisch verliebtes Pärchen schlenderte sie mit ihrem Mann nach Hause und war glücklich, rundum glücklich!

Um 14.55 Uhr ertönte die Türglocke. Es war besagter Montag, der 3. Mai, und die Nervosität verursachte ihr bereits seit gut einer halben Stunde ein flaues Gefühl in der Magengegend. Am ganzen Körper zitternd ging sie zur Haustür. Sie war alleine zuhause, ein Sohn in der Schule und der andere in der Arbeit und ihr Mann ebenso. Sie war völlig auf sich alleine gestellt!

Nach tiefem Ein- und Ausatmen öffnete sie die Tür und da stand ein großer, schlanker Mann.

„Guten Tag, Frau Magistra Hübner! Ich bin Herr Mangold, August Mangold“, begrüßte er sie mit einer angenehm tiefen, doch freundlichen Stimme und streckte ihr seine Hand entgegen.

„Guten Tag, Herr Mangold“, krächzte sie, räusperte sich und schaffte sogar ein Willkommenslächeln.

Sie trat zur Seite und bat ihn herein.

„Danke, dass Sie sich Zeit nehmen, um mich zu empfangen“, nahm er ihr durch seine Freundlichkeit und Menschlichkeit einen großen Brocken Nervosität ab und arbeitete weiter daran, „ich durfte bereits einige Ihrer Bilder bewundern und muss sagen, ich bin fasziniert!“

„Einige Bilder, sagen Sie?“, fragte Anna verwundert und langsam kehrte Ruhe in ihr ein.

„Ja, das eine bei meinem lieben Freund und Kollegen Andreas Gaff, ein abstraktes, ein wunderbares, zweifellos, doch nicht wirklich ihrem Stil und Ausdruck entsprechend. Und einige im Blumenladen von Frau Maria Melchek.“

Innerlich lächelte Anna und freute sich. Offensichtlich hatte sie einen wahrhaften Kenner vor sich, nicht nur der Kunst, sondern auch der Menschen.

„Ich bin neugierig, Frau Magistra Hübner, was werden Sie mir noch präsentieren?“, lächelte er sie an und das alleine, ob seiner Größe, von oben herab.

Er sah ganz anders aus, als sie ihn sich vorgestellt hatte. Wohl hatte sie ihn auf den Bildern im Internet schon vorab gesehen, doch in Wirklichkeit und in Natura vor sich strahlte er eine Wärme aus, die diese Fotos in keinster Weise zu vermitteln wussten. Ihre nervöse Aufregung hatte sich nun in Vorfreude verwandelt und sie fühlte sich in seiner Nähe wohl und gut aufgehoben.

Vor ihrem Arbeitszimmer angekommen, öffnete sie die Tür und ließ Herrn Mangold zuerst eintreten. Helles Sonnenlicht strahlte durch die weit geöffnete Terrassentür herein und erfüllte den Raum mit Wärme. In der Mitte stand immer noch das Bild der Schneekönigin.

Selbiges war es auch, das den Kunstkenner sofort in seinen Bann zog. Er blieb davor stehen und kraulte sein stoppeliges Kinn.

„Unglaublich! Wundervoll! Ein wahrhaftes Meisterwerk!", schwärmte er in leisem, ehrfurchtsvollem Tonfall. Er wandte sich ihr zu und erklärte lächelnd, doch mit vollem Ernst: „Sie sind eine begnadete Malerin, Frau Magistra Hübner! Es wäre mir eine Ehre, Ihre Bilder in meiner Galerie ausstellen zu dürfen!"

Den Satz, den Annas Herz in diesem Moment machte, ging weit über ihren Körper hinaus. Es pochte und klopfte von einem Augenblick zum anderen wie wild, wie vom Blitz getroffen, als wollte es zerspringen. Sie schnappte nach Luft und für den Bruchteil einer Sekunde überkam sie ein Schwindel. Sie griff sich an die Stirn und schloss ihre Augen.

„Geht es Ihnen nicht gut, Frau Magistra Hübner?", fragte der große Mann besorgt und versuchte sie zu stützen.

„Frau Hübner genügt, Herr Mangold", korrigierte sie ihn und ergänzte, „danke, es geht mir gut! Die Freude hat mich nur kurz in schwindelerregende Höhen versetzt!"

Er lächelte sie erleichtert an und sie lächelte zurück.

„Wissen Sie", begann sie, wieder bei sich, „derartiges Lob aus dem Munde eines Kenners zu hören, war offenbar zu viel für mich."

„Wirklichen Künstlern ergeht es meistens so", begann er zu berichten, „das weiß ich aus Erfahrung. Es gibt Maler, die glauben von sich, die besten zu sein und geben sich auch so. Vielleicht sind sie es auch, doch alleine durch ihre Überheblichkeit und Selbstgefälligkeit vereiteln sie oftmals ihren Erfolg. Dann gibt es solche wie Sie, die meist aus einer inneren Leidenschaft heraus malen, aus einem Bedürfnis, sich darzustellen, sich auszudrücken, doch keineswegs, um sich zu präsentieren, anzubieten, gar anzubiedern. Und genau diese sind es oft, die die wahren Künstler sind!“

Er lächelte dabei und Annas Herz schmolz dahin. Für sich eingenommen hatte er es schon beim allerersten Wort, das er ausgesprochen hatte. Ihr Herz war wieder in ihren Körper zurückgekehrt und frohlockte, hüpfte und pochte noch immer, doch in solchem Ausmaß, dass es sie aus den Angeln, den Hausschuhen oder sonst etwas zu heben meinte. Es war einfach ein unbeschreiblich gutes Gefühl, das ihr derartiges Herzrasen verursachte. Sie wollte es in jeder zur Verfügung stehenden Sekunde auskosten!

„Darf ich mir diese Bilder noch ansehen?“, fragte er höflich und zeigte auf die in der Ecke neben der Tür stehenden.

„Selbstverständlich! Bitte, gerne!“, erwiderte sie und trat zur Seite.

„Wundervoll! Einfach wundervoll!“, murmelte er begeistert, während er vor den Bildern kniete und eines nach dem anderen genau betrachtete.

„Dieses ganz vorne“, und er meinte damit das als vorletztes fertiggestellte mit dem Tiger und dem Affen, versteckt und doch offensichtlich sichtbar im Dickicht des Urwalds, „hat eine besonders starke Ausstrahlung. Das Arrangement der Farben, diese Tiefe, das ...“

Anna versank vollends in den Wogen seiner Stimme, der Tonlage, mit der er ihre Bilder beschrieb und der Bewunderung, mit der er sie betrachtete. Abgetaucht in den Nuancen seiner Aussage entschwebte sie, war weggetreten und befand sich auf einer rosarot gefärbten Wolke irgendwo in den Weiten des Universums.

„Darf ich mir diese beiden Bilder heute schon mitnehmen?“, klang seine Stimme noch weich und sanft in ihren Ohren und langsam fand sie bei der nächsten Aussage den Weg zurück ins Hier und Jetzt, „was halten Sie von 10.000,– Euro als Einstiegspreis?“

Sie schluckte und hustete und befand sich spätestens jetzt wieder in ihrem Arbeitsraum.

„Wie bitte?“

„10.000,– Euro pro Bild, selbstverständlich!“, ergänzte er und lächelte die Verdutze an.

Anna hustete noch immer und wusste nicht, ob sie lachen, weinen oder sich einfach nur freuen sollte.

„Lassen Sie mich nur machen, Frau Hübner“, meinte er und hatte ganz offensichtlich vorhin aufgepasst, „darf ich diese beiden Bilder mitnehmen und in meiner Galerie ausstellen?“

Sie nickte.

„Ende des Monats veranstalte ich wieder eine Vernissage in meiner Galerie“, erklärte er weiter und legte eine Hand zur Beruhigung auf ihren rechten Oberarm, „nichts Großartiges, einige Kunstkenner und Liebhaber. Um die hundert Personen werden es sein, und es würde mich freuen, wenn ich Sie dort persönlich begrüßen und Sie und Ihre Bilder auch präsentieren dürfte!“

Sie nickte. Ihr Hustenreiz war verschwunden, doch ihre Überraschung war geblieben.

„10.000,– Euro? Und das pro Bild!“, hallte in ihrem Kopf nach und sie konnte und wollte es einfach nicht fassen!

„Beruhige dich, Anna, noch ist nicht aller Tage Abend!“, sagte sie sich und versuchte sich von den hohen Wolken des Wünschens, Wollens und der Sehnsüchte wieder auf den Boden der Tatsachen herunter zu holen.

„Ganz wie Sie meinen, Herr Mangold!“, gab sie sich geschlagen und versuchte immer noch, ihre schwindelerregende Freude zu unterdrücken.

Gemeinsam trugen sie die Bilder zu seinem Auto und nach einer kurzen, doch herzlichen Verabschiedung, bei der sich der Galeriebesitzer noch versicherte, die Künstlerin auch in ‚gutem‘ Zustand alleine zurücklassen zu können, fuhr er fort.

❖

Bis zum Ende der Woche hatte sich die Aufregung bei Anna und ihrem Mann wieder gelegt, der übrigens auch der einzig Eingeweihte in dieser Angelegenheit war und den sie strikt angewiesen hatte, nur ja nichts zu verraten. Niemandem, nicht einmal ihren Söhnen. Sie wollte es erst dann verkünden, wenn es mit der Vernissage ernst wurde, aber bis dahin hütete sie dieses Geheimnis. Es hatte ohnehin schon genug Unruhe in ihr ausgelöst, grundlos, wie sie zu Beginn meinte und dem sie auch jetzt noch beipflichtete. Noch war nicht aller Tage Abend und wozu die Pferde unnötig scheu machen? Am Ende floppte das ganze Unterfangen und sie würde ... nein, daran wollte sie gar nicht denken! Also besser den Mund halten.

Auch an ihrem Arbeitsplatz in der Schule fiel ihr das ganz leicht. Es hatte niemand etwas mitbekommen und Marlies, die Sekretärin, war viel zu beschäftigt, um sich noch an diesen kleinen, nichtssagenden rosafarbenen Zettel zu erinnern.

Alles lief seinen gewohnten Gang und Anna nahm sich noch zusätzlich eines neuen Projektes an, um sicher zu gehen, diesem jede freie Minute zu widmen, ohne Zeit zum Grübeln und Nachdenken oder gar zum Träumen zu haben.

Das alljährliche Schulfest stand Anfang Juni auf dem Programm. Gekoppelt mit einem „Tag der offenen Tür" war es sowohl ein großes als auch wichtiges Ereignis im Schulablauf und dementsprechend viel gab es zu organisieren und vorzubereiten. Genau das Richtige, um sich abzulenken! Es funktionierte auch sehr gut, bis sich knapp zwei Wochen vor der geplanten Vernissage Herr Mangold persönlich bei Anna telefonisch meldete. Sie war gerade mit einigen Schülern im Turnsaal mit dem Bemalen von Plakaten beschäftigt und es passte ihr im Grunde gar nicht, sie trug Gummihandschuhe und kniete, umringt von großen Farbtöpfen, am Boden, doch irgendetwas in ihr sagte ihr, dass es wichtig war.

Bis sie bereit war zu telefonieren, hatte der Anrufer aufgelegt. Sie ging nach draußen und rief zurück. Als ob er darauf gewartete hätte, hob er sofort ab.

„Guten Tag, Frau Hübner, danke, dass Sie sich so schnell zurückgemeldet haben!"

Wieder fühlte sie seine herzliche Freundlichkeit durchs Telefon und ihr Herz machte sich zum Sprung bereit.

„Der Termin für die Vernissage steht fest. Sie findet am Samstag, den 28., statt. Ich hoffe, Sie haben Zeit!"

„Selbstverständlich, Herr Mangold, danke für die Einladung!", sagte sie spontan zu.

„Darf ich diese Woche noch einmal bei Ihnen vorbeikommen, um mir ein weiteres Bild abzuholen?", fragte er höflich.

„Sicher ...", antwortete sie verwundert, „morgen Nachmittag bin ich zuhause."

„Sehr gut, dann komme ich gleich morgen! Ach, übrigens, ich habe bereits ein Bild von Ihnen verkauft. Das Geld bringe ich Ihnen morgen mit! Ich freue mich, auf Wiederhören, Frau Hübner!“, erklärte er so beiläufig und legte auf.

Anna stand noch eine Weile verdutzt da und starrte in den Schulhof. Freude wäre angebracht gewesen angesichts dieser überaus guten Nachrichten. Stattdessen füllten sich ihre Augen mit Wasser. Entsetzen kroch in ihr hoch und blieb wie ein Kloß in ihrer Kehle stecken – wieder einmal. Ihren Blick starr geradeaus gerichtet, kullerten langsam die ersten Tränen über ihre Wangen und sie schluchzte leise. Freude äußerte sich anders.

Sie zwinkerte ein paar Mal und wischte die restlichen Tränen mit dem Ärmel ihres Arbeitskittels weg. Einige tiefe Atemzüge und ein Schluck Wasser und schon war die Beklemmung hinuntergespült.

„Anna, was ist passiert?“, fragte ihr Mann besorgt, der an diesem Abend ungewohnt früh von der Arbeit nach Hause kam, als er seine Frau still und reglos am Esstisch sitzend vorfand.

Vor ihr lag ein dickes Kuvert, gefüllt mit einem Bündel Geldscheine.

„Herr Mangold hat das Bild der Schneekönigin verkauft“, gab sie leise und knapp Auskunft.

„Das ist ... das ist toll!“, jubelte er, warf einen Blick in das Kuvert und begann zu zählen, „wow, das sind ja ...“

„Zehntausend“, ergänzte Anna ungerührt und schaute ihm ins Gesicht.

„Was ist los mit dir? Kannst du dich nicht ein bisschen freuen?“

„Sicher freue ich mich, sehr sogar“, lächelte sie ihn an, „aber es geht einfach alles so schnell, viel zu schnell!“

„Wenn es weiter nichts ist“, grinste er dagegen von einem Ohr zum anderen, „daran wirst du dich sicher bald gewöhnen!“

„Herr Mangold hat sich heute noch zwei Bilder von mir abgeholt und er möchte, dass ich noch welche male ... wenn es sich zeitlich ausgeht bei mir ... bis zur Vernissage am 28. ...“

„Am 28.? Toll!“, fand seine Begeisterung gar kein Ende und er trug den Termin rot umrandet im Kalender ein.

„Jetzt darf ich es aber unseren Jungs erzählen, oder?“, fragte er und lag wie ein aufgekratztes, kleines Kind auf der Lauer. Kaum hatte seine Frau zustimmend genickt, sprintete er los nach oben zu den Zimmern der beiden.

„Wenigstens einer kann seiner Freude Ausdruck verleihen!“, murmelte sie und fühlte langsam eine wohlige Wärme in sich aufsteigen.

„Anna, Anna!“, wurde das Rufen lauter und eindringlicher, „wo bist du, kleine Anna?“

Diese wälzte sich unruhig von einer Seite zur anderen in ihrem Bett.

„Du hast mich verraten, kleine Anna. Warum hast du das getan?“, vernahm sie diese Stimme erneut und ihr fehlte die Orientierung.

„Warum hast du das getan? Wieso? Warum?“, hallten diese Worte in ihren Ohren und ehe sie aufwachte, erschien klar und deutlich das Gesicht der Schneekönigin vor ihr. Schwer und heftig atmend saß sie aufrecht in ihrem Bett. Es war stockdunkel und ihr Herz klopfte wild, dem Zerspringen nahe. Ihr Mann lag unbeteiligt neben ihr und schlief wie ein Baby.

Zitternd stand sie auf und tastete sich ins Badezimmer vor. Als sie ihr Gesicht mit kaltem Wasser abgespült hatte, beruhigte sie sich langsam wieder.

„Was war das eben?“, überlegte sie, *„was sollte das?“*

Sie setzte sich auf den Rand der Badewanne und hing ihren Gedanken nach. Womit hatte sie die Schneekönigin verraten? Weil sie das Bild weggegeben hatte und es verkauft wurde? So ein Blödsinn! Es war *nur* ein Bild!

Ein weiteres Mal erfrischte sie sich mit kaltem Wasser und verharrte vor dem Spiegel. Sie starrte sich minutenlang selber in die Augen und meinte tief dahinter die Anna mit zwölf Jahren zu sehen. Wie sie mit ihren Märchenbüchern am Bett in ihrem Zimmer saß und die Zeichnungen darin bewunderte. Die „Schneekönigin“ war immer ihr liebstes Märchen gewesen, weil sie eine so schöne, zarte und doch so starke Frau war. Auch wenn sie in der Geschichte böse war und die Herzen der Menschen zu Eis erstarren ließ, so hatte sie doch etwas Faszinierendes an sich. Anna für ihren Teil war in jeder Sekunde ihres Lebens sicher gewesen, dass sie es mit ihr stets nur gut gemeint hatte!

„Ich hab dich nicht verraten!“, sprach sie spontan laut aus und starrte ihr Spiegelbild immer noch an, „ganz im Gegenteil, meine Liebe! Dieses Bild ist eine Hommage an dich, Schneekönigin, eine Huldigung und eine Respektserweisung, die du zu schätzen wissen solltest!“

Plötzlich fühlte sie sich stark, richtete ihren Oberkörper auf und stemmte ihre Arme in die Hüfte.

„Ich ehre dich mit diesem Bild!“, deutete sie mit dem Zeigefinger in den Spiegel, „und dass es einen Käufer gefunden hat, bestätigt nur, dass dich auch andere verehren und bewundern!“

Zufrieden mit sich und in höchstem Maße gestärkt in ihrem Inneren, ging sie zurück ins Bett und schlief ruhig und ohne einen weiteren Traum, bis das Läuten des Weckers dem ein Ende machte.

❖

Der Gedanke, weitere Bilder zu malen, kreiste in ihrem Kopf herum. Nicht nur wegen der geplanten Ausstellung oder weil sie Herr Mangold darum gebeten hatte, sondern auch wegen ihr selber, ihrem Ego und ihrem Stolz. Und ganz egal, wie sehr sie sich auch zu beschäftigen wusste, es fand sich immer eine Lücke in ihrem Kopf, wo sich dieser Gedanke einschmuggeln konnte.

Am nächsten freien Nachmittag, das Wetter bot sich mit seinem grauen, wolkenverhangenen Himmel auch geradezu an, sich intensiv einer Arbeit zu widmen, verschanzte sich Anna in ihrem Arbeitszimmer. Ausgerüstet mit einer Kanne frisch gebrühtem Kräutertee und flotter Musik in Form einer erst kürzlich erstandenen CD, stellte sie eine leere, weiße Leinwand auf ihre Staffelei und wartete auf eine Eingebung.

Nach dem dritten Song und unzähliger Umkreisungen der strahlend weißen Fläche vor sich sank sie enttäuscht vor selbiger zusammen und vergrub ihr Gesicht in ihren Armen. Sie wollte so gerne etwas malen, sich austoben, etwas erschaffen, kreieren, doch es kam nichts.

Ging es nicht, weil sie es unbedingt wollte, es ersehnte?

Motive zogen genügend an ihrem geistigen Auge vorüber. Bunt, schillernd, voller Phantasie. Doch keines davon bewegte sie in ihrem Inneren, keines davon regte sie dermaßen an, zu Pinsel und Farbe zu greifen und es wahr werden zu lassen.

Der Tee schmeckte fad und die Musik ging ihr auf die Nerven. Lustig und beschwingt, danach war ihr momentan nicht wirklich zumute. Sie öffnete die Terrassentür und holte tief Luft. Ein Gewitter oder zumindest Regen kündigte sich an, es war eine gewisse Spannung zu fühlen über den Dächern der heimeligen Reihenhaussiedlung – und wahrscheinlich weit darüber hinaus. Doch beunruhigte sie diese nicht. Wohl die in ihrem Kopf, die ebenso stetig zunahm.

Auch in ihrem kleinen, feinen Atelier staute sich eine Spannung auf, die ihr so ganz und gar nicht behagte. Sie hatte die Situation nicht unter Kontrolle und das machte ihr Angst. Feine Stiche verspürte sie in ihrer Stirn, wie dicke Nadeln von innen gegen ihre Schädelknocken pieksend.

Die folgenden paar Schritte in den Garten hinaus ließen ihr die Lage unverändert angespannt erscheinen, beinahe eher das Gegenteil bewirkend, meinte sie sogar ein Ansteigen ihrer inneren Unruhe zu spüren.

Sie schnappte sich die Teekanne samt der Tasse und ging in die Küche. Sie brauchte etwas Anregenderes, Aufregenderes als Tee. Wie fad! Sie erinnerte sich an den Wein, den ihr Mann im letzten Herbst von einem Winzer in der Wachau persönlich erworben hatte, nach Anregung und Empfehlung eines Kunden. Dieser lagerte seither im Keller und würde dadurch sicherlich auch nicht besser werden, überlegte sie. Wein ist schließlich da, um getrunken zu werden. Dieser Aufgabe wollte sie sich gerne annehmen und überdies, so sinnierte sie weiter, war sie als Mittel zum Zweck gedacht und der Zweck heiligt schließlich die Mittel!

Kanne und Tasse gegen Flasche und Weinglas getauscht, rauschte sie mit einem Siegerlächeln zurück in ihr Atelier und trug die bestimmte Ahnung in sich, bald etwas Schönes und Großes zu erschaffen.

Groß war das Stichwort. Sie tauschte die immer noch leere Leinwand gegen eine neue, ebenso gähnend leere, doch ein Stück größere. Nichtsahnend, was bald kommen sollte, wusste sie trotz allem bestimmt, *dass* etwas kommen würde.

Sie schenkte sich mit Unterstützung der wieder von vorne beginnenden CD ein Glas Rotwein ein und prostete sich selber zu. Wohl in den Garten gerichtet, dem grauen Himmel entgegen, doch im Grunde an sich selbst.

„Zum Wohl, liebe Anna“, grinste sie und wusste auch nicht woher, doch es kam ihr plötzlich in den Sinn, „die du mir doch von allen die Liebste bist, die einzig wahre Freundin und Gefährtin!“

Ein wenig Verwunderung über sich selbst in sich aufkeimend, nippte sie, erst vorsichtig kostend, an dem offenbar edlen Gebräu, um schließlich schneller als erwartet Gefallen daran zu finden, und schon der nächste Schluck gab sich entsprechend größer. Den vollen Geschmack der sonnengereiften Trauben ihren Gaumen genussvoll hinabgleiten fühlend, schoss ihr die schwungvolle Musik in die Beine und veranlasste sie, sich tänzelnd durch den Raum zu bewegen. Hinaus in den Garten, vorbei an den aufblühenden Büschen und Sträuchern, das fröhliche Vogelgezwitscher im Ohr und das sich langsam leerende Weinglas in der Hand. Wie auf Wolken schwebte sie über das Grün und wieder retour in ihr Atelier.

Sich selbst beobachtend, so kam es ihr zumindest vor, griff sie zielstrebig nach dem Bleistift und dachte noch in selbigem Moment: *„Jetzt bin ich aber gespannt, welches Bild ich malen werde!"*, um schon im nächsten ihre Hand über die so einsame weiße Leinwand huschen zu sehen.

Besser konnte sich das Paradies auch nicht anfühlen, kam ihr in den Sinn, und sie fand zwischendurch noch Zeit, nachzuschenken.

Das Rot des Weines – und sicherlich auch dessen Geist – schossen ihr in die Glieder, ihr wurde heiß und kalt zugleich und sie genoss jeden einzelnen Schluck. Während dieser langsam und genussvoll ihre Kehle hinunterglitt, hob sie jedes Prozent Alkohol eine Ebene weiter nach oben. Wie auf einer Leiter Sprosse für Sprosse erklimmend und ließ sie spüren, wie sie mit ihren Füßen vom Boden abhob und entschwebte in die Weiten des Weltalls. Oder den Weiten der Phantasie, der Phantasiewelt – im Grunde war es ihr egal, wohin. Hauptsache weit, weit weg von dieser irdischen Welt, den Regeln und Vorschriften, weit weg in eine, wo alles möglich und Unmögliches erwünscht war.

Wie im Rausch malte sie und ergab sich vollends ihrer Arbeit. Abgehoben und entschwebt irgendwo weit außerhalb ihres Körpers, ihres Dasein, in entfernter Galaxie schwang sie ihren Pinsel. Dieser huschte mit paradiesischen Farben über die freie Fläche und erfüllte sie mit Leben, Lust und Leidenschaft. Einem Leben gleich einem Abenteuer mit Lust auf mehr. Die Leidenschaft, entfacht durch das Feuer, das in ihr loderte und nur zeitweise zum Ausbruch kam, wenn sie es erlaubte. Oder wenn ihr der so genussvoll getrunkene Rotwein Starthilfe gab, höchst ersehnte Starthilfe, die eigentlich mehr Hilfe war aus einer Not, einer innerlich, dringlich gefühlten Not. Sie wollte doch so gerne und konnte nicht – malen. Und dank des so wohlmundenden Rotweines konnte sie nun tun, was sie so dringend tun wollte.

Die halbe Flasche hatte bereits den Weg durch ihre Kehle gefunden und sie malte wie eine Besessene. Abgedriftet und mit ihren Sinnen weit über der Erde schwebend, mochte sie ein Außenstehender für einen Freak halten, sich kopfschüttelnd mit dem Finger an die Stirn tippen oder sich ganz einfach denken, sie sei verrückt. Es war ihr völlig einerlei, zudem war sie alleine und konnte tun und lassen, was sie wollte.

Atemlos machte sie eine kurze Pause, hockte sich vor ihr halbfertiges Bild und bestaunte es aus großen, überraschten Augen. Wohl sah sie es, erkannte es, doch verfehlte diese Wahrnehmung den Weg in ihr Gehirn. Das Einzige, was sie fühlte, war der stechende Schmerz in ihrem Kopf, der offensichtlich meinte, stärker werden zu müssen, um sich aufzuspielen, die Oberhand zu gewinnen.

Diesen ignorierend, malte sie weiter, pinselte und wischte, spritzte und schmierte über die Fläche und das Bild nahm nach und nach Formen an. Größer als das letzte mit dem Gesicht der wunderschönen, doch ach so kalten Schneekönigin, fand jene Schönheit in diesem aktuellen ihre Fortsetzung. Größer und noch schöner, erhabener und eindrucksvoller.

Am Ende ihrer Kräfte und sich vor Schwindel drehend, fielen der Künstlerin irgendwann nach Sonnenuntergang vor Erschöpfung die Augen zu und sie schlief an Ort und Stelle ein.

❖

Ein stechender Schmerz durchzuckte ihren Kopf, als sie die Augen mühsam aufschlug. Sie lag gut zugedeckt in ihrem Bett, sogar im Schlafanzug. Jegliche Erinnerung reichte nur bis zum Beginn des Malens an ihrem Bild am Vortag zurück, alles andere entzog sich ihrer Kenntnis.

Ihre Augen waren verklebt und brannten. Nach einer kurzen Bewegung zwang sie das Pochen in ihren Schläfen zurück auf den Polster, dabei hatte sie ihren Kopf bestimmt nicht mehr als wenige Zentimeter davon angehoben.

Sie seufzte und schloss ihre Augen. Ihr Gehirn fühlte sich an wie auf die doppelte Größe angeschwollen und schien ihre Schädeldecke durchbrechen zu wollen.

„Ob das am Rotwein liegt?“, überlegte sie und strich sich sanft über ihre Stirn. Selbst diese zarte Berührung fühlte sich unangenehm und belastend an. Also senkte sie ihren Arm wieder und gab Ruhe.

„Was ist heute für ein Tag?“, dachte sie und nach und nach kam ihre Erinnerung zurück.

„Gestern war Mittwoch. Der Nachmittagsunterricht war ausgefallen und ich habe an einem neuen Bild gemalt ... was habe ich überhaupt gemalt?“, fragte sie sich und schlug ihre Augen auf. Sie starrte an die weiße Zimmerdecke. Es war noch düster im Schlafzimmer und die Vorhänge waren zugezogen.

„Wie spät ist es?“, erschrak sie plötzlich, überwand den Schmerz in ihrem Kopf und drehte sich zur Seite. Mit zugekniffenen Augen tappte sie nach dem Wecker und als sie ihn erfühlt hatte, schlug sie ihre Augen wieder auf.

„Du liebe Güte, es ist schon nach sieben!“, erschrak sie und fiel zurück auf ihren Polster.

Wieder starrte sie an die Decke und meinte plötzlich etwas zucken und hüpfen zu sehen.

„Nein, bitte nicht schon wieder!“, kam Verzweiflung in ihr auf. Die Migräne kündigte sich an. In letzter Zeit immer öfter, ihr Mann hatte Recht, doch sie wollte es sich nicht eingestehen. Migräne in einer Form, wie sie es in ihrer Kindheit viel zu oft erlebt und es lange Zeit niemandem gesagt hatte. Stattdessen hatte sie diese stets alleine im stillen Kämmerlein, in ihrem Zimmer hinter verschlossener Tür erduldet.

„Was mache ich jetzt?“, überlegte sie, *„heute ist demnach Donnerstag und ein ganz normaler Schultag, ein Arbeitstag für mich ... doch ich hab keine Ahnung, wie lange sich das Ganze hinziehen wird ... was mache ich nur?“*

Minutenlang lag sie im Bett und starrte an die Decke. Dann schloss sie wieder die Augen, um sie kurz darauf erneut zu öffnen. Der Punkt, dieses hüpfende und zuckende Etwas, war immer da, egal, was sie auch machte. Er war einfach nicht loszukriegen!

Ärgerlich, lästig, gar bedrohend wirkte er auf sie, war sie doch offensichtlich machtlos gegen dieses Etwas, das sich Aufmerksamkeit fordernd in ihrem Kopf eingenistet hatte.

Während sie so dalag und überlegte, schwoll der Punkt zu einem kleinen Fleck an, um sich schließlich weiter auszubreiten zu einem flächigen, alles in sich einsaugenden Klecks.

Steif und starr lag Anna in ihrem Bett. Ein feines Frösteln überzog ihren Körper, obwohl es warm war, sowohl unter der Decke als auch im Raum. Es war Mitte Mai und die Temperaturen lagen nahe zwanzig Grad, wenn es auch draußen möglicherweise bald zu regnen beginnen würde.

Ihre Füße waren eiskalt wie der Blick der Schneekönigin. Gefroren zu Eisklumpen, die ihren kalten Atem langsam und zielstrebig über ihren gesamten Körper strömen ließen, um alles Warme in ihr zu Kälte zu erstarren.

Sie zog sich die Decke bis unter die Nase, die sich ebenfalls eiskalt anfühlte. Sie holte tief Atem und versuchte einen klaren Gedanken zu fassen.

„Ich muss in der Schule Bescheid geben, dass ich nicht kommen werde ... oder nicht weiß, wann ich kommen werde ...“, dachte sie und bemühte sich im nächsten Augenblick, aus dem Bett zu steigen. Mit fest zusammengekniffenen Augen hob sie die Decke beiseite und drehte ihre Beine Richtung Boden. Langsam und behäbig erhob sie ihren Oberkörper und richtete sich, auf zunehmenden Schmerz eingestellt, auf. Wie erwartet nahm das Stechen und Pochen unter ihrer Schädeldecke zu und ihr Gehirn meinte, explodieren zu müssen. Blind stand sie schließlich neben dem Bett und öffnete ihre Augen. Der Fleck, der ihr mittlerweile fast die gesamte Sicht verhüllte, war ohnehin immer da, egal, ob vor geöffneten oder geschlossenen Augen.

Sie zwinselte mehrmals, um irgendwo darunter oder darüber, daneben oder sonst wo etwas erkennen zu können und tastete sich in die Küche vor bis zum Telefon.

Die eingespeicherte Nummer des Sekretariats bereits gewählt, drückte sie selbige nochmals weg, schloss die Augen und übte, was sie sagen wollte.

„Guten Morgen, hier spricht Anna Hübner. Ich bin krank und kann heute nicht kommen, ich melde mich wieder“, übte sie die Sätze mehrere Male laut und deutlich vor sich hinsagend.

„Zum Glück, ich bin noch verständlich!“, dachte sie und wollte den Anruf sogleich erledigen, bevor sich ihre Situation verschlechtern würde, was ihr erfahrungsgemäß aus ihrer Jugend und ihren Kindertagen noch sehr präsent war. Lange Zeit hatte sie ja Ruhe davon, doch nun, offenbar aus unerfindlichen

Gründen, fand das „Leiden mit all seinem Zubehör" erneut seinen Weg zu ihr. Sie wurde ja nicht gefragt – oder hatte sie es irgendwie unbewusst zurückgefordert ...?

Anna drückte auf Wahlwiederholung und Sekunden später ertönte das Freizeichen.

„Fachhochschule für Mediendesign und angewandte Kunst, Marlies Stöger am Apparat, was kann ich für Sie tun?", spulte die Sekretärin ihre Vorstellung bereits ohne langes Nachdenken ab.

„Anna hier ...", begann die Frau zu stottern, „... Anna Hübner, guten Morgen, Marlies ..."

„Anna, guten Morgen, ist alles okay? Du hörst dich gar nicht gut an!"

„Ja ...", stotterte diese weiter und schloss zwischendurch immer wieder nach Haltung suchend ihre Augen, „mir geht es nicht besonders ... ich bin krank und kann heute nicht kommen ...", lallte sie schon ein wenig, doch hoffte sie, dass es nicht allzu hörbar war.

„Okay ... ich gebe es weiter an die Direktion ...", klang auch Marlies am anderen Ende etwas durcheinander.

„Soll ich dir einen Arzt rufen?", war ihre Sorge deutlich erkennbar.

„Nein, danke ... sehr lieb von dir, ehrlich ...", bemühte sich die Anruferin um Contenance und hielt tapfer durch, „ist wirklich nicht nötig! ... ich hab nur Migräne ..."

Anna schloss ihre Augen. Das Flimmern machte ihr zu schaffen. Es erfüllte all ihre Wahrnehmung und dazu kam noch das Pochen in ihrem Kopf.

„Ich melde mich vielleicht später noch einmal", war alles, was ihr noch möglich war, dann legte sie auf.

„Okay, Anna, ich wünsch dir alles Gute!", verabschiedete sich Marlies noch bei ihr, doch dies erreichte sie nicht mehr.

Anna legte ihr Telefon auf dem Esstisch ab und sank in sich zusammen. Sie fühlte alles Elend in dieser Welt in sich und lag schon beinahe auf der Tischplatte. Sie atmete schwer und rang nach Luft, doch meinte sie, zu ersticken. Ihr Kopf schien von Blei gefüllt und lag drückend auf ihren vor sich verschränkten Armen. Es pochte und pulsierte in ihren Schläfen, als ob hunderte, kleine Männchen eifrig am Werke waren, die Schädeldecke zu durchstoßen.

Der zuckende Fleck hatte sich beruhigt und war verschwunden. Zurück blieb eine nebulose, verschwommene Fläche, die ihre Wahrnehmung trübte. Sie fühlte sich außerhalb ihres Körpers, schaute und atmete, bewegte sich und nahm einen Schluck Wasser, doch es fühlte sich alles fremd an und schien sie absolut nicht zu betreffen. Sie stand völlig neben sich und konnte es sich einfach nicht erklären.

Obwohl sie seit dem gestrigen Nachmittag nichts mehr gegessen hatte und doch so etwas wie Hunger in sich aufkeimen fühlte, wollte sich keinerlei Appetit einstellen. Ganz im Gegenteil, breitete sich doch eine gewisse Übelkeit in ihr aus, kroch langsam und unangenehm aus der Magengegend in ihr hoch und schnürte ihr die Kehle zu. Sie saß in der Küche und ihr wurde übel. Sie schluckte und versuchte es mit Wasser wegzuspülen, doch ohne gewünschtes Ergebnis. Ein kleiner Schluck und noch einer, dann war es genug!

Eilig lief sie zur Toilette und erreichte diese gerade noch rechtzeitig. Kaum hatte sie den Deckel hochgeklappt, kam auch schon das eben verschluckte Wasser wieder hoch. Sie kotzte und würgte, bis absolut nichts mehr da war, doch es reckte sie noch immer. Vor der Klomuschel kniend, ekelte sie sich bis in ihre Abgründe hinweg, doch steckte offenbar immer noch etwas in ihr, was den Weg nach oben suchte.

Der stechende Schmerz über ihrer Schläfe weitete sich auf ihren darunterliegenden Augapfel aus und es fühlte sich an, als ob ein kleines, böse gesinntes Männchen mit einer überaus spitzen, feinen Nadel von hinten in selbigen immer und immer wieder einstach und einfach nicht damit aufhören wollte.

Der Brechreiz ließ nach. Es befand sich auch nichts mehr in ihr, was hätte rauskommen können, rein gar nichts. Mühevoll erhob sie sich vom Boden und richtete sich auf. Der Blick in den Spiegel präsentierte ihr ein jämmerliches Bild. Gerötete Augen, tief in dunklen Höhlen liegend, brachten ihren Zustand mehr als deutlich zum Ausdruck.

„Du siehst echt nicht gut aus“, lallte sie und fühlte bereits, wie ein unangenehmes Kribbeln ihre linke Hand vereinnahmte. Hunderte von Ameisen schienen unter ihrer Haut zu laufen und sie zu besetzen, ihren Körper ebenso wie ihren Geist einzunehmen und von ihm Besitz zu ergreifen.

Die Machtlosigkeit erschreckte sie mehr als die Tatsache, dass sich ihr Körper fremd und unangenehm anfühlte. Sie wusste einfach nicht, was sie machen sollte. Was sie tun konnte, um dem Treiben Einhalt zu gebieten, sich zu behaupten gegen diese Übermacht, die ihren Körper eingenommen hatte. Sie fühlte sich ganz einfach hilflos, wehrlos, ohne Möglichkeit, etwas daran zu ändern!

Sie wankte auf weichen Knien wie Butter, die in der Sonne dahinschmolz, zurück in die Küche, um sich ein Glas Wasser einzuschenken. Wie berauscht von einem viel zu starken Rotwein fühlte sie sich, beherrscht von einer fremden Macht, nicht mehr Herrin ihres Körpers.

Das Kribbeln zog von ihrer Hand hinauf über das Handgelenk, zu ihrem Unter- und Oberarm und erreichte schließlich ihren Schulterbereich bis hin zum Brustkorb. Sie blickte auf die Küchenuhr, diese zeigte 9.45 Uhr an diesem Donnerstagvormittag. Hätte ihr jemand, irgendjemand diesen Tag und die Uhrzeit mitgeteilt, es hätte ihr nichts genützt, sie hätte es nicht wiederholen oder nachsagen, geschweige denn begreifen können!

Eine derart intelligente und moderne Frau wie Anna und sie wäre nicht im Stande zu wiederholen, dass es sich um einen Donnerstag, wie schon unzählige zuvor, handelte und dass es nun, oder zumindest noch vor wenigen Minuten, exakt 9.45 Uhr war. Nein, das konnte sie nicht!

Der Teufel persönlich hatte von ihrem Körper, ihren Sinnen, gar ihrem gesamten Sein Besitz ergriffen, sie übernommen, eingenommen. Eine fremde, übermächtige Macht hatte sie verinnerlicht, ihren Verstand geraubt, sie außer Gefecht gesetzt. Nein, sie konnte, selbst wenn sie es innig und ohne Widerspruch wollte, nicht sagen oder wiederholen, dass an diesem Tag Donnerstag und es mittlerweile 9.49 Uhr war.

Sie war wohl körperlich anwesend, doch geistig entschwebt in eine entfernte Dimension. Nicht eine ihrer wohlbekannten und erwünschten Phantasiewelten, das würde sie, wenn auch nicht ganz, doch wenigstens einigermaßen unter Kontrolle haben, nein, diesmal war der Fall völlig anders gelagert.

Ob sie verrückt war, irrsinnig, abgehoben, wahnsinnig? Diese Fragen tauchten immer wieder in ihrem Kopf auf, trieben sich durch ihr Gehirn und mischten sich unter ihre klaren Gedanken.

Wie sollte sie das auch jemandem erklären? Einem „Normalen“? Wer sollte ihr dahin folgen können, wenn nicht einmal sie selber es wirklich begreifen konnte?

Sie war irgendwo. Das Kribbeln hatte ihre Kehle erreicht, sich auf das Kiefer und ihre Zunge ausgebreitet. Genau die Hälfte davon, besser gesagt. Es bezog sich immer nur auf eine Körperhälfte: Wenn das Kribbeln ihre linke Seite befiel, spürte sie den stechenden Kopfschmerz über der rechten Schläfe oder umgekehrt. Wie mit einem Lineal und einem roten Marker gekennzeichnet, zog sich die Grenze exakt durch ihren Körper. Unangenehm, doch exakt.

Anna stand vor dem Spiegel im WC und riss ihren Mund so weit auf, wie es ihr möglich war. Sie hatte das unausweichliche Gefühl zu ersticken – jetzt und sogleich.

Obwohl sie im Spiegel genau sehen konnte, dass ihr Mund weit geöffnet war und es absolut nichts gab, was die Atemwege versperrte, blieb ihr trotz allem das Gefühl des Keine-Luft-Bekommens erhalten. Sie atmete tief und schwer und sog alles an Luft in sich ein, was ihr möglich war – doch sie glaubte zu ersticken!

Tränen der Verzweiflung stiegen auf in ihr, drängten nach außen, wollten raus. Doch sie stand da und atmete ...

Erschöpft durch den vielen Sauerstoff brach sie beinahe zusammen, kauerte vor dem WC am Boden und erwachte irgendwann wie aus einem bösen Traum.

Das Kribbeln schien verschwunden. Sie taste über ihren Körper, zwickte sich da und dort und war froh, sich wenigstens wieder zu erfühlen. Mühsam richtete sie sich auf und stand wieder vor dem Spiegel. Ein kurzer Blick gab Auskunft über ihr inneres Fühlen. Ihre Augen waren von roten Äderchen durchzogen und brannten wie nach einem Höllenfeuer, ihr Kopf pulsierte und ihr Körper schmerzte, als ob sie einen Marathon gelaufen wäre.

Sie schleppte sich in die Küche und blickte auf die Uhr. Es war kurz vor Mittag. Sekundenlang starrte sie auf die Anzeige, bis endlich, endlich ihr Gehirn die Zeit für sie übersetzte.

„Es ... ist ... schw... schwz.... schwzölfsch ...“, lallte sie, ihre Zunge alles andere als unter Kontrolle habend.

„Oh nein! Bitte nicht!“, schienen nur die Gedanken zu funktionieren.

Wieder und wieder sprach sie laut mit sich selbst, versuchte die Uhrzeit zu wiederholen. Erfolglos. Selbst nach mehreren Versuchen gelang es ihr nicht, diese klar und deutlich auszusprechen. Selbst wenn alle unangenehmen Symptome bereits abgeklungen waren, der Fleck verschwunden und das Kribbeln aufgehört hatte, so hatte doch noch etwas Unbekanntes, Großes, Allmächtiges die Herrschaft sowohl über ihre Sinne als auch ihren Kopf und ihren Körper. Aber wer oder was war das?

Zur Übung las sie alle möglichen Produktbezeichnungen laut vor, sprach mit sich selbst, sagte ihren Namen und ihre Adresse – zumindest versuchte sie es! Ihre Zunge schien ein Eigenleben zu haben und ihre Stimme klang fremd. Wie von weit her oder durch ein langes Rohr, hohl und blechern. Sie fühlte sich neben sich stehend, hörte sich zu und erkannte sich nicht wieder. *„Das bin ich? So hört sich meine Stimme an? Echt?"*

Irgendetwas war in ihr, hatte Besitz von ihr ergriffen – sie war es jedenfalls nicht, soviel bekam sie trotz allem mit!

Irgendwann erinnerten sie nur noch die pulsierenden, pochenden Schmerzen in ihrem Kopf an diese Migräne-Attacke, weiter nichts. Weiter nichts! – Gut gesagt! Sie befand sich neben sich, außerhalb ihres Seins, ihres Körpers, ihrer Wahrnehmung und Empfindung. Nicht mehr sie selbst, ganz und gar nicht!

Weiter nichts!

Wie beunruhigend ist das, nicht mehr Herr oder Herrin seines eigenen Körpers, seiner Wahrnehmung zu sein? Was könnte schlimmer sein? Und das jederzeit, immer wieder, ohne Vorwarnung, Ankündigung und ohne eine Aussicht auf Besserung oder gar Heilung!

Stunden später stellte sich dann Hunger ein. Der Körper war ausgelaugt vom Schmerz, vom Erdulden, Durchhalten. Der Magen krachte lautstark und forderte Nahrung. Der Appetit allerdings hielt sich in Grenzen.

Anna hatte doch Schlaf gefunden, als sie sich irgendwann vor Erschöpfung auf der Wohnzimmercouch niederließ und wegdöste. Etwas Erholung tat ihr gut und eine warme Suppe. Nach der sehnte sie sich nun. Also setzte sie Wasser auf und machte sich eine Suppe. Als diese fertig war, aß sie sie und fühlte sich besser. Vorläufig; bis zum nächsten Mal ...

❖

Zumindest ein Bild wollte sie noch malen bis zur Ausstellung, auch die Vorbereitungen für das Schulfest größtenteils abschließen und eine kleine Ansprache für beide Veranstaltungen vorbereiten. Man weiß ja nie!

Obwohl ihre Schädeldecke bis hinunter zum Nacken und vor bis zum Unterkiefer noch Tage nach diesem letzten Migräneanfall deutlich spürbar war und ruckartige Bewegungen immer noch im Kopf Schmerzen verursachten, war sie eifrig unterwegs und ließ sich nichts anmerken. Zwischendurch legte sie, wenn es gar nicht mehr anders ging, wenigstens kurze Ruhepausen ein, doch ignorierte sie die Signale ihres Körpers konsequent. Sie war selber der festen Überzeugung, dass es ihr gut ginge, nur eben die Migräne noch leichte Nachwirkungen zeigte, welche sich sicherlich bald von selber erledigen würden. Oder auflösen, verschwinden im Nichts oder sonst wohin.

Mitte der Woche bot sich ein unverhofft freier Nachmittag dazu an, den Plan eines weiteren, brandneuen Bildes für die Vernissage in die Tat umzusetzen. Irgendwie ging ihr der Anblick der Schneekönigin nicht mehr aus dem Sinn, kreiste in ihrem Kopf und auch ihr Rufen hallte ständig nach.

„Anna, komm und folge mir!“, hatte sich die Stimme wie ein lästiger Tinnitus in ihr eingenistet und ließ sie nicht mehr los. Zu ihrer eigenen Verwunderung störte sie das jedoch gar nicht, zumindest nicht so sehr, wie sie meinte. Auf eigentümliche Weise fühlte sie sich sogar ein bisschen wohl dabei, schwang eine Vertrautheit, eine gewisse Wärme mit und Anna wurde dadurch an die schönen Seiten ihrer Kindheit erinnert. An all die Märchen, die sie nicht nur gelesen, sondern regelrecht studiert hatte, und an deren Bilder, die sie in sich eingesogen hatte und von denen sie sich einsaugen ließ. Sie war verschwunden in den Geschichten, abgetaucht in diese fremden Welten. Das gefiel ihr, dort hatte *sie* die Macht, konnte sein, wer immer sie wollte und auch wieder von dort nach Hause auf die Erde, in ihr Elternhaus, in ihr Kinderzimmer zurückkehren.

Fröhlich gestimmt fand sie in ihrem Arbeitszimmer die halbleere Rotweinflasche vom letzten Mal vor, holte sich ein frisches Glas dazu und schenkte sich ein. Mittlerweile nicht nur Gefallen am Geschmack, sondern auch an dessen anregender Wirkung gefunden, nahm sie gleich einen großen Schluck und ließ ihn ihre Kehle hinabgleiten. Sie schloss dabei die Augen und fühlte ein feines Kribbeln in sich aufsteigen, welches sich als Lächeln in ihrem Gesicht breitmachte. Nach dem nächsten, kleineren Schluck drehte sie das Radio an und stellte das Glas beiseite.

Sie wusste, was sie malen wollte und griff nach dem Skizzierstift. Nur wenige, gezielt gesetzte Striche genügten ihr, um die Fläche zu unterteilen und sich beim Malen besser orientieren zu können. Mehr Anhaltspunkte waren gar nicht notwendig. Mitten in der Arbeit wusste sie dann aus ihrem Gefühl heraus ganz genau, wie und wo sie den Pinsel ansetzen musste und wollte und sie huschte jedes Mal wieder, wie von Geisterhand geführt, über die leere Leinwand.

Um der nichtssagenden, weißen Fläche Leben einzuhauchen, brauchte sie keinerlei Hilfsmittel oder Unterstützung von außen. Die Macht und der Rausch der Malerei genügten ihr, um sich in andere Sphären zu versetzen, abzuheben und hinweg zu schweben. Normalerweise.

In letzter Zeit schien es anders zu sein, sie schien anders zu sein. Irgendetwas hatte sich verändert – in ihr oder überhaupt sie selbst. Sie wusste es nicht. Und gemäß der Eigenart, die ihr innewohnte, wollte sie es auch nicht wissen. Es würde sicherlich wieder alles ins Lot kommen, sich richten, wieder so werden, wie es immer war. So, wie sie es gewohnt war und so, wie sie es gerne haben wollte. So, dass sie wieder alles unter Kontrolle hatte und so sein würde, wie all die Jahre zuvor.

Die Ereignisse der letzten Wochen hatte sie ein wenig aus der Bahn geworfen. Die geplante Ausstellung, die anerkennenden Worte von Herrn Mangold, der so überaus nett war und in dessen Nähe sich Anna sehr wohl fühlte. Das Geld, das er ihr nur wenige Tage später gebracht hatte, nachdem er ihr erstes Bild gesehen und mitgenommen hatte. Das alles war sehr, sehr aufregend für sie. Sie hatte das weder angestrebt noch darauf hingearbeitet und doch bestimmte es jetzt ihren Tagesablauf, ihr Denken und ihr gesamtes Leben!

Wie konnte das sein? Durfte das sein? Warum, wieso, weshalb?

Sie befand sich ungewollt auf der Überholspur oder doch eher auf einer halsbrecherischen Achterbahn? Gefährlich, risikoreich und unkalkulierbar.

Anstelle gemütlich im Familienvan dahinzutuckern, saß sie nun in einem schnittigen Sportwagen und zog außen an ihrem beschaulichen Leben vorbei. Wollte sie das? Nein! – Oder vielleicht doch ein bisschen?

Sie nahm einen weiteren Schluck Rotwein und genoss die entspannende Wirkung, die er auf ihren Körper ausübte. Ein Schwarm Ameisen tummelte sich unter ihrer Haut, anregend, angenehm und durchaus erwünscht. Es prickelte und kribbelte, wie in einem Brausebad und sie lächelte permanent.

Ein fröhliches Liedchen auf den Lippen tobte sie sich mit Pinsel und Farbe aus und zauberte ein weiteres Mal das zarte und wunderschöne Antlitz der Schneekönigin auf den weißen Untergrund. Flächendeckend erfüllte dieses die gesamte Leinwand und im Mittelpunkt standen diesmal ihre Augen. Groß und weit geöffnet boten sie Einblick in die Welt dahinter. Nicht so sehr in deren kalte Seele, sondern in den warmen Teil, der weit, weit hinter ihr lag. So wie Anna die Schneekönigin immer schon gesehen und gespürt hatte. Schon als Kind, als sie ihr half, alle Schmerzen und ihr Leid vergessen zu machen und sie sich bei ihr behütet und verstanden fühlte.

Äußerlich längst erwachsen, erlebte sie sich in ihrer Gegenwart wieder als das kleine Mädchen, schutzsuchend und bereit, dieser eisigen Frau jederzeit und überall hin zu folgen. Zwischendurch am Wein nippend, malte sie wohl, doch befand sie sich längst in ihren Klauen und auf der anderen Seite.

❖

Der Tag der Vernissage rückte immer näher. Anna hatte das letztgemalte Bild mit der Schneekönigin an Herrn Mangold übergeben und wollte es dabei belassen. Die Zeit war schon knapp und dank ihrer sich häufenden Migräneattacken würde sie ein weiteres ohnehin nicht mehr zustande bringen.

Herr Mangold zeigte sich begeistert, auch ihm gefiel der eisige und gleichermaßen warme Unterton der Schneekönigin sehr gut. Nicht nur als ehemaliges Kind und Märchenliebhaber, sondern auch aus künstlerischer Sicht betrachtet. Anna malte einfach detailverliebt und penibel, zudem mit einer Liebe und Leidenschaft, die einfach unübersehbar war, die ihre Bilder ausstrahlten und alle in ihren Bann zog.

Anna stand vor dem mannshohen Spiegel im Vorraum und betrachtete sich. Sie trug ein tiefrotes, bodenlanges Abendkleid, das sie sich vor Jahren für den ersten Ball überhaupt, den sie mit ihrem Mann besuchte, gekauft hatte.

„Es passt mir noch wie angegossen!“, freute sie sich und drehte sich bewundernd hin und her. Enganliegend umschmeichelte es ihren immer noch ansehnlichen Körper.

„Ich bin fertig, Robert!“, rief sie ihm zu, während sie in die dazu passenden Schuhe schlüpfte.

„Ich komme schon!“, trällerte dieser, schwungvoll über die Treppe nach unten hüpfend.

In seinen feinsten Anzug geworfen, bremste er sich vor seiner Frau ein und begann feierlich: „Meine liebste Anna, anlässlich dieses höchst denkwürdigen Tages möchte ich dir gerne ein Geschenk überreichen.“

Sie schaute ihn mit großen, glänzenden Augen an, als er ein strahlend weißes Pelzcape hinter seinem Rücken hervorholte.

„Du hast in letzter Zeit so oft die Schneekönigin gemalt und sie trägt auf jedem deiner Bilder eine wunderschöne Halskrause aus weißem Pelz. Deshalb möchte ich dir heute auch eine solche schenken!“, grinste er bis über beide Ohren und präsentierte ihr das Teil mit ausgestreckten Armen.

Tränen der Rührung stiegen ihr in die Augen und drohten, ihr sorgsam aufgetragenes Make-up zu verunstalten. Sie griff nach dem Cape und strich ehrfürchtig darüber. Es fühlte sich sehr flauschig weich und angenehm an, einfach wundervoll.

„Ich danke dir, Robert! Es ist einfach umwerfend! Danke schön!“, konnte sie nur mit Mühe die Tränen unterdrücken.

Sie fiel ihrem Mann um den Hals und umarmte ihn innig und voller Freude. Dann legte er ihr das Teil um und sie betrachtete sich im Spiegel. Wie eine Diva aus einem Hollywood-Film fühlte sich Anna, wunderschön und elegant. Sie richtete sich auf und meinte vor Stolz in den Himmel wachsen zu müssen, dann machten sich die beiden auf den Weg.

Als Anna ihre Augen am nächsten Morgen zum ersten Mal aufschlug, hörte sie ihren Mann neben sich schnarchen.

„Ob ich deshalb aufgewacht bin?“, überlegte sie und musste dringend auf die Toilette.

Sie stand auf und spürte sogleich ihren Kopf. Schwer und pochend und mindestens um die Hälfte größer fühlte er sich an. Offenbar hatte sie zu viel Sekt und Wein erwischt. Zu feiern gab es ja genug. Alle Bilder waren verkauft worden, manche schon vor Beginn, die letzten beiden unmittelbar nach der persönlichen Vorstellung.

Sie wankte anschließend in die Küche, um Wasser zu trinken. Ein Glas und noch eines. Das musste der Kater sein. Wieder zurück im Schlafzimmer kuschelte sie sich an ihren Mann und rüttelte ihn ein wenig, um sein lautes Schnarchen zu beenden. Es funktionierte.

Anna schloss die Augen und ließ den Vorabend Revue passieren. Obwohl sich ihr gesamter Körper müde anfühlte, konnte sie nicht einschlafen. Ihr Gehirn war aktiv und ihre Gedanken zogen wie ein Film an ihr vorbei. Die vielen Menschen, die gekommen waren, nur um sie und ihre Bilder zu sehen. Eine kleine Veranstaltung, nichts Großes, nur etwa einhundert Personen, hatte Herr Mangold gemeint. Klein? Mit einhundert Personen?

Das alleine schon sprengte die Vorstellung von Anna, der Kunstprofessorin.

Gekommen waren mindestens einhundert und zwanzig!

„Wow! Und alle wegen mir!“, jubilierte sie lautlos und drückte sich vor Freude noch enger an ihren Mann, der dies mit einem genussvollen Brummen quittierte.

Die wertschätzenden Worte von Herrn Mangold klangen ihr noch im Ohr, schmiegten sich wie Honig in ihre Gehörgänge und streichelten sowohl ihr Ego als auch ihre sensible Seele. Das Lächeln in ihrem Gesicht brannte sich ein, nicht nur gestern, auch in diesem Moment. Alleine die Erinnerung daran ließ sie bis über beide Ohren hinaus erstrahlen und heller leuchten als die Sonne. Sie war glücklich, zweifellos.

Einmal tief durchgeatmet, musste sie gähnen und freute sich. Etwas Ruhe konnte sicher nicht schaden und sie hoffte, bald wieder einzuschlafen.

Das rote Kleid, das sie getragen hatte, samt dem Pelzcape machte sie zu einer attraktiven Frau. Sie fühlte sich wohl und anerkannt. Nicht nur wegen ihrer ansprechenden Optik, auch wegen ihrer Kunst und dem Spürsinn für die

Details in der Malerei. Endlich konnte sie erklären, darlegen, erläutern, warum und wie sie malte, was ihr am Herzen lag und was sie dabei empfand. Und sie fand ein aufgeschlossenes Publikum vor, das sich ehrlich dafür interessierte!

Sie seufzte und kuschelte sich in die Decke, an ihren Mann und plötzlich zuckte und flimmerte es vor ihren Augen.

Wortfetzen der Anwesenden huschten durch ihren Kopf, Lob und Anerkennung, ausgesprochen von so vielen, Kunstkennern, Kunstschätzern, Menschen, die für ihre Bilder bezahlten, um sie bei sich in ihren Häusern und Wohnungen aufhängen zu können. Das war einfach unglaublich!

Der Punkt vor ihren Augen zuckte und hüpfte und meinte, wichtiger zu sein als die wundervollen Erinnerungen, Erlebnisse und Eindrücke, die sie vom vergangenen Abend mitgenommen und in ihrem Herzen gespeichert hatte. Er zuckte und hüpfte und forderte seinen Platz bei Anna, in ihren Gedanken, in ihrem Kopf, in ihrem Leben.

Sie kniff ihre Augen ganz fest zu und klammerte sich regelrecht an ihren Mann. Zusammengekauert und leicht gekrümmt schickte sie ein Stoßgebet in den Himmel: *„Bitte, bitte, bitte lieber Gott, lass mich einschlafen!“*

Immer und immer wieder wiederholte sie ihr Flehen, hoffte auf Gehör und erbat sich so Gnade für sich. Einzuschlafen, um irgendwann später aufzuwachen, wenn alles vorbei war. Dass all die komischen Gefühle und Ereignisse in ihrem Körper abklingen würden, das wünschte sie sich. Warum musste sie dieses Martyrium immer wieder erdulden? Warum nur? Wie böse musste sie gewesen sein, wie unartig als Kind oder auch als Erwachsene, um immer wieder diesen körperlichen Schmerz und diese Qual über sich ergehen lassen zu müssen?

Sie war den Tränen nahe. Mehr aus Verzweiflung und Ohnmacht, denn aus Schmerz. An den war sie bereits gewöhnt, das machte ihr weniger aus als die Angst, die sie jedes Mal wieder ergriff. Kalt und eisig wie das Herz der Schneekönigin.

Was konnte sie tun? Vermochte sie überhaupt etwas zu tun? Wer könnte ihr helfen und wie?

Fragen über Fragen plagten sie, während der Punkt vor ihrem geistigen Auge weiter anwuchs, an Größe und Stärke gewann und sie in die Knie zwingen wollte. Ihr seinen Willen aufzwingen wollte, sie klein sehen und erniedrigen wollte.

„Könnte ich doch nur schlafen! Bitte, lieber Gott, lass mich endlich einschlafen!", flehte sie, während ihr die ersten Tränen aus den fest verschlossenen Augen quollen. Versickert in der Decke, dem Polster, dem Pyjama ihres Mannes. Verschwunden, doch nicht weg. Sie waren immer noch da, in ihr und drängten nach oben.

Irgendwann schlief die Frau erschöpft ein. Irgendwann folgte sie dem Ruf der Schneekönigin, die sie bereits auf der anderen Seite erwartete. Sehnsüchtig und mit einem eisigen Herz, aber trotzdem voller Wärme und Liebe.

Anna flog in ihrem Traum durch die warme Luft und über den stahlblauen Himmel, über den große, sternenförmige Eiskristalle durch das Sonnenlicht tanzten, ohne zu schmelzen. Inmitten bunter Vögel, direkt aus dem Paradies kommend, und einer weißen Eule, die bereits lächelnd auf sie wartete.

„Ich grüße dich, kleine Anna, schön dich zu treffen!", trällerte diese und umkreiste das Mädchen.

Anna fühlte sich wohl in ihrem Traum, trieb durch ihn hindurch und schwebte weit über der Erde, vergaß all ihren Schmerz und empfand nichts als Leichtigkeit und Freude.

„Lass mich dich beschützen, kleine Anna", säuselte die Eule und umarmte das Mädchen. Ein warmes, behagliches Gefühl umfing sie und sie kuschelte sich in diese Wärme. Die breiten und weiten Flügel der Eule lagen um ihre Schulter und erwärmten sie. Nach und nach zog sie diese fester und Druck breitete sich aus in der schwebenden Besucherin. Die Eule verzog ihr lächelndes Gesicht zu einer bösen Fratze und obwohl sie sich eigentlich hinter dem Mädchen befand, umkreiste sie es und kicherte wie ein Hexe.

„Ich hab dich, ich hab dich!", freute sie sich und ihre Grimasse wurde bedrohlicher. Ihre Flügel wuchsen in alle Richtungen, breiteten sich aus wie ein Netz, ein Gitter, gar einem Käfig gleich und umschlossen die gesamte Gestalt der kleinen Anna. Plötzlich trug sie einen Pelzmantel, außen flauschig und weiß, strahlend und rein, doch innen mit Haken und keinerlei Widerstand duldend.

Die Schneekönigin mit ihrem eisigen Lächeln tauchte auf vor dem gefangenen Mädchen und ließ ihr verächtlich schallendes Gelächter ertönen. Es erschallte und erschütterte den gesamten Himmel, machte die Sonne hinter dicken, tiefgrauen Wolken verschwinden und ein eisig kalter Wind zog durch die Luft. Ein Zittern und Beben erfüllte diese Welt, nicht nur die gefesselte Anna, auch alle Pflanzen und paradiesischen Vögel erstarrten im selben Augenblick zu Eis.

Erschrocken und schweißgebadet wachte Anna auf. In ihrem Haus, in ihrem Bett, neben ihrem Mann, der ungestört weiterschlief.

Die Haare klebten ihr auf der Stirn und es kribbelte in ihrem gesamten Körper. Der zuckende, hüpfende Punkt war verschwunden, doch die Macht, die jedes Mal wieder von ihr Besitz ergriff, war deutlich spürbar.

Die Frau richtete sich auf, deckte ihren Mann zu und legte sich auf ihre Seite des Doppelbettes. Schwer atmend und angsterfüllt starrte sie zur Decke. Langsam machte sich die Sonne daran, ihrer vorgegebenen Bahn zu folgen und erhellte das Schlafzimmer. Matter Schein drang durch die geschlossenen Vorhänge und gab den Raum leicht zu erkennen.

Ihr Herz raste und die Erinnerung an das eben im Traum Erlebte verstörte sie. Minutenlang lag sie da. Dann stand sie auf, um ins Bad zu gehen oder in die Küche oder sonst wohin. Sie wusste es nicht wirklich, sie wollte nur weg aus dem Bett, wo sie eben ein so schrecklicher Traum erschüttert hatte.

Am ganzen Körper zitternd und mit wankenden Knien tastete sie sich vor in die Küche. Gerade mal eine Stunde war vergangen, seit sie eingeschlafen war. Der zuckende Punkt hatte sich zugunsten des Kribbelns in ihrem Körper verabschiedet und sie fühlte eine drückende Übelkeit in der Magengegend. Ein Schluck Wasser täte gut, dachte sie, doch im nächsten Moment ließ sie es gut sein.

Eilig hastete sie zur Toilette, um ihrem Drang des Übergebens zu folgen. Es kam nichts außer Magenschleim oder Verdauungssäfte. Sie konnte es nicht definieren, es schmeckte nur scharf in ihrem Rachen und unangenehm.

Anna kauerte vor der Klomuschel und wusste nicht, wie ihr geschah.

Sollte sie heulen oder besser lachen? Kotzen oder Wasser trinken? Nichts versprach wirklich Linderung.

Einzig diese allumfassende Ohnmacht konnte sie in sich fühlen. Stark und stets präsent. Was war es, das von ihrem Körper und ihrem Verstand Besitz ergriff?

Nur Migräne? War es das? Schlicht und einfach Migräne?

Doch was war diese Migräne?

Laut erfahrenen Ärzten und angesehenen Wissenschaftlern, die sich immer wieder zu diesem Thema fachkundig in diversen Zeitungen und Gesundheitszeitschriften äußerten, eine Krankheit ohne Aussicht auf Heilung. Linderung war wohl möglich, doch Heilung war ausgeschlossen, zumindest nach dem neuesten Stand der Wissenschaft. Und die mussten es schließlich wissen! Studiert und gebildet, wie sie alle zusammen waren!

Keine Heilung möglich.

Und dann noch die Witze über Frauen und Migräne.

„Ich habe Migräne!“, trällert die eine oder andere feine Dame, die nie wirklich in ihrem Leben je Migräne gehabt hat. Vielleicht ein bisschen Kopfschmerzen und das ist auch schon alles, worauf es reduziert wird. Ein bisschen Kopfschmerzen. Wenn die feinen Damen nicht wollen – etwa ihren ehelichen Pflichten nachkommen oder was auch immer.

Anna kauerte immer noch am Boden und war wieder den Tränen nahe. Sie drängten nach oben und wollten hinaus. Sich befreien aus dem Gefängnis, aus dem tiefen, unergründlichen Fass, in dem sie jahrelang, gar jahrzehntelang gespeichert waren.

Die ersten bahnten sich ihren Weg durch ihre fest zusammengekniffenen Augen und kullerten erlösend über ihre Wangen. Immer mehr und mehr folgten, bis die Frau schließlich herzzerreißend zu heulen begann. Sie schluchzte und weinte, heulte und wimmerte und ließ endlich etwas von dem schon so lange aufgestauten Druck in sich ab.

Unkenntlich der Zeit, die sie hier verbracht hatte, stand sie irgendwann wieder auf, um zurück ins wärmende Bett zu gehen. Zurück zu ihrem Mann, der immer noch den Schlaf der Gerechten schlief und absolut nichts von dem Drama, das sich um ihn herum abspielte, mitbekam. Zum Glück, wie seine Frau meinte, brauchte sie doch jemanden, an dem sie sich anhalten, festhalten konnte. Einen Fels in der Brandung, stabil und fest und Halt gebend.

Sie legte sich zu ihm, genoss die Wärme, die von ihm ausging und schlief ein, friedlich und befreit.

❖

Ein Geldsegen brach über die Familie Hübner herein, alle freuten sich, Mann wie Söhne, und auch die Schulleitung samt dem Direktor, welcher lobende Worte beim großen Schulfest über die begnadete Künstlerin fand.

Anlagemöglichkeiten wurden besprochen und das Malen weiterer Bilder angedacht, die somit neue Einnahmequellen eröffneten. Alle waren glücklich ... und Anna?

Die war sich nicht sicher ...

Sie fühlte sich geschmeichelt, umhegt und beachtet und folgte ihrem Kopf, ihrem Verstand, der ihr eindringlich zuflüsterte, doch weiterzumalen, zu erschaffen, zu gestalten. Geld würde fließen genauso wie Anerkennung und Achtung und das hatte sie doch schon sooo lange angestrebt, ersehnt und gewünscht.

In immer kürzeren Abständen überfiel sie die Migräne mit all ihren Extras, setzte sie einige Zeit außer Gefecht und zwang sie, im Bett oder auf der Wohnzimmercouch auszuharren. Sie lebte mehr weggetreten als bewusst in den Tag hinein, döste und schlief, war mehr ab- als anwesend. Selbst ihren Mann und ihre Söhne bekam sie oft tagelang nicht zu Gesicht, verbrachte mehr Stunden schlafend als wachend.

Die Krankenstandstage, die bisher an einer Hand abzuzählen waren, häuften sich und ihre Schüler vermissten sie zusehends. So konnte es nicht weitergehen, war auch Anna der Ansicht, doch wusste sie dem Elend, das sie umfing, nichts entgegenzusetzen.

Immer, wenn sie „ihre Migräne“ heimsuchte, stets beginnend mit dem lustig zuckenden Punkt, fiel sie in eine Lethargie, eine Starre, die nicht nur ihren Körper, sondern auch ihr gesamtes Denken, Handeln, ihr Sein umfasste und sie fühlte sich absolut willenlos. Sie wusste sich in keinster Weise dagegen zu wehren, sah sich keinen Ausweg, als den einen, sich darin zu ergeben und zu hoffen, dass ihr die Schneekönigin oder die ihr so treu ergebene und stets dienende, weiße und immerzu grinsende Eule zu Hilfe eilen würde.

Der weiße, pelzige Umhang, das Cape, das sie von ihrem Mann geschenkt bekommen hatte, befand sich auch stets an ihrer Seite. Umfing sie, umhüllte sie und wusste ihre Schmerzen und Qualen zu lindern. Doch war das der Ausweg aus dem immer wiederkehrenden Dilemma?

Soweit war Anna bei Sinnen, um dies zu erkennen. Wohl zu erkennen, doch etwas daran zu verändern, das lag offenbar außerhalb ihres Einflusses. Den übte immer noch die Schneekönigin samt ihrer Gehilfin in Gestalt der ach so reinen, schneeweißen Eule aus!

❖

Mit dem Beginn der Sommerferien kehrte etwas Ruhe bei Anna ein – in ihren Alltag und auch in ihr selbst. Von der Galerie, oder besser gesagt Herrn Direktor Mangold, hatte sie sich eine Pause ausgebeten. Die Nachfrage nach ihren Bildern war enorm, doch sie benötigte dringend Abstand.

Bisher war sie es gewohnt, ihre Bilder aus Lust und Laune zu malen, wenn ihr gerade danach war, die Inspiration stimmte oder ihr intuitiv ein Motiv in den Sinn kam und nicht auf Bestellung!

So schmeichelhaft für sie dieser neue Umstand auch war, anerkannt und geachtet zu sein, so sehr setzte sie das gleichzeitig unter Druck, verursachte ihr im wahrsten Sinne des Wortes Kopfschmerzen und brachte sie regelrecht ins Schleudern.

Sie beschloss, für einige Tage wegzufahren. Alleine, ohne Mann und Kinder, die im besten Alter waren und schon längst für sich selbst sorgen konnten. Sie hatte sich bei ihrer Schwester Andrea angemeldet, die nicht weit entfernt von ihrem ehemaligen Elternhaus lebte. Genauer gesagt wohnte sie in einem Nachbarort mit ihrer Familie, die aus einem neuen Lebensgefährten und zwei Töchtern bestand. Ihr Mann war vor vielen Jahren durchgedreht, wie es damals so schön hieß, und abgehauen. In Wahrheit hatte er ein Alkoholproblem und sie hatte sich scheiden lassen. Aber gegen die Meinung der Allgemeinheit vermag die Wahrheit oft nicht allzu viel auszurichten.

Das Wetter war freundlich bei ihrer Abfahrt von zuhause und veränderte sich im Laufe der zweistündigen Fahrt über die Autobahn. Ganz im Gegensatz zu ihrer Laune, die erst trüb war und sich zunehmend in Freude verwandelte.

In Vorfreude auf ihre Schwester, die sie aufgrund der räumlichen Distanz eben nicht allzu oft persönlich traf. Wohl telefonierten sie ab und an, doch in letzter Zeit leider nicht mehr so häufig wie noch vor wenigen Jahren.

„*Warum eigentlich?*“, fragte sich Anna plötzlich und dachte darüber nach.

„*Seit sie mit Kurt zusammen ist? Nein, das wären ja über drei Jahre!*“, grübelte sie weiter und genoss zwischendurch die Landschaft, die an ihr vorbeiflitzte. Diese wurde ihr zunehmend vertrauter, näherte sie sich doch bereits ihrer alten Heimat. Dort, wo sie aufgewachsen war, die prägenden Jahre ihrer Kindheit verbracht und sich immer zuhause gefühlt hatte. Zumindest hatte sie als Mädchen dieses Gefühl. Wie sollte es auch anders sein? Als Kind spürte sie dort ihr Zuhause, wo ihre Eltern waren, ihre Geschwister, ihre Familie. Wo sie zur Schule gegangen war, mehr oder weniger ihre Freunde hatte und wo sie in das Leben hineinwuchs.

„*Wann habe ich zuletzt mit Andrea telefoniert?*“, ging das Fragen in ihrem Kopf weiter, „*habe ich ihr überhaupt von der Vernissage erzählt?*“

Sie war sich nicht sicher.

„*Natürlich! So etwas würde ich doch meiner Schwester nicht vorenthalten!*“, schalt sie sich selbst, doch würde sie für sich nicht die Hand ins Feuer legen!

So sehr hatte sie diese Thematik aus dem Gleichgewicht gebracht, dass sie es nicht einmal mit Bestimmtheit sagen konnte!

Was war nur los mit ihr? Was war in sie gefahren?

Bevor sich das Karussell der stets lästigen Fragen wieder zu drehen begann, stellte sie das Radio lauter und sog die abgestandene Luft im Auto tief in sich ein. Ohne den eben gespielten Song zu kennen, summte sie diesen mit und lächelte. Dabei streifte immer wieder ihr Blick durch die Gegend und es kam tatsächlich so etwas wie Freude in ihr hoch. Auch eine gewisse Leichtigkeit umfing sie und sie nahm sich vor, sich in den nächsten Tagen nur zu entspannen, sich ganz ihrer Schwester zu widmen und sich einfach treiben zu lassen.

An der nächsten Ausfahrt verließ sie die Autobahn und bog ab. Den Rest des Weges musste sie auf der Landstraße zurücklegen. Sie lag gut in der Zeit und obwohl sie das Wiedersehen mit ihrer Schwester innig herbeisehnte, nahm sie einen Umweg in Kauf. Keinen allzu langen, doch eben einen Umweg.

„*Viel hat sich nicht verändert*“, dachte sie bei der Betrachtung der Umgebung und versuchte, ihr Lächeln aufrechtzuerhalten.

Sie musste sich etwas konzentrieren, um auf dem richtigen Weg zu bleiben. Da und dort hatten sie die Straßen verlegt oder neue dazu gebaut, sie fuhr ja einen Umweg. Eine Umleitung sozusagen, eine Umleitung, um nicht mit ihrer Vergangenheit konfrontiert zu werden. Mit ihrer Kindheit, ihrer Jugend, die immerhin zwei Jahrzehnte ihres Lebens umfasste.

Leichtes Herzklopfen stellte sich ein. Von Weitem konnten sie den Kirchturm ihrer Heimatstadt sehen, die sie eben so mühsam außen umfuhr. Obwohl es sich eintrübte, viele Wolken das Blau des Himmels verhängten und es stark nach Regen aussah, war die Sicht klar. Viel zu klar, nach Annas Geschmack. Ihr Magen machte sich bemerkbar, nicht nur aus Hunger, auch alter Kummer rumorte in ihrem Bauch. Trotz der Umleitung folgten ihr die Erinnerungen, sie konnte sie nicht umfahren, vor ihnen weglaufen. Sie waren in ihr, abgespeichert und trotz guter Verdrängung sofort präsent, jederzeit abrufbereit, wenn es sein musste. Es musste nicht sein, dennoch waren sie da.

Nur noch wenige Kilometer trennten sie vom Haus ihrer Schwester. Es war ruhig auf der Straße, umso turbulenter ging es in ihrem Kopf zu. Erinnerungsfetzen drehten wie Szenen aus einem Film ihre Runden und holten sie ein. Das Gesicht ihrer Mutter und ihres Vaters blitzte vor ihr auf, auch das ihres Bruders mischte sich darunter. Dann meinte sie plötzlich ein Zucken und Zappeln vor ihren Augen zu erkennen und wollte eben in Panik ausbrechen, als sie tatsächlich ein Kratzen in ihrem rechten Auge fühlte. Eine Mücke hatte sich durch die Lüftung eingeschmuggelt und sich zu ihr verirrt. Das Zucken ihres Lides vernebelte ihr die Sicht und sie entschied, besser kurz Halt zu machen.

Anna bog in den nächsten Feldweg ein und stellte den Motor ab. Mit geschlossenen Augen sammelte sie sich, um dann erst einmal das kleine Fluginsekt herauszufischen. Den Spiegel herunter geklappt, saß sie anschließend da und starrte sich an. Ihr rechtes Auge war leicht gerötet – kein Wunder.

Sie war den Tränen nahe, doch sie wusste nicht wieso.

„Das muss die Erschöpfung sein“, beruhigte sie sich selbst, als die ersten, ungeachtet ihres Willens, dennoch den Weg über ihre Wangen fanden. Sekundenlang kämpfte sie dagegen an, bis sie endlich aufgab und heulte wie ein Schlosshund.

Sie stand alleine auf weiter Flur, in ihrem Auto sitzend und die Stirn auf ihre Hände am Lenkrad gelehnt und schien zu Tode betrübt. Ohne Rücksicht auf ihr Aussehen weinte sie, minutenlang, und fühlte sich danach erleichtert, geradezu befreit.

Sie hob den Kopf und sah sich um. Sie war immer noch alleine, Gott sei Dank.

Sie öffnete die Autotür und trat ins Freie, hinaus auf die Wiese, das Feld, das sich rings um sie herum erstreckte. Ein paar Bienen und Fliegen summten durch die Luft und es roch irgendwie nach Regen, feucht und drückend.

Anna streckte sich und machte einige Schritte. Sie vertrat sich die Beine und blieb schließlich stehen. Magisch angezogen von dem Kirchturm ihrer Heimatstadt, begann ihr Magen augenblicklich zu rebellieren und leichte Übelkeit stieg in ihr hoch. Wie angewurzelt stand sie da und fixierte diesen Ort, der gar nicht so weit von ihr entfernt lag und ihr all das wieder in Erinnerung rief, was sie so sorgsam zu vergessen und verdrängen versucht hatte. Im Rekordtempo spulte sich ein Film vor ihr ab, der Film ihres Lebens.

Sie war achtzehn damals, als ihre Mutter unverhofft verstorben war. Unverhofft für die Kinder, ihr Vater hatte es insgeheim immer gewusst und beide hatten es ihnen aus Rücksichtnahme verheimlicht, wie er später einmal zugab. Wie ihr Traum vom Leben zerplatzte, der Traum, ihr Traum, der sich ohne Einmischung ihrer Eltern vollziehen sollte, den sie nur für sich ausleben wollte, ohne deren Zutun.

Es war ihre Entscheidung gewesen, im elterlichen Kaufhaus mitzuarbeiten. Ihrem Vater ging es schlecht, ihm fehlte nicht nur seine Frau und Lebensgefährtin, darüber hinaus auch eine wichtige Arbeitskraft. Das wurde Anna erst Jahre später bewusst. Doch da war es zu spät. Da hatte sie bereits ihren Traum für das Wohl ihres Vaters geopfert. Um ihm beizustehen, ihm zu helfen, ihn zu unterstützen. Er hatte es nie von ihr gefordert und doch hatte sie es getan.

Unbewusst hatte er Forderungen an seine älteste Tochter gestellt. Wohl nicht direkt ausgesprochen, doch unterschwellig waren sie da, konnte sie sie spüren. Oder sie meinte zumindest, diese zu spüren. Wie auch immer, es war ohnehin schon geschehen und zu spät, um noch etwas daran zu ändern. Und mittlerweile war auch ihr Vater längst verstorben.

„Wie es Anton wohl gerade ergeht?“, drängte sich ihr kleiner Bruder zwischen ihre trüben Gedanken, *„genau jetzt in diesem Moment? Wann habe ich von ihm zuletzt etwas gehört? Neuigkeiten oder einfach mit ihm geplaudert?“*

Ein beinahe unmerkliches Lächeln verzog ihren Mund und sie starrte in den Himmel, der nun ebenso trübe war wie ihre Erinnerungen. Vorhin.

„Anton, der kleine Anton hat es richtig gemacht", lächelte sie nun tatsächlich, *„er ist weggezogen von zuhause. Weit weg, viel weiter als ich!"*

Ihre Miene wurde zunehmend ernster und Tränen bahnten sich erneut den Weg nach oben. Schon im nächsten Moment begann sie wieder zu heulen. So richtig zu heulen, zu schluchzen und zu flennen als gäbe es kein Morgen.

Der Schmerz in ihr saß tief, sehr tief. Sie heulte weiter und meinte trotzdem nicht zu wissen, warum.

„Ja, der kleine Anton hat es richtig gemacht!", fasste sie sich wieder, richtete ihren Blick gen Himmel und sprach laut aus: „Er hat sich in Übersee ein neues Leben aufgebaut. Weit weg von allem, was hier geschehen ist. Anton, ich hoffe, es geht dir gut!", rief sie aus und streckte ihre Arme nach oben, „und du hast deinen Frieden gefunden – und ein neues, erfülltes Leben!"

Erschöpft sank sie minutenlang danach zusammen und stand mit hängenden Schultern in der Einöde. Ob ihr kleiner Bruder ebensolche traurigen und düsteren Erinnerungen an seine Kindheit hier auf dem Lande hatte, wusste sie doch gar nicht! Vielleicht hatte er das Ganze anders in seinem kleinen Gehirn abgespeichert!, kam ihr plötzlich in den Sinn und auch, dass ihre liebe Schwester bereits auf sie wartete.

Sie fasste sich wieder und stieg in ihr Auto ein. Nach einem prüfenden Blick in den Spiegel beschloss sie, ihr Aussehen dringend verbessern zu müssen. Sie schnappte sich zuerst ein paar Feuchttücher und griff dann zum Schminktäschchen. Nach wenigen Minuten zeigte sie sich zufrieden mit dem Ergebnis und konnte die Reise fortsetzen. Die Reise zu ihrer Schwester, eine Reise voller Ruhe und Entspannung. Eine Reise, weit weg von sich selbst, den Erlebnissen und Ereignissen der letzten Wochen und Monate. Eine Reise, die wieder eher einer Flucht glich – so wie sie es immer machte ...

❖

Am Ende der Woche trat Anna die Heimreise an und sie fühlte sich wirklich erholt. Tatsächlich hatte sie sich, wie vorgenommen, entspannen können, hatte viel gelacht mit ihrer Schwester, Nähe und Verbundenheit gespürt und die Anwesenheit ihrer Nichten genossen. Anders, als von ihren Söhnen gewohnt, gestaltete sich der Tagesablauf mit Töchtern weitaus turbulenter, gesprächiger und auch zeitweilig anstrengender.

Kurt, der Lebensgefährte ihrer Schwester, war ein überaus netter Mensch und die beiden liebten sich wirklich. Dieser Eindruck bestätigte sich nicht nur mit jedem Wort, in jedem Moment und jeder Bewegung, die die beiden machten, es war ganz einfach so. Anna freute sich aus tiefstem Herzen für ihre Schwester, die zuvor schon viel Leid und Kummer durchzustehen und nun endlich ihr Glück gefunden hatte.

Die gleiche Gegend in anderer Fahrtrichtung sah völlig anders aus. Wohl bekannt, doch eben auch anders, aus einer neuen Perspektive.

Was wollte ihr das sagen?, überlegte sie und ob sie in den vergangenen Tagen Neues über sie gelernt, in sich erkannt hatte. Ihre Schwester hatte sie verwöhnt, sowohl kulinarisch als auch seelisch und körperlich. Die beiden sind viel spazieren gegangen, haben geplaudert und sich ausgetauscht und es war wirklich erholsam!

Abstand vom eigenen Leben, dem Alltag und den ewig gleichen Sorgen zu haben, das hatte etwas!

Wohl befand sie sich in der Nähe ihres alten Lebens, mit dem sie glaubte bereits abgeschlossen zu haben, und doch wagte sie sich nicht in die Nähe ihres Elternhauses, das schon lange verkauft und modern umgebaut worden war, geschweige denn in diese Straße in dieser kleinen Stadt.

Anna fuhr in angemessenem Tempo auf der Autobahn. Der Verkehr war wohl dichter als bei der Anreise, doch ging es zügig voran. Sie wollte nicht zu schnell wieder zuhause sein, in ihrem jetzigen Zuhause mit ihrem Mann und ihren Söhnen. Sie brauchte noch etwas Zeit zum Nachdenken, zum Revuepassieren und Nachspüren. Zum Nach-Genießen und zum Sich-wieder-Eingewöhnen in das Leben, das sie für kurze Zeit hinter sich gelassen hatte.

Die Gegend wurde ihr wieder vertrauter, sie näherte sich ihrem Lebensmittelpunkt. Sie war sich nicht sicher, ob das gut war. Ein Teil von ihr wollte nicht zurück in ihr neues Zuhause mit Familie, sie wollte eher zurück in das Vergessen, das Verdrängen, zurück zu ihrer Schwester. Trotz allem zurück zu ihrem Ursprung, obwohl sie vor langer Zeit von dort weggegangen war. Sie war hin- und hergerissen und wusste nicht wirklich, was sie wollte.

Wieder beschlich sie dieses mulmige Gefühl, ein Unbehagen. Ein Grummeln und ein Brummen zogen durch ihren Unterbauch und ihr Ausdruck wurde ernst. Sie näherte sich der Stadt, in der sie wohnte. Der großen Stadt, der unpersönlichen, in der jeder seiner Wege gehen konnte, ohne wirklich von den anderen beachtet zu werden. Anonymität war das Stichwort, das ihr vor Jahren so verlockend erschien. Vor Jahren, als sie geflüchtet war vor dem Alptraum, der „Eltern und Zuhause" hieß, wo sie ihre eigenen Identität zu finden versuchte und sich in das Studium der Kunst vertiefte. Wo sie Gleichgesinnte fand, neue, unverbrauchte Leute, die ihr neue Hoffnung gaben und wo sie sich nach einer Zeit des Eingewöhnens wohl und geborgen fühlte. Heimelig erst nach einigen Monaten, so ehrlich musste sie sein, doch eben irgendwann doch zuhause. Angekommen.

Und in genau der Stadt, in der sie Robert kennen und lieben lernte, den Mann an ihrer Seite, den Vater ihrer Kinder.

Der Verkehr verdichtete sich, sie kam in die Innenstadt. Ein Lächeln fand in ihr Gesicht zurück und ein wohliges Gefühl umfing sie. Es rumorte wohl immer noch in ihrem Bauch, doch mischte sich etwas Warmes, Vertrautes darunter.

Sie war zuhause. Zuhause angekommen, dachte sie und fühlte sich gut.

Eine Ampel um die nächste stand auf Rot, gerade eben umgeschaltet, als sie die Haltelinie anfuhr.

„Ich brauche wohl noch etwas Zeit, um tatsächlich anzukommen", schoss ihr ein spontaner Gedanke durch ihren Kopf.

Die Ampel schwenkte auf Grün, es ging weiter. Nur wenige Meter bis zur nächsten, die wieder Rot anzeigte. Trotzdem wollte kein Ärger in ihr hochkommen. Sie wunderte sich ein wenig und doch wieder nicht.

Wie lange sie im Stopp-and-Go-Verkehr auch dahinfuhr, war egal. Sie hing einstweilen ihren Gedanken nach und die waren mittlerweile wieder ebenso hell und strahlend wie der Himmel über ihr.

Sie liebte diese Stadt. Mit all der Vielfalt und den Möglichkeiten, die sie bot, mit all den unterschiedlichen Menschen, der Freiheit und dem Heimatgefühl, das sie gleichermaßen damit verband. Hier hatte sie sich vor zwei Jahrzehnten niedergelassen und neue Wurzeln geschlagen und den schönsten Teil ihres Lebens verbracht.

Mit einem zufriedenen Lächeln fuhr sie in die Einfahrt ihres schmucken Reihenhauses. Bevor sie ausstieg, holte sie einmal tief Luft und stieß einen herzhaften Seufzer aus. Ein wenig ließ sie die Umgebung noch auf sich wirken, dann öffnete sie die Autotür. Duftende Sommerluft empfing sie und die Vögel rundherum zwitscherten ein fröhliches Empfangslied.

Ihr Mann und ihr älterer Sohn waren in der Arbeit, auch der jüngere schien ausgeflogen. Nach der ersten Enttäuschung fand sie es gut, dass sie alleine war. Es schien ihr, als wäre sie unendlich lange fort gewesen. Neugierig schritt sie alle Räume ab, als ob sie zum ersten Mal hier wäre, etwa zu Besuch. Vieles erschien ihr neu oder gar fremd – warum nur?

Sie verbannte diese Frage rasch aus ihren Gedanken, öffnete ihren Koffer gleich im Vorraum und begann mit dem Ausräumen. Neben ihrer Wäsche wartete noch ein ganzer Berg von ihren Männern auf sie und sie stürzte sich sogleich in die Arbeit. Die Beschäftigung tat ihr gut, es war eine willkommene Ablenkung.

Anna fuhr mit ihrem Mann zwei Wochen ans Meer. Zum Ausspannen, Radfahren, um ausgedehnte Spaziergänge am Strand zu machen, sich endlich allen Büchern zu widmen, die sie schon so lange einmal lesen wollte, mit einem Wort, um Urlaub zu machen. Es tat ihnen beiden und der Beziehung gut. Emil und Georg hatten andere Pläne. Der letzte gemeinsame Familienurlaub lag schon zwei Jahre zurück. Ungewohnt zu Beginn, zumindest für die Eltern, doch eine neue Chance für sie als Paar.

Robert freute sich, seine Frau wieder zurück zu haben, nach all den Turbulenzen und den migränebedingten Ausfällen. Es ging ihr gut, sie fühlte sich wohl und bis auf fallweise leichte Kopfschmerzen schien sich die Lage beruhigt zu haben.

Drei Wochen vor Schulbeginn begann sie mit den Vorbereitungen. Sie ordnete ihre Unterlagen, brachte sie auf den neuesten Stand und suchte Aktuelles und Interessantes, womit sie ihre Schüler im Unterricht zusätzlich begeistern konnte. Auch die Lust am Malen kehrte zurück und neue Motive fanden den Weg zu ihr. Inspiriert von der sonnigen Urlaubsinsel weckten das Wasser, die

Macht und Kraft der Wellen und die Weite des Meeres ihre Leidenschaft und sie griff zum Pinsel. Eine Serie von Bildern entstand, großformatiger als bisher, um die unendliche Weite und Tiefe des Ozeans besser darzustellen. Und die unglaubliche Ruhe, die er auf sie ausgestrahlt hatte. Eine Ruhe, die sie bisher noch nie in sich gefühlt hatte. Sie war ergriffen, gefesselt, fasziniert von dieser Stille, der Erhabenheit und der Klarheit, die sie in den beiden Wochen am Meer erfahren durfte.

Das Malen dieser Bilder beruhigte sie. Sie fühlte sich zunehmend ausgeglichener und freier. Vieles hatte sich verändert, sie arbeitete nun in vollkommener Stille an ihren Werken, duldete keine Musik und keinerlei Störung. Und es ging ihr gut dabei.

Die Sommerflaute hatte auch den Verkauf in der Galerie erfasst und demnach gab es keinerlei Ansporn oder gar Druck, weitere Bilder zu liefern. Das kam Anna sehr entgegen. Sie malte gut, wenn sie dazu bereit war und wenn sie es wollte. Und nur dann, aber dafür sehr gut.

Und Herr Mangold hatte vollstes Vertrauen in sein neues und zur Zeit bestes Pferd im Stall und er konnte sich einfühlen in die Seele eines Künstlers.

Das Ende?

Als das neue Schuljahr startete, war Anna mit Herz und Seele bei der Sache. Ihre Bilderserie ruhte einstweilen in ihrem Arbeitszimmer, nun gab es Wichtigeres für sie zu tun. Die Schule forderte ihre gesamte Aufmerksamkeit und verlangte ihren vollen Einsatz. Ein Termin jagte den nächsten und ihre Tage waren stets ausgefüllt.

Im Oktober erschütterte plötzlich ein unerwarteter Todesfall das Lehrerkollegium. Der Direktor der Schule war an den Folgen eines Unfalls verstorben und hinterließ eine große Lücke. Vorerst ließen sich die anstehenden Arbeiten noch gut unter den Professoren aufteilen, alle zeigten sich hilfsbereit und motiviert, die Zusammenarbeit funktionierte. Doch auf die Dauer konnte ein geregelter Ablauf im Schulalltag ohne eine Führung nicht gewährleistet werden und die Suche nach einem Nachfolger begann. Sowohl intern als auch von höchster Stelle.

Es war ein milder Herbst mit vielen sonnigen Tagen, die Anna nützte, um mit ihren Schülern in die Natur zu gehen. Sie lehrte sie, genau zu beobachten, hinzusehen und von ihr zu lernen. Diese zu studieren, um die Erkenntnisse und Eindrücke daraus in ihren Bildern einfließen zu lassen. Ihre Freude und Begeisterung sprang auf ihre Schützlinge über und sie malten mit Eifer. Viele wundervolle Talente taten sich hervor und Anna kam die Idee, bei Herrn Mangold anzufragen, ob er ihr bei der Organisation einer Ausstellung der Kunstfachschule behilflich sein würde. Alleine der Gedanke beflügelte sie dermaßen, dass sie selbst beinahe täglich nach Unterrichtsende wieder malte. Völlig anders gestalteten sich nun ihre Werke, voller Leben und Bewegung. Die Stille und tiefe Ruhe der Sommertage hatte sich in Aktivität verwandelt, doch die war ohnehin auf ihren Bildern festgehalten.

Häufig malte sie bis in die Nacht hinein und stellte sich trotzdem am nächsten Morgen frisch und munter ihren Herausforderungen. Anregend wirkte das Ausleben ihrer Kreativität auf sie, wie ein Aufputschmittel, das sie zu immer neuen Leistungen anspornte.

Die Diskussion um den Direktorenposten unter der Lehrerschaft zog sich wochenlang hin, verebbte zwischendurch immer wieder, um danach durch Gerüchte und Vermutungen nur noch stärker angefacht zu werden. Immer wieder tauchte Annas Name unter den Vorschlägen auf, doch sie pflegte derartige Anspielungen geflissentlich zu überhören. Sie war Lehrerin, Kunstprofessorin, Pädagogin und das gerne und aus vollem Herzen. Punkt; damit war das Thema für sie erledigt.

Oberflächlich schien es so, doch erwachte sie nachts immer wieder, schreckte hoch wie aus einem Albtraum. Zu vieles rotierte in ihrem Kopf und löste wieder öfters Migräne aus. Leise und sie aus der Reserve locken wollend zuckte der Punkt vor ihrem Auge. Es begann immer gleich und gleich unangenehm. Alleine schon der Gedanke daran, was diesem hüpfenden Etwas folgen sollte, zwang sie in die Knie. Sie schaltete innerhalb von Sekunden von Klarheit auf Verwirrung um und fühlte sich hilflos, machtlos.

Eine intern abgehaltene Wahl unter ihren Kolleginnen und Kollegen fiel eindeutig zu ihren Gunsten aus. Fast dreiviertel der Lehrerschaft hatte für sie als Direktorin dieser Ausbildungsanstalt gestimmt. Dieser Schule, an der sie seit nunmehr knapp zehn Jahren lehrte und die ihrem beruflichen Leben einen Sinn gegeben hatte. Sie war glücklich und führte ein zufriedenes, geregeltes Leben. Und nun sollte sie das alles aufgeben? Ab jetzt sollte alles anders werden?

Als das Ergebnis auch noch von höchster Stelle abgesegnet und sie zu einem persönlichen Gespräch beim Landesschulrat gebeten wurde, saß sie in der Zwickmühle. Die Freude in der Schule war groß, die Professoren hatten eine kleine Feier zu ihren Ehren organisiert und sie wurde von allen Seiten beglückwünscht. Wohl ging ein Raunen durch die Schüler, würden sie doch dadurch eine besondere und äußerst liebenswerte Lehrerin verlieren. Letztendlich überwog jedoch die Freude und sie gönnten ihr den Erfolg.

Das Malen war ihr nun vorerst verleidet, die Nächte verbrachte sie stattdessen mit Nachdenken, Überlegen und dem Abwägen aller Vor- und Nachteile. Ihr Mann war ihr keine große Hilfe, sprühte dieser doch vor Begeisterung, als er die Neuigkeit erfuhr. So wie damals, als Herr Mangold sein Interesse für sie bekundete.

Obwohl sie sich Bedenkzeit ausgeboten hatte und sich ihre Stimmung schon beim Gedanken an ihre zukünftige Tätigkeit merklich trübte, breitete sich zunehmend das Verantwortungs- und Pflichtgefühl in ihr aus. Stark und fordernd klopfte es an, appellierte an ihre Ehre, an ihren Verstand, rührte an ihrem Selbstwert und präsentierte ihr in leuchtenden Farben den Status, der mit dieser Stellung einher gehen würde.

Zwischendurch loderte eine kleine Flamme in ihr, die sich vorerst nur schüchtern ab und an bemerkbar machte. Was sie wohl alles bewegen könnte als Direktorin, verändern, verbessern, entbrannte dieser Funke nach und nach zu einem wahren Feuer und entfachte eine Leidenschaft in ihr. Eine neue, die sie bisher wohl gut kannte, doch nun sah sie eine Gelegenheit, all ihre Ideen auch tatsächlich Wirklichkeit werden zu lassen. Eine einmalige Gelegenheit, wie sie nach reiflicher Überlegung schlussfolgerte.

Sie sagte schließlich zu.

Das bald darauf folgende Gespräch mit dem Landesschulrat verlief für beide Seiten äußerst zufriedenstellend. Anna arbeitete sich langsam in das umfangreiche Aufgabengebiet als Schulleiterin ein und fand viel Unterstützung seitens des Kollegiums. Ausfälle von Lehrern nützte sie immer wieder, um zwischendurch deren Unterricht abzuhalten. Ganz lösen von ihrer ach so geliebten Tätigkeit konnte und wollte sie nicht.

Sie hatte wahrhaft viel um die Ohren und nützte immer wieder ihre Malerei als Ausgleich, als Möglichkeit abzuschalten, sich zurückzuziehen und ihren Kopf frei zu bekommen. Nicht immer gelang ihr das, unzählige Gedanken zermarterten ihr Hirn und lösten mitunter heftige Migräneattacken aus. Beinahe wöchentlich fiel sie für ein bis zwei Tage aus, sie war in diesem Zustand unfähig klar zu denken und zu handeln, sie brauchte einfach Ruhe. In der restlichen Zeit kompensierte sie dies mit doppeltem Einsatz, machte Überstunden und arbeitete alles so gut es ging auf. Hinweise von verschiedenen Seiten, doch ärztliche Hilfe in Anspruch zu nehmen, ignorierte sie und griff stattdessen immer wieder zu starken Tabletten und Schmerzmitteln und dokterte in Eigenregie an sich herum. Meist zögerten derartige Versuche den nächsten Migräneanfall nur hinaus oder verschoben ihn auf später.

Anna kam spätabends nach Hause an diesem Donnerstag, ihr Mann hatte es sich bereits vor dem Fernseher gemütlich gemacht. Viel Zeit verbrachten die beiden nicht mehr zusammen seit ihrer Bestellung zur Direktorin und das fehlte ihr. Sie kuschelte sich an ihn und schlief bald daraufhin ein.

„Anna, kleine Anna, wo bist du?“, hörte sie immer lauter werdend eine Stimme rufen, „du kannst dich nicht vor mir verstecken! Komm heraus, wo bist du?“

Sie schreckte hoch, ihr Herz klopfte wild. Sie lag immer noch auf der Couch im Wohnzimmer, Robert schlief tief und fest neben ihr und der Fernseher war noch an. Vor ihr zuckte wild und aufgeregt der sich bereits zu einem ansehnlichen Fleck ausgeweitete Punkt.

„*Nicht schon wieder!*“, seufzte sie und Wut und Ärger, gemischt mit leichter Panik stiegen in ihr hoch. Etwas konfus für einen Moment wusste sie nicht, was sie tun sollte. Ihren Mann aufwecken, alleine ins Bett gehen oder bei ihm liegenblieben?

„Anna, du entkommst mir nicht! Ich bin hier! Ich bin in deinem Kopf, ich bin in dir!“, lachte ihr die vertraute Stimme laut und schadenfroh entgegen und wollte nicht mehr aufhören.

„Lass mich in Ruhe!“, schrie Anna und raufte sich ihre Haare. Sie sprang auf und flüchtete ins Bad. Das Pochen in ihrem Kopf verstärkte sich und auch das Kribbeln zog sich bereits über ihre linke Hand nach oben. Wie ein Häufchen Elend kauerte sie vor der Badewanne am Boden und die ersten Tränen kullerten aus ihren verklebten Augen. Hilflos schluchzte und heulte sie und ergab sich ihrem Schicksal, das ihr unabänderbar erschien.

„Was ist los mit dir, kleine Anna?“, säuselte die Stimme der Schneekönigin und heuchelte ihr Freundlichkeit vor, „warum bist du so traurig? Komm zu mir, ich kann dir helfen! Komm, komm ...“

Wie ferngesteuert erhob sich die Frau und wankte vom Bad in ihren Arbeitsraum. Sie sah sich als kleines Mädchen, an der Hand geführt von einer schönen, ganz in weiß gekleideten Frau, die sie an einen sonnigen, warmen Ort brachte. Ihr Hilfe anbot, sie tröstete und nur beschützen wollte.

Anna zog das immer griffbereit hängende Pelzcape vom Haken an der Tür und legte es sich um ihre Schultern. Warm und wohlig umfing sie dieses und sie schloss ihre Augen. Ein Lächeln breitete sich aus auf ihrem verzagten Gesicht und schon war sie weg. Mitgeflogen mit der Schneekönigin, abgehoben in die unendlichen Weiten des blauen Himmels. Sie flog und zog ausgedehnte Kreise durch die warme Luft, leicht und locker und weit weg von all dem Schmerz und dem Leid, das sie so sehr peinigte.

Am ganzen Körper eingehüllt in den weißen Pelzmantel fühlte die kindliche Anna, die sie in ihrer Phantasiewelt war, nichts als Wärme und Geborgenheit. Sie begegnete der weißen Eule, die zeitweilig an ihrer Seite flog und den vielen, wundervollen Eiskristallen, die so groß wie Sterne zauberhaft im Sonnenlicht funkelten.

„Geht es dir gut, kleine Anna?", vernahm sie plötzlich die süße Stimme der Schneekönigin hinter ihr und das Mädchen nickte zustimmend.

„Schön, das freut mich, dass ich dir helfen konnte!", grinste sie und schaute ihr eindringlich in die Augen, „du weißt doch, dass ich es bin, die dir geholfen hat, kleine Anna?"

Wieder nickte das Mädchen.

„*Ich* habe dir geholfen, *ich* habe dich vom Schmerz befreit, *ich*!", hallte ihre Stimme kreischend durch die Luft und verebbte in einem hämischen Lachen.

Anna war verstört, torkelte durch die Luft, der Mantel engte sie ein, umfing sie fester und immer fester und sie drohte abzustürzen. Sie schrie und fiel nach unten. Ruckartig wurde sie wieder ein Stück nach oben gezogen, sie war irgendwo hängen geblieben, wurde aufgefangen oder festgehalten.

„Keine Sorge, kleine Anna, ich hab dich! Es ist alles gut!", grinste die weiße Eule, die sie ganz offenbar gerettet hatte.

„Danke", flüsterte das Mädchen, eingewickelt in ihren weißen Pelzmantel.

„Du solltest dir die Schneekönigin nicht zum Feind machen, kleine Anna", meinte die Eule ernst.

„Wie, wie meinst du das?", stotterte sie.

„Sie hat dir geholfen, sie hat dir *immer* geholfen!", erklärte diese, „du könntest etwas dankbarer sein!"

Der fragende Blick des Mädchens genügte und die Eule sprach weiter.

„Wenn sie dir ihre Hilfe anbietet, dann nimm sie an, wehre dich nicht dagegen! Sie ist mächtig und hat großen Einfluss! Vertraue ihr und alles wird gut!", hauchte sie noch und ließ sie auf einmal los. Verdutzt schaute sie ihr nach und schwebte wieder ruhig durch die Luft. Dieser Himmel schien endlos zu sein.

„Zeige ihr deine Dankbarkeit, achte sie, ehre sie, male sie!", hörte sie die Eule noch in der Ferne rufen, bevor sie ganz im Blau verschwand.

Trunken von diesem Traum, war die Frau noch nicht ganz aus diesem zurückgekehrt, als sie nach Farbe und Pinsel griff und mitten in der Nacht zu malen begann.

❖

Heftige Kopfschmerzen ließen Anna am nächsten Morgen früh erwachen. Mühevoll und langsam tastete sie sich erst ins Bad und dann in die Küche vor. Ihre Augen waren verschwollen und von roten Äderchen durchzogen. Sie hatte sich am Vorabend weder gewaschen noch umgezogen. Ihre Männer waren bereits außer Haus.

Sie machte sich eine Tasse Kaffee und setzte sich zum Tisch. Einen Vortrag hatte sie sich für den heutigen Nachmittag im Kalender eingeschrieben, da sollte sie fast hin, der war wichtig. Dafür wollte sie den Vormittag nützen, um sich zu erholen. Kurz entschlossen griff sie zum Telefon und gab in der Schule Bescheid.

Danach ließ sie sich ein Bad mit Rosenblüten und reinigendem Meersalz ein. Heiß und dampfend stieg der zarte Geruch auf und verbreitete Entspannung. Anna tauchte bis zum Hals ein und schloss ihre Augen. Während es in ihrem Kopf weiterhin pochte, rumorte und arbeitete, ließ sie sich fallen, döste beinahe ein und schickte ihre Gedanken auf die Reise.

Als sie eine halbe Stunde später aus der Wanne stieg, fühlte sie sich sauber, erfrischt und auch erholt. Die Kopfschmerzen hatten etwas nachgelassen und auch die Schwellung rund um ihre Augen. Dafür waren nun ihre Finger und Zehen schrumpelig und aufgeschwemmt. Sie hatte sich wohl doch etwas zu lange aufweichen lassen im warmen Wasser!

Sorgsam machte sie sich zurecht, sie wollte schön sein an diesem Nachmittag und sich gut fühlen, wohl in ihrer Haut und ihrem Körper. Sie zog ein dunkellila Strickkleid über und suchte einen passenden Schmuck dazu aus. Bevor sie aufbrach, aß sie noch eine Kleinigkeit und wollte unterwegs noch Besorgungen machen. Dann fuhr sie los.

Unruhig wälzte sie sich im Bett hin und her, schlug sekundenlang ihre Augen auf, um dann wieder einzunicken. Abgerissene Traumfetzen zogen an ihr vorüber und zwischendurch vernahm sie vertraute Stimmen. Sie wusste nicht, ob sie wachte oder träumte, und diese Stimme gehörte eindeutig nicht der Schneekönigin, soviel war sicher.

Wieder sauste eine Szene durch ihren Kopf, der schwer war und ihre Augen waren müde. Mühsam versuchte sie diese zu öffnen. Sekundenlang gelang es ihr und sie meinte Emil neben sich stehen zu sehen. Oder war es Georg? Dann vernahm sie erneut ihre Stimmen. Sie erkundigten sich nach ihrem Befinden.

„Warum? Wieso? Was ist denn los?“, fragte sie sich, *„ich liege im Bett und schlafe noch ... welcher Tag ist heute? Wie spät ist es?“*

Vorsichtig versuchte Anna ihren Kopf zu heben. Schwer und dröhnend fühlte er sich an und sie vermochte ihn lediglich zu drehen; seitlich. Sie starrte auf den Wecker, dann kam erneut ein Sohn ins Schlafzimmer. Von Weitem hörte sie ihn mit ihr sprechen, sie brummte nur. Erschöpft schloss sie ihre Augen, es fehlte ihr vollständig der Plan.

Ein weiteres Mal nickte sie ein. Träume zogen an ihr vorüber – oder waren es Erinnerungen?

Die Deckenlampe brannte und genauso ihre Augen. Mit großer Mühe hielt sie diese geöffnet und bemerkte eine gewisse Hektik um sich herum. Nun kam auch ihr Mann ins Schlafzimmer und setzte sich neben sie aufs Bett.

„Wie geht es dir, Anna?“, fragte er mit sehr besorgtem Blick.

„Ich habe geschlafen, gut geschlafen, ganz normal“, dachte sie, denn Worte wollten keine aus ihrem Munde kommen, *„und ich habe auch geträumt.“*

Und dass ihre Träume manchmal wirr und zusammenhanglos waren, verunsicherte sie gar nicht. Das kam öfters vor. Doch irgendetwas war anders, das spürte sie.

Robert hielt ihre Hand und starrte sie, seine Stirn in tiefe Falten gelegt, an. Seine Frau öffnete den Mund, sie wollte etwas sagen. Ihr Hals war rau und ihre Kehle völlig ausgetrocknet, gleich einer Wüste. Ihre Zunge fühlte sich dick und aufgedunsen an, zu schwerfällig, um deutlich oder überhaupt zu sprechen.

„Was ist denn los?“, schaffte sie es doch, wenn auch krächzend.

Robert war verstummt und Anna meinte, erste Tränen in seinen Augen zu erkennen.

„Mama, das haben wir dir schon dreimal erzählt!“, sagte Emil, der daneben stand, ruhig und mit sanfter Stimme.

„Erkläre es mir noch einmal, bitte!“, flehte sie ihn an, „jetzt verstehe ich es bestimmt!“

„Das hast du vorhin auch schon gesagt.“

Ihr Mann erhob sich vom Bett und ging ins Bad. Er konnte und wollte das nicht mitansehen.

„Bitte, noch *einmal*!“, wiederholte sie und griff nach der Hand ihres Sohnes. Sie zog ihn zu sich heran und er setze sich auf die Bettkante.

„Papa hat dich gestern Abend nach dem Vortrag abgeholt. Eine Frau hat ihn angerufen, weil du nicht mehr gewusst hast, wo du bist und warum. Du hast völlig die Orientierung verloren, Mama.“

Anna blickte ihn an, unschuldig, verwirrt, sie verstand und doch wieder nicht. Was war passiert? Sie konnte sich keinen Reim darauf machen. Emil war geduldig mit ihr, sehr geduldig und beantwortete jede ihrer Fragen, obwohl sie ihn das Gleiche schon zigmal gefragt hatte ...

Nach einer Weile verließ auch er das Schlafzimmer und hinter ihm stand Georg, der sich an die Wand lehnte. Entsetzen war ihm ins Gesicht geschrieben. Auch er verstand nicht, was mit seiner Mutter passiert war.

Sie winkte ihn zu sich und nach einem kurzen Zögern kam er auf sie zu und setzte sich. Sie wiederholte all die Fragen, die sie bereits seinem älteren Bruder gestellt hatte und auch er zeigte sich geduldig und beantwortete sie nochmals.

Langsam begann sie zu begreifen ...

Robert schloss die Schlafzimmertür und wies seine Frau mit leiser Stimme an, sich noch etwas auszuruhen. Er würde in der Küche auf sie warten.

Die Verwirrung löste sich auf und mit der einsetzenden Klarheit kam der Schock. Was war tatsächlich geschehen? War es tatsächlich geschehen oder war alles nur ein böser Traum?

Anna rappelte sich auf, sie musste dringend auf die Toilette und außerdem hatte sie Durst. Sie fühlte sich vollkommen ausgedörrt. Im Bad sah sie ihr Kleid hängen, das lilafarbene, das sie gestern getragen hatte. Fein säuberlich aufgehängt auf einem Kleiderbügel, darunter lagen ihre Strümpfe und der Schmuck. Daran, dass sie es ausgezogen und dorthin gehängt hatte, konnte sie sich nicht mehr erinnern.

Sie hatte großen Durst und trank bereits das zweite Glas leer, das ihre Männer für sie neben dem Waschbecken bereitgestellt hatten. Auch gestern Abend hatte sie großen Durst, was sie von ihnen vernommen hatte. Sie trank und trank, doch das Wasser versiegte sofort, wie in einer Wüste.

In ihrem Bauch gluckste und gluckerte es bereits, doch das trockene Gefühl im Hals blieb.

Sie wankte vorbei an der Küche und warf einen Blick in die Garage: tatsächlich, ihr Auto fehlte. Robert hatte sie bemerkt und kam ihr hinterher. Er schien ziemlich erleichtert, als er sie in der Tür stehen sah und legte von hinten seine Hände auf ihre Schultern. Sie drehte sich um und fiel ihm in die Arme. Beschützend drückte er seine Frau an sich und streichelte ihr beruhigend über den Kopf.

Dann führte er sie in die Küche, wo er ein ausgiebiges Frühstück vorbereitet hatte.

Anna hatte Hunger und war immer noch durstig. Sogar eine Kanne ihres Lieblingstees hatte er für sie zubereitet! Sie lächelte und fühlte sich einigermaßen wohl.

Ruhig und sachlich erzählte ihr Mann die ganze Geschichte von vorne. Anna hörte aufmerksam zu und plötzlich blieb ihr der Bissen in der Kehle stecken. Tränen stiegen in ihr hoch und ein Hauch dessen, was mit ihr geschehen war, streifte sie. So eisig kalt, dass er von der Schneekönigin hätte sein können!

Sie bat ihren Mann um Verständnis und Ruhe, sie wollte eine Weile alleine sein. Er machte sich auf zum Lauftraining, schweren Herzens diesmal, wollte er sie doch lieber keine Sekunde mehr aus den Augen lassen.

In ihrem Schlafanzug und mit dicken Socken bekleidet wanderte sie durch das Haus. Während sie so dahinmarschierte, sammelte sie jede noch so kleine Erinnerung, die sie in ihren Gedanken finden konnte, um sie zu einem passenden Bild zusammenzusetzen.

Sie hatte sich nach einem entspannenden Bad angezogen und war losgefahren. Es ging schleppend voran bis in die Innenstadt, es war auch Freitagnachmittag. Im Einkaufszentrum hatte sie Halt gemacht, um einige Besorgungen zu erledigen.

Sie blieb stehen und dachte angestrengt nach.

„Ich habe Brot und Eier gekauft und eine Packung Servietten“, starrte sie dabei an die Zimmerdecke, „einen Strauß Blumen wollte ich noch holen – habe ich oder habe ich nicht?“

Sie ging ein paar Schritte weiter.

„Ja, ich habe mir gelbe Röschen gekauft – oh, nein! Die armen Blumen liegen jetzt im Kofferraum meines Autos ...!"

Sie setzte ihre Gedankensammlung fort und stieg über die Treppe nach oben.

Anschließend war sie wieder stadtauswärts gefahren, mitten durch den Berufsverkehr. Trotzdem war sie rechtzeitig vor dem Veranstaltungszentrum vorgefahren und hatte auch umgehend einen freien Parkplatz gefunden. Der Vortrag war auf zwei Referenten aufgeteilt. An den ersten konnte sie sich noch genau erinnern – und an den zweiten ...?

Sie setzte sich aufs Bett und starrte zum Fenster hinaus.

In der Pause hatte sie sich eine Flasche Mineralwasser gekauft und sich noch gedacht, dass sie niemanden unter den Anwesenden kannte. Sie hatte sich auch ein wenig darüber gewundert und dann ...

... dann riss ihre Erinnerung ab. Dann war es aus, nichts, rein gar nichts.

Ein heißer Schauer durchfuhr sie, abgelöst von einer Gänsehaut, die ihren gesamten Körper überzog. Die Hitze stieg ihr in den Kopf und aktivierte das Pochen über ihren Schläfen. Leichte Übelkeit machte sich breit und sie war den Tränen nahe.

Sie vergrub ihr Gesicht in ihren Händen, die sich kalt anfühlten. Kühlend auf ihrer Stirn, doch eisig und kalt.

Warum nur? Wieso, was war geschehen?

Wieder begannen sich ihre Gedanken im Kreis zu drehen, rotierten und verursachten leichten Schwindel. Anna heulte und schluchzte und so sehr sie auch versuchte, sich weiter zu erinnern, seien es auch nur Kleinigkeiten, Details, Unwichtiges, umso mehr ergriff sie die Verzweiflung.

Ein weiteres Mal in ihrem Leben fühlte sie sich hilflos, ausgeliefert, von fremden, ihr unbekannten, Mächten ergriffen, die sich in ihr Dasein einmischten und gegen die sie sich nicht zu wehren wusste.

War sie nun endgültig durchgedreht? Verrückt, wahnsinnig?

Nach einer Weile stand sie auf und ging wieder nach unten. Zielstrebig steuerte sie ihr Arbeitszimmer an und öffnete die Tür. Welcher Grund sie genau dorthin führte, konnte sie momentan nicht sagen, irgendetwas zog sie magisch an.

Die Türklinke noch in der Hand, starrte sie sogleich in die eisblauen Augen der Schneekönigin. Die Frau trat ein und staunte.

„Wann habe ich das denn gemalt?", überlegte sie und näherte sich dem Bild, das auf der Staffelei stand.

Sie betrachtete es von allen Seiten und eigentümlicherweise konnte sie keinerlei Sog fühlen, der sie anziehen oder gar einsaugen wollte. Dann fiel es ihr wieder ein.

Sie war vor zwei Tagen mitten in der Nacht von einem Rufen aus ihren Träumen aufgeschreckt, als sie im Wohnzimmer in den Armen ihres Mannes eingeschlafen war. Daraufhin ging sie ins Atelier und malte.

„Das muss es sein!", freute sie sich, sich daran erinnern zu können.

Neugierig drehte sie sich um und sah die an der Wand neben der Tür lehnenden, fertigen Bilder durch. Offensichtlich hatte sie nur dieses eine Bild ergänzt, alle anderen Darstellungen des Meeres waren noch genauso wie jene, die sie im Sommer fertiggestellt hatte.

Das eine, auf der Staffelei stehende Bild strahlte eine besondere Ruhe aus, fand die Künstlerin. Es war ihr Lieblingsbild und es war auch das größte dieser Serie. Sie konnte förmlich die Wellen hören, die sanft rauschten und da und dort Schaumkronen bildeten. Sie vermochte die Tiefe zu spüren, all das Leben, das sich unter der Oberfläche verbarg samt all den Wundern und der Einzigartigkeit dahinter.

Darüber erstreckte sich ein klarer, blauer Himmel, umrahmt von einem wunderschönen, strahlenden Regenbogen. Das Bild war formvollendet und perfekt in seiner Komposition, es strahlte Frieden, Ruhe und Klarheit aus. Und nun prangten darunter, in zentraler Mitte, die eisblauen Augen der Schneekönigin ...

Anna stand davor und betrachtete es, minutenlang. Sie fühlte sich stark und sicher und konnte ihrem Blick locker standhalten. Kein Sog, kein Rufen, nichts.

Sie verstand es zwar nicht, doch war beeindruckt. Ein Lächeln entkam ihr, beinahe ein Siegerlächeln!

Auf einmal bemerkte sie ein Leuchten, das aus den Augen des Bildes kam und sie schaute genauer hin. Um die dunklen Pupillen herum hatte sie ein Goldgelb eingearbeitet, ähnlich der Sonne mit Strahlen und einem Funkeln, das ihrem Blick Wärme gab. Sie war etwas irritiert.

„War das vorhin auch schon da?“, überlegte sie und schaute nochmals genau hin. Tatsächlich, das eisige Blau war durchzogen von einem feurigen Schimmer.

„Schön!“, dachte sie und fand das Bild aufgrund dieser Ergänzung gleich noch perfekter!

Robert war wieder zurück von seinem Lauftraining und suchte seine Frau. Sichtlich erleichtert, sie wohlbehalten vorzufinden, erkundigte er sich nach ihrem Befinden und bot sogar an, zu kochen. Besser gesagt etwas Mitgebrachtes aufzuwärmen, aber immerhin.

Dankbar nahm Anna dieses Angebot an und sie genoss im Kreise ihrer Familie das gemeinsame Mahl.

Das verbleibende Wochenende nützte sie, um sich auszuruhen, Kräfte zu sammeln und erneut mit ihren Söhnen und ihrem Mann über das Vorgefallene zu sprechen. Er machte sich ernsthaft Sorgen um sie und bat sie eindringlich, sich untersuchen zu lassen. So konnte es nicht weitergehen, das war ihr selber klar. Sie hatte schließlich einen Beruf und Verpflichtungen und eine Familie und Freunde. Es war ihr Körper, ihr Wohlbefinden und ihr Leben, um das es hier ging!

❖

„Anna, Telefon für dich!“, übergab ihr Marlies das mobile Telefon der Schule.

Verwundert nahm die Angesprochene es entgegen. Es musste wirklich dringend sein, wenn ihr die Sekretärin dafür extra ins Konferenzzimmer nachlief.

„Anna Hübner, guten Tag“, meldete sie sich.

„Guten Tag, Frau Hübner“, vernahm sie eine weibliche, ihr unbekannte Stimme, „mein Name ist Eckhart, Magda Eckhart. Ich bin Ärztin am städtischen Krankenhaus und möchte Ihnen meine Hilfe anbieten.“

Die Professorin verließ das Lehrerzimmer und trat in den Gang hinaus. Sie suchte sich ein ruhiges Plätzchen und lauschte neugierig den Ausführungen der fremden Dame am anderen Ende der Leitung.

„Ich habe letzten Freitag den gleichen Vortrag besucht wie Sie, ich saß zwei Reihen hinter Ihnen."

„Oh", murmelte Anna und ihr Interesse war geweckt.

„Ich bin Neurologin und überdies in der Gehirnforschung tätig", erklärte sie weiter, „ich habe Ihren Mann angerufen und, verzeihen Sie mir bitte, in Ihrer Handtasche gewühlt, um seine Telefonnummer zu finden."

„Ist schon gut", stotterte sie leise und einigermaßen entsetzt.

„Mir ist aufgefallen, dass Sie abwesend waren, Ihr Blick war starr und Ihre Pupillen ungewöhnlich erweitert. Ein deutliches Anzeichen für beginnende Amnesie."

Der Mund von Anna stand leicht offen und sie wusste keine Antwort.

„Ich möchte Sie keinesfalls verunsichern, Frau Hübner", sprach die Ärztin weiter, „ich möchte Ihnen meine Hilfe anbieten."

Der Schock saß tief. Amnesie! Ein Wort mit verheerender Aussagekraft.

Ihre Sprachlosigkeit drang deutlich hörbar an das geschulte Ohr am anderen Ende der Leitung.

„Geht es Ihnen gut, Frau Hübner?"

„Danke ... ja, es geht mir gut", antwortete diese und versuchte ein Lächeln, „so gut es eben gehen kann nach einer solchen Nachricht!"

„Das verstehe ich, glauben Sie mir! Ich spreche aus Erfahrung!"

Erleichterung machte sich breit bei der Frau und sie fasste Vertrauen.

„Haben Sie heute Nachmittag Zeit?", fragte Anna, „ich möchte gerne mit Ihnen persönlich sprechen."

„Das freut mich, Frau Hübner! Natürlich habe ich Zeit!"

Die beiden verabredeten sich gleich nach Unterrichtsende in einem Kaffeehaus, dann legten sie auf.

Gegen 14 Uhr desselben Tages stand Anna Frau Dr. Magda Eckhart persönlich gegenüber. Eine große, dunkelhaarige Frau mit imposanter Ausstrahlung lächelte sie freundlich an. Die zwei nahmen in einer ruhigen und eher versteckt liegenden Nische Platz und bestellten.

Die Sprachlosigkeit, oder mehr das Entsetzen, war Anna ins Gesicht geschrieben. Die Neurologin zeigte sich verständnisvoll und begann zu erzählen. Die

Migräne hatte sich bei ihr ebenfalls in sehr jungen Jahren gezeigt und ihre Eltern, beide Ärzte, hatten sie mit verschiedensten Medikamenten zu therapieren versucht. Vergeblich.

Meist mit dem Ergebnis, dass es ihrem jungen Körper zu viel wurde und sie mehr als einmal wegen vergiftungsartiger Erscheinungen ins Krankenhaus eingeliefert werden musste. Gedächtnisausfälle bis hin zu Untertemperatur und komaartiger Lethargie begleiteten sie durch ihre Kinder- und Jugendzeit, sie musste sogar eine Klasse wiederholen, wegen der vielen Fehlstunden. Auch ihre Entwicklung verzögerte sich durch die krassen Eingriffe und es dauerte Jahre, bis sie sich wieder davon erholt hatte.

Anna saß ihr schweigend gegenüber und empfand große Bewunderung für diese Frau. Und die Ehrlichkeit, die sie ihr entgegenbrachte, einer Fremden.

Sie nahmen eine Kleinigkeit zu sich, tranken Kaffee und die Ärztin forderte Anna schließlich auf, ihre Geschichte zu erzählen. Das erste Mal in ihrem Leben berichtete sie nun jemandem davon. Nicht einmal ihr Mann wusste darüber Bescheid, wohl über ihre Kopfschmerzen, die man allgemein unter „Migräne“ kannte, doch mit keiner Silbe hatte sie jemals ihre Erlebnisse als Kind preisgegeben.

Nach anfänglicher Scheu sprudelte es nur so aus Anna heraus und sie empfand es als überaus befreiend, endlich jemandem davon berichten zu können. Frei von der Leber weg, ohne etwas beschönigen oder umschreiben zu müssen, schlicht und einfach so, wie es sich zugetragen, wie sie es empfunden hatte!

Die Stunden vergingen und es dämmerte bereits. Anna ging zunehmend aus sich heraus, fühlte sich verstanden und erkannte einen Hoffnungsschimmer am Horizont. Obwohl sie die Frau ihr gegenüber erst seit Kurzem kannte, verband sie eine Vertrautheit miteinander, die ihr bisher unbekannt war. Sie hatte das Gefühl, dieser dunkelhaarigen Frau alles anvertrauen zu können, was ihr am Herzen lag.

„Transiente globale Amnesie nennt sich das, was Ihnen letzten Freitag widerfahren ist“, versuchte die Ärztin in verständlicher Form zu erklären, „es handelt sich dabei um eine vorübergehende Amnesie, die zusammen mit Orientierungsstörungen und Verwirrtheit einhergeht und häufig bei Migränepatienten auftritt.“

Mittlerweile beim zweiten Kaffee und einer süßen Nachspeise angelangt, war

Anna bereit für alles, was sie aus dieser Misere herausführen würde.

„Auf Wunsch meiner Eltern habe ich Medizin studiert“, erzählte Frau Eckhart weiter, „und aufgrund meiner Erlebnisse und Erfahrungen mit der Schulmedizin habe ich mich auch auf anderen Gebieten schlau gemacht. Mich mit alternativen Methoden, mit Kräutern und Naturheilung befasst sowie mit Energie- und Aufstellungsarbeit und ich habe an meiner persönlichen Geschichte gearbeitet.“

Anna schaute interessiert und neugierig.

„Ich habe meine Kindheit aufgearbeitet, alte Muster gelöst, meinen Körper entgiftet und mit Unterstützung vieler lieber Menschen an mir gearbeitet!

Aus schulmedizinischer Sicht ist Migräne einfach eine Krankheit wie viele andere auch, aber unheilbar, maximal kann eine Linderung erzielt werden, sagen die Ärzte. Die Tiefen unserer Seele erscheinen uns oft unergründbar. Um herauszufinden, was die Ursache für eine Krankheit ist, braucht es oft viel Geduld und Arbeit an sich selbst. Ich habe es am eigenen Leibe erfahren dürfen, dass weit mehr als nur Linderung möglich ist, wenn man bereit ist, sich seinen Themen zu stellen!“

Sie lächelte und wartete auf die Reaktion ihres Gegenübers, das nicht so recht wusste, was es darauf antworten sollte. Annas Gedanken begannen wieder einmal ihre Runden zu drehen. Vieles schoss ihr gleichzeitig durch den Kopf und manches davon machte plötzlich einen Sinn. Sie einzuordnen oder gar Erkenntnisse daraus zu ziehen, vermochte sie allerdings nicht – noch nicht.

Das Vertrauen in die Ärztin ihr gegenüber war ungebrochen und sie wollte etwas verändern in ihrem Leben. Es schmerzfrei und lebenswert gestalten, sinnvoll ausfüllen und wieder Herrin über ihren Körper sowie ihren Geist sein. Genau das wollte sie!

Für diesen Tag war es genug. Sie hatte mehr Informationen erhalten, als sie zu verarbeiten imstande war. Die beiden Frauen trennten sich mit einer herzlichen Umarmung und vereinbarten gleich den nächsten Termin.

Zufrieden ging Anna nach Hause und schlief zum ersten Mal seit Langem ruhig und ohne belastende Träume.

❖

In den folgenden Wochen ging es Anna ruhiger an.

Sie erzählte ihrem Mann die ganze Geschichte. Einerseits war dieser schockiert über ihre Flucht aus der Migräne, die sie schon als Kind unternommen hatte, andererseits freute er sich über ihre nachträgliche Offenheit.

Die Beziehung zwischen den beiden wurde nun intensiver und herzlicher und Anna hatte gelernt, stets ehrlich zu ihrem Mann zu sein.

Neben ihrer Arbeit als Direktorin an der Hochschule war sie laufend in Kontakt mit Frau Dr. Eckhart, unterzog sich einigen Untersuchungen und gönnte sich zwischendurch immer wieder Ruhezeiten. Sie vertraute sich einer Psychologin an und arbeitete in vielen Sitzungen ihre Erlebnisse aus ihrer Kindheit auf.

Nach und nach kehrte Ruhe im Umfeld von Anna und vor allem in ihrem Kopf ein. Die Abstände zwischen den Migräneattacken dehnten sich aus und deren Intensität wurde schwächer.

Diese gesteigerte Lebensqualität motivierte sie, wieder zu malen – aus Freude und überdies bestand weiterhin Nachfrage nach ihren Bildern.

Herr Mangold zählte bald zur Familie. Er verstand sich prächtig mit Robert und unterstützte Annas Schaffen, wo er nur konnte, war sie doch nach wie vor eines seiner Zugpferde.

Auch Frau Dr. Eckhart, Magda, war mittlerweile mehr als eine gute Freundin und sie verbrachten auch privat viel Zeit miteinander.

Bald konnte Anna ihre Vergangenheit loslassen und sich dadurch frei machen für all das Neue, das auf sie wartete. Derart gestärkt war sie bald in der Lage, dem Ruf der Schneekönigin zu widerstehen. Sie hatte ihr Leben nun wieder selbst im Griff und wusste sich zu helfen.

Das immer noch strahlend weiße Pelzcape trug sie weiterhin voller Stolz und als Erinnerung an den Erfolg über ihre Selbstbestimmung. Zukünftig wohl rein als Schmuckstück und liebevolles Geschenk ihres Mannes.

Emil und Georg ging es gut. Bedingungslos, jetzt, da es auch ihrer Mutter gut ging.

❖ ❖ ❖

Nachwort

Die Geschichte der Hauptfigur Anna beschreibt im Großen und Ganzen meine Erfahrungen mit dieser Krankheit.

Über drei Jahrzehnte begleitet mich nun die „Migräne mit Aura“ von meiner Kindheit an, quer durch meine Pubertät bis hin zum Frausein und versteckte sich in meinem Körper, machte sich breit in mir, weitete sich aus und machte mir Angst. Ich wusste nicht, was los war mit mir, warum und wieso und was mit mir passierte.

Obwohl ich immer wieder darüber sprach, versuchte, mich verständlich auszudrücken, konnte keiner – weder meine Eltern noch meine Geschwister oder Freunde – etwas damit anfangen, mich verstehen, geschweige denn mir helfen. Es blieb alles bei mir, in mir, doch wusste ich nicht, was es auslöste und warum.

Vieles habe ich versucht (nur Tabletten nehme ich keine): die Energie in meinem Körper richtig strömen zu lassen, Massagen, Wundertees, Akupunktur, Aufstellung meiner Themen und meiner Familiengeschichte und Ähnliches. Die Jahre vergingen, zeitweilig stieg die Hoffnung auf Besserung, um danach umso tiefer wieder zu fallen, wie auf einer Achterbahn.

Irgendwann lernte ich die Migräne anzunehmen, sie war ganz einfach zu einem Teil meines Lebens, meines Seins geworden, und ob ich es wollte oder nicht, sie gehörte zu mir. Jedes Mal, wenn sie mich heimsuchte, überfielen mich Verzweiflung, Traurigkeit und Angst. Warum, wieso, warum gerade ich? Was ist los mit mir? Was soll ich dagegen tun?

Ablehnung und Widerstand keimten jedes Mal in mir und irgendwann fügte ich mich und erduldete sie einfach. Jedes Mal zog ich mich widerwillig zurück, legte mich nieder, versuchte zu schlafen und hoffte, dass das Ganze bald ein Ende haben würde. Ging ich zu früh wieder meiner Arbeit nach, folgte meinem Weg, begann die Migräne etwas später erneut. Ein Kreislauf, der mich tiefer und tiefer hinabzog, der mich immer hilfloser zurückließ mit meinem Schmerz, mit der fremden Welt, in die ich abhob und die nur noch mehr Fragen in mir aufwarf.

Lange dauerte es, bis ich vor einigen Jahren durch die erste Familienaufstellung Klarheit in meine Vergangenheit brachte. Weitere folgten und ich lernte, an mir zu arbeiten, an meinen Themen, an meinen Erfahrungen und plötzlich ergaben sie ein Bild und nach und nach auch einen Sinn.

Plötzlich schien ich zu begreifen, warum die Migräne ständig zu mir kam, warum sie mich heimsuchte und was es damit auf sich hatte. Auf einmal konnte ich sie eher als meine „Freundin" sehen. Eine Freundin, die es gut mit mir meinte, die mich darauf aufmerksam machte, dass ich Ruhe brauche und Ruhe geben sollte, dass ich mich hinlegen sollte, um Kräfte zu tanken und mich zu entspannen. Nicht immer nur zu arbeiten, zu schaffen, zu denken und zu planen, sondern auch mal still zu sein und in mich zu gehen. Mir für mich Zeit zu nehmen und meinem Körper sowie meinem Geist Ruhe zu gönnen.

Sie ist mein Warnsignal, mein Alarm, der eng mit meinem Körper zusammenarbeitet. Wenn meine Seele, mein inneres Ich Ruhe braucht, Stille, Abgeschiedenheit und ich sie mir selber nicht gönne, dann schlägt mein Körper mittels Migräne Alarm.

Meine Seele kann nicht zur Ruhe kommen, wenn meine äußere Hülle ständig aktiv und ruhelos ist. Um meiner Seele diese Ruhe zu gönnen, ist es nötig, meine „Hülle", meinen Körper zu deaktivieren, besser gesagt, mich hinzulegen, mich zu beruhigen, ruhig zu stellen. Wenn ich es wieder einmal übertreibe, stört meine Migräne als Erstes meinen (für uns Menschen wichtigsten) Sinn: die Wahrnehmung über die Augen. Es beginnt in ihnen zu flimmern und zu flackern. Durch das flächenmäßig größer werdende Flackern und Flimmern zwingt sie mich zum Innehalten meiner Bewegung, Aktivität. Ich kann nichts mehr sehen, mich nicht mehr orientieren.

Meistens beende ich viel zu früh meine Ruhephase wieder (sobald diese Sehstörung abgeklungen ist) und „halte" die nachfolgenden Kopfschmerzen einfach aus.

Meine Migräne gesteht mir aber eine längere Pause zu und schenkt (drängt mir gewissermaßen) einen freien Tag auf, den ich für mich nützen soll (zur Entspannung, zum Ausrasten, zur Besinnung).

Folge ich dem nicht, äußert sie sich durch weitere Sinnesstörungen (als Kribbeln in den Armen, Beinen und im Gesicht, Übelkeit, Frösteln, verlangsamte Aufnahmefähigkeit) und sehnt sich für mich nach Rückzug, Abgeschiedenheit, Ruhe.

Migräne ist wie ein Kurzschluss im Gehirn, der Zentrale. Alle Funktionen spielen verrückt und geraten durcheinander. Ähnlich einer elektrischen Anlage gehört erst alles abgeschaltet, auf Null zurück gestellt, um dann langsam wieder hochgefahren zu werden.

Mein Gehirn, mein System, mein Körper und dessen Funktionen sind um ein Vielfaches sensibler und deshalb sollte dieser Vorgang viel, viel langsamer, ruhiger, gemächlicher angegangen werden.

Um meiner Gesundheit und meines Wohlbefindens willen!

Mein Schwachpunkt ist der Kopf, die Kopfschmerzen, die Migräne.

Andere Menschen leiden unter Neurodermitis, Diabetes, Allergien oder sonstigen Krankheiten, die man im besten Falle lindern oder erträglich machen, aber schwer heilen kann. Jedes körperliche Gebrechen deutet auf eine seelische Ursache hin, auf ein Problem, ein Erlebnis, eine Erfahrung in unserer Kindheit, in unserem Leben, auf Überforderung oder ungelöste Konflikte. Es ist ein Hilfeschrei unseres Unterbewusstseins, das sich über unseren Körper bemerkbar macht.

Ich habe in den letzten Jahren vieles über mich erfahren und dazulernen dürfen, habe mich neu kennengelernt und bin vielen wunderbaren Menschen begegnet, die mir dabei geholfen haben.

(Eine Auflistung dieser TherapeutInnen, Lebens- und SozialberaterInnen und EnergetikerInnen finden Sie im letzten Kapitel des Buches.)

Mittlerweile haben sich meine Migräneattacken schon sehr reduziert und sind für mich erträglich geworden.

Heute kann ich sie als ein Alarmsignal, als einen Hinweis annehmen, der mir etwas aufzeigen will. Wenn es auch immer noch unangenehm und schmerzhaft für mich ist, so bin ich nun imstande, danke dafür zu sagen. Danke, dass mich mein Körper auf etwas aufmerksam macht, was ich sonst nicht beachtet hätte.

Allgemeines

Migräne ist eine Krankheit und gehört zu den häufigsten chronischen Erkrankungen.
Durchschnittlich leidet jeder Zehnte an Migräne und Frauen sind doppelt so häufig betroffen wie Männer. Bei vielen tritt die erste Attacke bereits im Kindesalter (zwischen 7 und 15 Jahren) auf, wobei etwa bei der Hälfte der Betroffenen dieses Leiden über die Pubertät hinaus bestehen bleibt.
Der schmerzliche Höhepunkt von Migräne wird vom 35. bis zum 45. Lebensjahr erreicht, danach klingt sie meist wieder ab.
Heute können über 250 verschiedene Kopfschmerzformen unterschieden werden. Migräne selbst tritt in über 20 Unterformen in Erscheinung.

Vor dem Gang zum Arzt hat der Patient meist einen längeren Leidensweg durchgemacht. Viele Symptome und Anzeichen werden von den Betroffenen gar nicht der Migräne zugeordnet und der Kopfschmerz an sich wird zumeist mit rezeptfrei erhältlichen Medikamenten selbst therapiert.
Die Führung eines Tagebuches wird angeraten, in dem die auftretenden Symptome und Begleiterscheinungen angeführt werden sowie die Intensität und die Häufigkeit der Attacken. Diese Daten geben dem Arzt Aufschluss über das Krankheitsbild, das so individuell ist wie der Mensch selbst. Danach ist es ihm möglich, eine genaue Diagnose zu stellen und eine mögliche Behandlung vorzuschlagen, welche meist auf die Einnahme von spezifischen Medikamenten hinausläuft.
Alternative Behandlungsmethoden gibt es selbstverständlich, doch diese muss jeder für sich ausprobieren, um herauszufinden, was ihm gut tut oder zu einer Linderung der Schmerzen beitragen kann.

Alternative Behandlungsmethoden können u.a. sein:
- Akupunktur, Akupressur
- Massagen
- Hypnose
- Entspannungsübungen (wie z.B. Autogenes Training)
- Yoga

- Kneipptherapie
- Magnetfeldtherapie
- Körperarbeit
- Ernährungsumstellung

Die Entstehungsbedingungen der Migräne sind sehr vielschichtig und die genauen Ursachen unklar. Vermutet wird jedoch, dass bei Migränepatienten eine angeborene Besonderheit der Reizverarbeitung im Gehirn besteht, d.h., diese Gehirne sind überaus sensibel und stehen quasi ständig unter Hochspannung. Was für „normale" Menschen keinerlei Problem darstellt, kann bei Mirgänepatienten eine Attacke auslösen. Diese so genannten „Triggerfaktoren" (Auslösefaktoren) können Lärm und grelles oder flackerndes Licht sein ebenso wie spezielle Gerüche oder Lebensmittel. Auch ein Wetterumschwung, eine Reise (Klimaveränderung), Stress oder übergroße Freude sowie ein veränderter Tagesablauf („Wochenendmigräne") können genügen. Auch die Hormone spielen eine wesentliche Rolle, besonders bei Frauen vor der monatlichen Menstruation.

Zu diesem Thema ist unzählige Literatur vorhanden. Die angeführten Daten und Fakten habe ich folgenden Büchern entnommen:

Migräne – Ursachen, Formen, Therapie
von Prof.Dr.med.Dipl.-Psych. Matthias Keidel
Verlag C.H. Beck
ISBN 978-3-406-53608-3

MIGRÄNE und Kopfschmerzen
von Dr.med.Dipl.-Psych. Hartmut Göbel
Südwest-Verlag
ISBN 978-3-517-08192-2

Migränediät
Schmerzfrei ohne Medikamente
von Dr. Ewald Riegler
Verlag Kremayr & Scheriau, Wien

Um ein ausgeglichenes, selbstbestimmtes Leben zu führen, ist es vor allem für Migränepatienten sehr wichtig, auf die eigenen Bedürfnisse zu achten und die Grenzen der Belastbarkeit des Körpers zu respektieren. Ansonsten führen diese immer wiederkehrenden Migräneattacken zu einer deutlichen Beeinträchtigung der Lebensqualität, beeinflussen das Alltags- und Berufsleben und enden nicht selten in Depressionen.

Alleine in meinem Bekannten- und Freundeskreis befinden sich einige Männer und Frauen, die meist schon Jahre oder Jahrzehnte unter Migräne zu leiden haben.
Wie sich für sie diese Krankheit zeigt und wie sie damit zurechtkommen, berichten fünf Frauen und vier Männer im Anschluss.
Ein herzliches Dankeschön gebührt ihnen für ihre Ehrlichkeit und die Bereitschaft, sich mitzuteilen und anderen (Betroffenen) damit Hoffnung und Mut zu machen.

Sigrid, 44, Wien

Ich habe das Gefühl, die meiste Zeit meines Lebens mit Migräne verbracht zu haben. Dabei werde ich erst 44. Ich leide seit der Pubertät an Migräne. Lange Zeit wusste ich nicht, dass es sich bei den quälenden Symptomen um Migräne handelt. Im Alter von 23 Jahren bekamen meine Beschwerden einen Namen: ein Neurologe in Wien diagnostizierte Migräne und verschrieb mir Avamigran-Zäpfchen. Nach der unkontrollierten Einnahme von unterschiedlichsten Schmerzmitteln empfand ich diese Zäpfchen anfangs als ein Wundermittel. Ich nahm eines und nach 10 Minuten war der Schmerz wie weggeblasen. Ich fühlte mich zwar erschöpft, müde und unkonzentriert, doch der pulsierende, drückende Schmerz war sehr schnell weg. Mein Verbrauch an Avamigran steigerte sich mit der Zeit jedoch beträchtlich. So gierig ich am Anfang danach war, so widerwillig nahm ich sie am Ende. Bei jeder Einnnahme, die bereits nach kurzer Zeit jeden zweiten Tag erfolgte, war mir speiübel. Doch ohne war es noch schlimmer. Ich hatte bereits einen medikamenteninduzierten Kopfschmerz. Der Neurologe verabsäumte mir zu sagen, dass diese Zäpfchen bei übermäßigem Gebrauch selbst Kopfschmerzen auslösen und dadurch einen Teufelskreis an Abhängigkeit in Gang setzen können. Ich wechselte den Neurolgen. Ich musste weg von diesen Medikamenten. Ich machte einen ambulanten Entzug in der Praxis einer Neurologin, die mir von einer Freundin empfohlen wurde. Danach durfte ich nie mehr Avamigran nehmen, ähnlich einem Alkoholiker, für den nach einem Entzug jeder Tropfen Alkohol tabu ist. Ich bekam ein neues Medikament: Triptane (Relpax). Es wirkt gut, bis heute. Dennoch: auch diese Tabletten können bei einer Einnahme von mehr als 10 Tagen im Monat einen arzneimittelinduzierten Kopfschmerz auslösen. Ich leide an ungefähr 10 Tagen im Monat an Migräne, da bin ich hart an der Grenze.

Neben dem Gefühl, als wäre mein Kopf in einen Schraubstock eingeklemmt, quälen mich auch die neurologischen und vegetativen Symptome. Während eines Anfalls leide ich an Wortfindungsstörungen und Denkblockaden. Ich weiß plötzlich nicht mehr, wie ein Kuvert in den Drucker zu legen ist oder mir fällt der Name meiner Schwester nicht ein, so als wäre ein Teil meines Gehirnes wie durch eine Tür verschlossen, durch die es keinen Zugang gibt.

Meine Augen tränen und die Nase läuft. Kollegen und Freunde fragen mich dann jedes Mal, ob ich wieder einen Schnupfen hätte. Nein, es ist Migräne. Da bin ich extrem licht- und geruchsempfindlich. Flackerndes Licht oder in der Sonne glitzernder Schnee tun weh und können einen Anfall auslösen. Ebenso Wetterumschwünge, starker Wind, Parfüm, Stress, intensive emotionale Erlebnisse (auch positive) und zu wenig oder zu viel Schlaf. Zum Zeitpunkt der Menstruation kommt die Migräne wie das Amen im Gebet. Sie dauert im besten Fall nur einige Stunden, im schlimmsten Fall einige Tage. Durch die Triptane verschwindet der Kopfschmerz für einige Stunden, kommt dann aber sehr oft wieder. Ich habe gelesen, dass das Gehirn eines Migränikers viel intensiver auf äußere Reize reagiert. Manchmal hatte ich das Gefühl, für das Leben zu sensibel zu sein und nur mehr „triggervermeidend" zu leben. Was die Schmerzen noch verschlimmert, ist die Angst. Die Angst vor einem neuen Anfall. Die Angst, zu spät zu Triptanen zu greifen (sie entfalten ihre Wirkung am besten, wenn sie bei einem Anfall so früh wie möglich eingesetzt werden). Die Angst, die Höchstdosis zu überschreiten und wieder einen medikamenteninduzierten Kopfschmerz zu bekommen. Die Angst, dass sie gerade dann auftritt, wenn ich sie am wenigsten brauchen kann. Die Angst, Verabredungen und Termine nicht einhalten zu können. Soziale Beziehungen sind für mich schwer zu vereinbaren. Freunde und Bekannte wissen zwar Bescheid, doch will ich nicht ständig absagen und mich erklären müssen. Migräne macht Druck und Druck macht wieder Migräne. Ein Teufelskreis. Migräne war für mich sehr lange lebensbestimmend.

Heute weiß ich, dass Migräne eine neurologische Erkrankung ist, eine Funktionsstörung des Gehirns, die medizinisch (noch) nicht heilbar ist, aber behandelbar. Dieses Wissen habe ich heute und es erleichtert mir den Umgang mit der Krankheit beträchtlich. Lange Zeit hat mich das Gefühl beherrscht, für die Migräne selber verantwortlich zu sein, irgendetwas in meinem Leben falsch zu machen, etwas in meinem Leben noch nicht gelöst zu haben, nach dem Motto: Wenn ich erst das richtige Mittel oder den richtigen Weg gefunden habe, dann verschwindet die Migräne.

Ich habe alle prophylaktischen Medikationen durch: Betablocker (Medikamente zur Senkung von Bluthochdruck), Topamax (Anitepilektikum), Saroten (tricyclisches Antidepressivum mit dem Wirkstoff Amitryptilin, das bei chronischen Schmerzen eingesetzt wird). Eine Reduzierung der Anfallshäufigkeit und Schwere haben diese Medikamente bei mir leider nicht bewirkt. Chronische Schmerzen machen auf Dauer depressiv, daher nehme ich seit Jahren zusätzlich zu Saroten (am Abend) das Antidepressivum Cipralex (am Morgen). Diese Kombination vertrage ich gut.

Auch nichtmedikamentöse Maßnahmen habe ich ausprobiert: Massagen, Akupunktur, Yoga, Autogenes Training, Psychotherapie. Manchmal kommt mir vor, dass die Anfälle heute leichter sind als früher. Was hat letztendlich zu diesem Mehr an Lebensqualität beigetragen?

Wahrscheinlich die Kombination aus allem. Durch jahrelange Psychotherapie (Einzeltherapie, aber auch Gruppentherapie) haben sich meine Sichtweise und mein Gefühl für die Krankheit verändert. Ich bin nicht mehr so panisch, was früher meine Anfälle sicher verstärkt hat. Ich identifiziere mich nicht mehr mit der Migräne, d.h., ich **bin** nicht die Krankheit, sondern ich **habe** sie. Ich kämpfe nicht mehr gegen sie an, sondern ich akzeptiere sie. Das ist kein Resignieren, kein Hände-in-den-Schoß-Legen oder Aufgeben, sondern das Wissen, dass ich alles mir Mögliche getan habe. Dieses Wissen verschafft mir einen Frieden und die Hoffnung, dass sich vielleicht nach dem Klimakterium die Frequenz und Intensität der Migräne weiter verändern mögen.

Karin, 43, Perg

Ich hatte Migräne zum ersten Mal in der Volksschule, mit neun, zehn Jahren. Bis zur Pubertät steigerten sich die Anfälle und dauerten oft zwei Tage lang.

Nachdem meine Mutter ebenfalls unter Migräne litt, hatte sie die Anzeichen bei mir auch sehr rasch als solche erkannt.

Meist bemerke ich die nahende Migräne schon am Morgen nach dem Aufstehen. Irgendetwas fühlt sich dann anders an in mir, es ist aber schwer zu beschreiben. Ich merke es einfach und bereite mich darauf vor. Der Kopfschmerz beginnt langsam, um sich dann zu steigern. Wenn ich rechtzeitig eine Tablette einnehme, kann ich den Anfall abfangen, was mir in letzter Zeit auch meistens gelingt. Nach einer halben Stunde setzt die Wirkung der Tablette ein und ich kann dann fast normal meiner Arbeit nachgehen. Ich fühle mich zwar noch etwas benommen und nicht ganz so leistungsfähig, doch der Spuk ist dann nach einem halben Tag vorbei.

In jungen Jahren dauerte eine Attacke oft zwei Tage lang. Mir war immer speiübel und der Kopf schmerzte wie in einen Schraubstock eingeklemmt. Durch das ständige Erbrechen, das jedes Mal die Kopfschmerzen begleitete, wurde der Druck manchmal sogar besser.

Wetterumschwünge lösten oft einen Anfall aus oder wenn ich selber überhitzt war, mich sehr angestrengt hatte. Außerdem vertrage ich keine Walnüsse! Das habe ich herausgefunden.

Akupunktur habe ich auch schon einmal versucht und es ist kurzfristig eine Linderung eingetreten. Am besten helfen mir aber die Tabletten, die ich nun immer bei mir trage. Stille oder Verdunkelung des Zimmers bewirken allerdings keinerlei Verbesserung, wenn dann schon Gegendruck auf die schmerzhafte Stelle am Kopf oder auch auf das Auge, dessen Augenhöhle meist auch betroffen ist. Bis das Schmerzmittel seine Wirkung entfaltet, gehe ich herum. Ruhig zu liegen halte ich nicht aus. Gut entspannen kann ich mich auch, wenn ich im Schneidersitz am Bett sitze, ohne mich anzulehnen und den Kopf in den Nacken lege. Dabei lasse ich möglichst Kinn und Mund ganz locker und schließe die Augen. Dann lässt der Schmerz nach.

In den letzten Jahren haben meine Migräneattacken schon deutlich nachgelassen. Alle ein bis zwei Monate plagen mich einmal die Kopfschmerzen, doch auch schon viel schwächer als früher. Als meine Kinder noch klein waren, war es besonders schlimm. Wenn mein Mann und die Oma keine Zeit zum Aufpassen hatten, wusste ich oft nicht, wie ich eine Migräneattacke überstehen sollte. Ich war total überfordert und kam mir wie das Letzte vor. Mein Kopf schien zu zerreißen, am liebsten hätte ich ihn abgenommen und beiseite gestellt, aber es blieb mir nichts anderes übrig als durchzuhalten.

Sie kommt sowieso immer, wenn man sie am wenigsten brauchen kann.

„Bitte geh wieder, werde weniger. Ich will nicht! Bitte hör auf!“, habe ich häufig mit der Migräne gesprochen. Und natürlich habe ich auch immer wieder einmal vereinbarte Termine absagen müssen.

Jetzt habe ich sie eigentlich ganz gut im Griff und sie ist auch schon seltener geworden. Bei meiner Mutter war es auch so. Ich sehe die Migräne einfach als Erbe, mit dem ich eben zurechtkommen muss. Meine jüngere Tochter hat auch Migräne, doch auch sie hat Tabletten, die gut wirken, und sie hilft noch mit kühlenden Eisbeuteln auf Augen und Stirn nach.

Christoph, 18, Naarn

Ich saß in der Schule im Unterricht, als es vor meinen Augen das erste Mal zu flimmern begann. Da war ich dreizehn. Es hat mich nicht wirklich gestört, denn es hat bald wieder aufgehört. Doch danach kamen die Kopfschmerzen. Sie waren so stark, dass ich mich weder konzentrieren noch aufpassen konnte und daher hat mich meine Mutter dann von der Schule abgeholt.

In unregelmäßigen Abständen tritt die Migräne immer wieder auf und es beginnt jedes Mal mit einem Flimmern vor den Augen. Flimmert es links, habe ich rechts Kopfschmerzen und umgekehrt. Ich lege mich dann ins Bett und verdunkle den Raum, so ist es angenehmer und ich kann das Flimmern nicht sehen. Auf die Stirn lege ich einen Kühlbeutel und schließe die Augen. Oftmals kann ich das flaue Gefühl im Magen schwer deuten: Ist es Übelkeit oder ein Hungergefühl? Appetit habe ich allerdings keinen. Erst wieder, wenn die Migräne im Abklingen ist.

Der Schmerz selber ist schwer zu beschreiben. Er sitzt eher seitlich im Hinterkopf. Am nächsten Tag geht es mir meistens wieder gut, doch ruckartige und schnelle Bewegungen sind trotzdem noch unangenehm.

Die Migräne stört immer, wenn sie kommt. Es ist immer der unpassende Moment.

Wenn es nicht schlimmer wird, kann ich damit leben.

Franz, 48, Saxen

Ich hatte nie Probleme mit Kopfschmerzen, bis ich zum Bundesheer kam. Dort habe ich mir bei einer Gefechtsübung eine ordentliche Verkühlung geholt. Da ich übers Wochenende aber nicht in der Sanitätsabteilung bleiben wollte, fuhr ich nach Hause. Als Jugendlicher habe ich diese Verkühlung nicht ernst genommen, sie einfach übergangen und bin am Wochenende ausgegangen.

Die Verkühlung war vorbei und das Kopfweh hat begonnen. 1981 hat es angefangen. Am Anfang habe ich einfach einige Tabletten genommen, dann wurden die Attacken häufiger und ich machte mir langsam Sorgen, ob es ein Tumor sein könnte oder Ähnliches. Dass es Migräne sein könnte, daran habe ich nicht gedacht. Da ich bisher in meinem Leben Kopfschmerzen ja nicht kannte, glaubte ich, das wären nun Kopfschmerzen und dass das Augenflimmern und die Atembeschwerden eben auch dazu gehören.

Dann bin ich zu den Ärzten gelaufen, die Gehirnstrommessungen und diverse Untersuchungen an mir durchführten, aber zu keinem Ergebnis kamen. Als ich bei einer dieser Untersuchungen gerade eine Attacke hatte, erklärte mir dieser Arzt, dass die Schmerzen bei mir vom Nacken ausgehen und sie unter den Begriff „Migräne“ fallen würden. Nun wusste ich, was ich hatte, und dass ich mir keine ernsthaften Sorgen machen musste.

Von diesem Zeitpunkt an habe ich begonnen, regelmäßig Tabletten zu nehmen. Erst einmal ein Aspro, dann griff ich zur Spalttablette und ich steigerte mich. Ich habe selbst damit experimentiert, was am besten wirken könnte. Ungefähr 13 Jahre lang habe ich immer, sobald es in meinem Nacken zu ziehen begann, zu Schmerztabletten gegriffen. Mindestens fünf Mal pro Woche überfielen mich in dieser Zeit die Attacken. Es dauerte meist ein bis zwei Stunden, wenn es ganz schlimm war auch drei Stunden. In diesen Jahren habe ich als Tischler gearbeitet und der Lärm und der Staub in der Werkstätte machten es nur noch schlimmer. Es war eine Katastrophe.

Ich teilte mir die Zeit so ein, dass ich in der „gesunden“ Phase mehr und auch möglichst vorausarbeitete, um mir für die Migräneattacken etwas Freiräume zu verschaffen, damit ich mir die Krankheit leisten konnte. In der Firma waren gewisse Leistungen gefordert und die habe ich auch erbracht. Oftmals fuhr ich mit dem Fahrrad in den großen Werkshallen herum, suchte mir eine, in der nicht mit Maschinen gearbeitet wurde, z.B. im Lager, und erledigte dort einfache Arbeiten, die auch getan werden mussten.

Die Attacken begannen immer mit der Verspannung im Nacken- und Schulterbereich, dazu kam der Druck in der Augenhöhle, dann die Atembeschwerden, ein Dröhnen im Ohr und zum Schluss erst der Kopfschmerz. Meistens spielte sich das Ganze auf der rechten Seite ab, die Kopfschmerzen sowie die anderen Symptome, und die ganze Zeit über war dieses Flimmern vor dem Auge. Hielt ich es mir zu, konnte ich meine Umgebung nur sehr verschwommen erkennen. Ich bekam die Migräneattacken zu verschiedenen Tageszeiten, auch nachts, und dann bin ich durch den Schmerz aufgewacht.

Retrospektiv war es dann auch so: plötzlich habe ich wieder Luft bekommen, dann hat der Augendruck nachgelassen und alles hat sich wieder zurückgezogen.

Während der heftigen Migräneattacken war ich nur noch ein wandelndes Element ohne Freude. Ich konnte mich weder auf etwas konzentrieren, war extrem lärm- und auch geruchsempfindlich und habe auf alles mit Abwehr reagiert. Ich wollte mich nicht einmal mit jemandem unterhalten.

Nach den Attacken fühlte ich mich gerädert, geschlaucht, ausgelaugt wie nach drei Stunden Schwerstarbeit. Ich wollte nur noch schlafen, ich brauchte Erholung.

Es war heftig, doch ich musste lernen, damit zu leben.

Ich hatte damals die Schmerztabletten im Vorratspack immer bei mir und sobald ich eine Verspannung im Nacken auch nur zu spüren begann, warf ich eine Tablette ein. Es war wichtig, sie möglichst gleich am Anfang zu nehmen, damit sie ihre Wirkung entfalten konnte. Wartete ich zu lange damit, nützte sie gar nichts mehr!

Die Konsequenz daraus war, dass ich mir den Magen ruiniert habe. Erst vertrug ich die Aspro nicht mehr und mir wurde schlecht. Und nach und nach auch die anderen Tabletten.

Irgendwann sagte ich mir: „Aus, das kann es nicht sein, so kann es nicht mehr weitergehen!“ Ich hörte abrupt auf, Tabletten zu nehmen und begann mich, immer wenn sich eine Attacke angekündigte, abzulenken. Sei es mit lustigen Sachen oder indem ich mich verstärkt auf eine Arbeit konzentrierte. Ich habe versucht, erst den Schmerz zu akzeptieren und ihn dann zu verdrängen, ihn zu ignorieren. Mein übriger Körper setzte sich gegen diesen Schmerz zur Wehr, eine körpereigene Schmerzbekämpfung sozusagen. Denn je mehr ich mich dagegen gewehrt habe, desto stärker fühlte ich den Schmerz. Als ich begonnen habe, ihn erst anzunehmen und dann zu ignorieren bzw. mich abzulenken, wurde es erträglicher. Dieser Kampf dauerte allerdings sicher eineinhalb Jahre. Dann spürte ich erst so richtig die Schmerzen! Ich stand oft vor einer Wand und schlug mit dem Kopf dagegen, um eine neue Art von Schmerz zu spüren, die mich von dem alten ablenkte. Sonst hatte ich das Gefühl, mein Kopf würde zerspringen!

Als auslösende Faktoren für mich habe ich über die Jahre hinweg festgestellt: Haselnüsse und Käse, besonders Schmelzkäse, den ich zu dieser Zeit auch haufenweise konsumiert habe. Auch manche Arten von Sekt gehören dazu. Ich habe gewisse Marken, die ich bedenkenlos trinken kann, bei anderen, oder eben nach dem Konsum von Haselnüssen und Schmelzkäse, folgt die Attacke postwendend, spätestens aber nach einer halben Stunde.

Nach und nach wurden die Intervalle länger. Ich habe aufgehört, diese Auslöser zu essen, um nichts herauszufordern. Bis 2006 hatte ich vielleicht noch fünf bis sechsmal Migräne im Jahr. Dann war auf einmal Schluss.

Wenn ich heute ein oder zwei Mal im Jahr Migräne habe, ist es viel, wobei ich mir oft nicht sicher bin, ob es noch die gleiche Krankheit ist, da nun die Nebenerscheinungen völlig fehlen.

Ein Schmerztherapeut erklärte mir, dass ich zu Beginn wohl Migräne gehabt hätte, doch ich mich selber tablettensüchtig gemacht hatte. Da ich jedes

Mal, kaum dass der Schmerz im Anzug war, sofort eine Tablette eingeworfen habe, habe ich mich mehr oder weniger selber süchtig gemacht. Wenn der Körper mir suggerierte, dass er wieder eine Tablette brauchte, spielte er mir den Nackenschmerz vor – und prompt nahm ich eine ein. Es könnte gut sein, dass es die letzten Jahren über gar keine Migräne mehr war, sondern eher die Begleiterscheinung des Tablettenkonsums.

Ich meide nach wie vor Haselnüsse und Schmelzkäse sowie gewisse Sektsorten. Wenn es weiterhin so bleibt, bin ich sehr zufrieden.

Abschließend kann ich aus meiner Erfahrung sagen, dass das Wichtigste bei Migräne ist, den Schmerz zu akzeptieren und nicht dagegen zu arbeiten, sonst verstärkt man ihn nur. Ihn annehmen und loslassen, damit man eine Entspannung im Körper erreicht.

Elisabeth, 48, Schwertberg

Durch die Möglichkeit, mich mit einem Artikel an diesem Buch zu beteiligen, bin ich aufgefordert, das Auftreten meiner Migräneanfälle zu hinterfragen.

Wann und in welchen Situationen sie mich „überfällt" und noch viel wichtiger … welche Auswirkungen sie hat, beginne ich auch erst jetzt, in diesem Nachdenkprozess, Stück für Stück zu erkennen. Was will sie mir nun sagen und wozu dient sie mir letzten Endes auch?

So bin ich schon selbst voll der Spannung, wohin mich dieser Gedankenprozess führen und was er mir aufzeigen mag. Danke für diese Gelegenheit!

Begonnen hat dieses Leiden so um das 42. Lebensjahr herum. Ich kann das deshalb sehr gut in diesen Zeitraum einordnen, da ich mit Sicherheit bis zu meinem 41. Geburtstag dieses Problem noch nicht kannte.

Zum Zeitpunkt des Auftretens meiner Migräne stand ich in einem sehr schwierigen, wirtschaftlichen Überlebenskampf. Die damit ebenfalls einhergehende körperliche als auch psychische Belastung hat mit ziemlicher Wahrscheinlichkeit als Auslöser gewirkt.

Mit der Zeit wusste ich, dass mich zu jeder Tageszeit (interessanterweise nie nachts) ein Anfall überraschen kann. Trotz dieses Wissens gelang es mir nicht, ihn abzuwenden oder mich damit auseinanderzusetzen, geschweige denn zu versuchen, einen Grund und/oder die Ursache zu finden. Aus heutiger Sicht wäre das die wahrscheinlichste Form und Möglichkeit der Genesung und Heilung gewesen, denn meine Erfahrung mit diesem Thema ist folgende: Migräne ist für mich auf keinen Fall ein rein körperliches, sondern auch ein seelisches, psychisches Thema.

Das Auftreten und der Verlauf meiner Migräneanfälle war, man könnte fast sagen, wie ein Ritual, welches nach einem immer wieder gleichen Muster ablief!

Es begann immer zuerst mit einem gewissen Druck auf meine Augen, insbesondere der Augenhöhlen, wodurch in Folge sich mehrere kleine schwarze Punkte entwickelten, welche sich, wenn ich die Augen bewegte, völlig unkontrolliert hin und her tanzten. Dieser Prozess verursachte einen noch intensiveren und schon sehr schmerzhaften Druck auf meine Augenhöhlen und es dauerte nicht lange, da begannen sich dieser Druck und der Schmerz im Kopf- und Schläfenbereich auszudehnen. Als Folge daraus begannen meine Schläfen wie wild zu pochen und zu toben. Ab diesem Moment war der Punkt erreicht, an dem ich den Zustand nicht mehr ignorieren konnte und als einziger Ausweg und Hilfe ausschließlich der völlige Rückzug in absolute Ruhe, Stille und einen möglichst abgedunkelten Raum übrigblieb.

Sehr oft holte und erhoffte ich mir rasche Hilfe durch die Einnahme von Schmerztabletten – doch auch diese konnten den Anfall nicht mehr abschwächen oder eingrenzen – schon gar nicht beenden.

Begonnen hat, wie schon erwähnt, die Migräne mit etwa 42 Jahren, und soweit ich mich erinnere, zuerst auch als eher scheinbar „harmlose“ Kopfschmerzen, welche hin und wieder auftraten, und wegen der Belastungen und Stresssituationen war mir das auch nachvollziehbar.

Am Höhepunkt meiner Migräneattacken jedoch hatte ich Anfälle, welche mich oft zwei bis drei Tage außer Gefecht setzten. Es wäre mir unmöglich gewesen, irgendeine Arbeit zu verrichten, auf keinen Fall eine, die es erfordert hätte, zusammenhängende Gedankenprozesse abzuwickeln, wie etwa zu telefonieren, Auto zu fahren, etwas zu organisieren oder Ähnliches. Das Einzige also, womit ich mich beschäftigen und auseinandersetzen musste, war meine Migräne und der unbändige Schmerz in meinem Kopf !! Wobei mir während eines Anfalls nur gewährt war, mir völlige Ruhe zu gönnen und nach Möglichkeit nichts zu denken – bloß nichts denken !! Nach einem Anfall war ein Berg Arbeit aufzuholen und so hatte ich auch keine Zeit zu hinterfragen, warum und wieso ich Migräne hatte – vielleicht wollte ich es aber einfach auch gar nicht wissen ...

Nun, da ich sicher seit gut 2 Jahren keinen Anfall mehr erlebt habe, hoffe ich, davon wieder befreit zu sein und so erlaube ich mir, folgendes Resümee für mich zu ziehen:

Mit höchster Wahrscheinlichkeit war ich damals mit meinen körperlichen und psychischen Ressourcen an einem „Endpunkt" angelangt und durch jedwede weitere Überlastung konnte mein System einen Migräneanfall auslösen. In meinem Fall kam es auch vor, dass Anfälle schon bei geringstem Stress in der Familie, bei offiziellen Einladungen, bei Freunden, ja sogar beim Feiern und Fröhlichsein auftreten konnten.

Gleichzeitig kann ich heute sagen, dass in der Zeit meiner schlimmsten Anfälle mit Sicherheit meine inneren Wünsche, Ziele und Sehnsüchte in viel zu geringem Maße mit der Realität übereinstimmten. Diese scheinbar große Kluft zwischen Wunsch und Realität scheint mir heute eine wesentliche Ursache für das „Anklopfen" in meinem Kopf gewesen zu sein.

So wird mir jetzt durch diesen Nachdenkprozess für diesen Artikel sehr bewusst und deutlich, dass eben genau dieses Spannungsfeld (Wunsch + Realitätsbezug) über die Migräne versucht hat, sich auszudrücken, um mir diesen Umstand bewusst zu machen.

In der Hoffnung, mit dieser These die richtige Erkenntnis für mich gewonnen zu haben, bin ich wohl aufgefordert, meine Wünsche und Ziele mit den realen Möglichkeiten in Einklang zu bringen.

Dir, liebe Gabriela, danke ich nochmals herzlich für diesen Impuls und hoffe, durch meinen Beitrag auch anderen Betroffenen einen helfenden Hinweis gegeben zu haben.

Mario, 45, Vorchdorf

Cluster – eine (vorläufige) Überforderung

Stellen Sie sich vor, Sie hatten in Ihrem Leben so gut wie noch nie Kopfschmerzen.

Stellen Sie sich vor, Sie haben, völlig ohne Vorankündigung, plötzlich, von einer Minute auf die andere, einen unerträglichen Schmerz im Bereich des linken Auges und der Schläfe. Das Auge beginnt zu tränen, Sie haben das Gefühl, dass das Augenlid nach unten hängt und Ihr Körper kommt nicht mehr zur Ruhe. Es ist ein reißender, ein bohrender, pochender und fast unerträglicher Schmerz, der Sie regelrecht in die Knie zwingt.

Als ich bei mir dieses Symptom vor ca. 10 Jahren erstmalig erlebte, war ich völlig überfordert. Was tun, damit dieser fast unerträgliche Schmerz aufhört oder zumindest nachlässt?

Der Schmerz ließ nach ca. zwei Stunden nach und war dann nicht mehr spürbar. Eine einmalige Attacke? – Hoffentlich! – Es war aber leider nicht so, denn am nächsten Tag, praktisch zu der gleichen Zeit, passierte es wieder. Eine noch heftigere Attacke. Ich nehme normalerweise nie Tabletten und habe in diesen Situationen auch stärkere Schmerztabletten versucht – ohne Erfolg, nichts hat gewirkt.

Ich begann also zu recherchieren.

Schnell wurde mir klar, dass es sich um keine Migräne-Erkrankung handelt. Die Symptome, die ich bei mir feststellte, stimmten nicht mit den Migräne-Symptomen überein.

Das Ergebnis meiner Recherche war ernüchternd: es handelt sich bei mir ganz offensichtlich um einen so genannten „Cluster-Kopfschmerz“, der sich durch extremste Schmerzen zeigt und genau die o.a. Symptome aufweist. Dieser Schmerz kann periodisch stark gehäuft auftreten und dann wieder monatelang, teilweise jahrelang gar nicht. Genauso ist es bei mir. Und: die Ursachen sind unklar und nicht wirklich erforscht. Es gibt also auch kein medizinisches Gegenmittel.

Aber ich habe gelernt, damit umzugehen. Ich habe festgestellt, dass es kleinere Anzeichen gibt, die diese Attacken ankündigen. Jedoch kann ich diese nicht beschreiben, vermutlich sind diese Anzeichen auch sehr individuell.

Sobald ich diese Anzeichen bei mir feststelle, versuche ich Folgendes zu tun: viel Leitungswasser zu trinken, so rasch wie möglich schnelle Bewegung im Freien zu machen (mindestens eine Stunde), tief ein- und auszuatmen. Wichtig ist viel Sauerstoff und viel Wasser trinken. Damit wird der Schmerz deutlich gemildert, oft sogar unterdrückt.

Wenn die Attacke bereits eingesetzt hat, helfen auch diese Gegenmaßnahmen manchmal nicht.

Sonja, 17, Perg

In der dritten Klasse Volksschule hatte ich während des Unterrichts plötzlich Sprachschwierigkeiten. Mein Körper war irgendwie taub und auch das Denken fiel mir schwer. Sogar meine Mutter anzurufen schaffte ich nicht, ich stand völlig neben mir, war völlig orientierungslos.

Meine Mutter holte mich schließlich von der Schule ab und wir fuhren zu unserem Hausarzt. Dieser meinte erst, dass es evtl. eine Grippe sein könnte. Erst später diagnostizierte er Migräne. Wie es genau begonnen hat und wie es ablief, weiß ich gar nicht mehr, ich hatte regelrecht einen Filmriss!

Die Hauptschule über hatte ich immer wieder solche Migräneattacken, doch nicht allzu häufig. Ab dem Einstieg in die höhere Schule flimmerte es zu Beginn jeden Abend vor meinen Augen, dazu kamen die halbseitige Lähmung und die Kopfschmerzen. Als ich einmal Tabletten einnahm, wurde es nur noch schlimmer, aber gegen die Symptome des Flimmerns und der Lähmung helfen sie ohnedies nichts.

Manchmal bin ich auf einem Auge vollkommen blind. Bald danach kommt das Taubheitsgefühl im Körper und es schmerzt der ganze Kopf. Am häufigsten plagen mich aber die Kopfschmerzen, kombiniert mit einem Taubheitsgefühl am ganzen Körper. Da kann ich mich zwicken, wo ich will, ich spüre gar nichts. Wenig Schlaf und Stress während der Schulzeit sind Auslöser. Auch auf Ortswechsel und Klimaveränderungen reagiere ich sehr stark. Oftmals höre ich auch nichts während der Migränekopfschmerzen.

Vor Kurzem war ich mit meiner Mutter bei einem Vortrag von einem Arzt, der selber unter Migräne leidet und sich in seiner Arbeit ganz dieser Krankheit verschrieben hat. Dieser meinte, meine Symptome würden auch denen eines Schlaganfalls gleichen. Das hat mich schon einigermaßen schockiert. Er fügte noch hinzu, dass das Schlaganfallrisiko bei mir höher wäre. Zukünftig werde ich sicher eher zu diesem Arzt gehen, denn zu ihm habe ich Vertrauen, da er selber Migräne hat und weiß, wovon er spricht.

Die Migräneattacken überfallen mich meist ganz spontan, ohne lange Vorankündigung oder Anzeichen. Wenn es irgendwie möglich ist, ignoriere ich die Symptome einfach. In den meisten Fällen geht das auch, z.B. in der Schule. Ich lenke mich ab und beschäftige mich. Meine Schulkolleginnen wissen über meine Migräne Bescheid und machen keine große Sache daraus. Das hilft mir. Wenn ich zuhause bin, mag ich es gar nicht, alleine im Zimmer zu liegen. Ich mische mich unter die Familie. Ihre Stimmen zu hören und in Gesellschaft zu sein, beruhigt mich.

Mittlerweile haben sich die Anfälle auf zwei bis drei Mal pro Monat reduziert. Mich regt meine Migräne schon so was von auf! Wenn ich zuhause bin, kann ich es noch leichter ertragen, doch wenn ich unterwegs bin, fehlt mir so oft der Plan und ich irre herum, ich bin einfach nicht ganz bei mir. Das mag ich ganz und gar nicht!

Christian, 46, Allerheiligen

Bei mir hat es in der Volksschule begonnen. In der letzten Klasse, mit ungefähr zehn Jahren. Ich kann mich sehr gut erinnern, es war schon obligat, dass ich an den Sonntagen meist völlig k.o. darniederlag. Die Woche über war Schule und am Sonntag lag ich mit typischen Anzeichen von Migräne in meinem Zimmer: Lichtempfindlichkeit, Übelkeit bis Erbrechen und Kopfschmerzen.

Meine Mutter ist damals mit mir sogar zu einem Heilpraktiker nach Deutschland gefahren und sicher zwei Jahre lang wurde ich von diesem mit homöopathischen Tropfen behandelt. Erst haben wir auch gedacht, dass es besser wird, doch dem war nicht so. Außerdem war sie mit mir bei einem Augendiagnostiker und auch EEGs wurden an mir durchgeführt, doch jedes Mal ohne Befund. Die Ärzte meinten damals noch, dass sich das Ganze mit der Pubertät wieder geben würde. Doch ich hatte weiterhin sehr regelmäßige Migräneanfälle. Ich bin der Einzige in meiner Familie mit Migräne.

Was mir damals wie heute stets am besten geholfen hat, auch völlig entgegen jedem ärztlichen Verständnis, war kaltes Wasser. Entweder ich habe meinen Kopf unter die Wasserleitung oder unter die Dusche gehalten oder mir zumindest mein Gesicht und vor allem die Schläfen mit kaltem Wasser gekühlt, dann ließ der Schmerz nach. Das funktionierte auch als Bub in der Schule ganz gut. Wenn es besonders schlimm war, ging ich aufs Klo und hielt meinen Kopf unter die Wasserleitung. So habe ich die Schmerzen in den Griff bekommen und sie waren auszuhalten.

Darüber hinaus ist Schwimmen im kalten Wasser stets ein probates Mittel zur Linderung.

Ich nehme keine Tabletten, habe auch noch nie welche genommen. Auch wenn meine Frau oftmals meint, ich solle mich nicht so quälen, versuche ich trotzdem, eher den Rückzug zu finden und die Attacken auf natürlichem Wege zu überstehen.

Mit zunehmendem Alter hat es sich insoweit gebessert, dass die Intervalle länger geworden sind. Jetzt habe ich durchschnittlich einmal pro Monat Migräne. Ich denke mir aber nichts dabei, sondern sage mir eher: ich bin nun schon länger davon verschont geblieben und nehme die Migräne einfach an, wie sie kommt. Ich versuche den Migräneanfall so gut es geht zu überstehen. Das Gute an meiner Migräne war immer – und das war auch als Kind schon so – dass sie nach einer erholsamen Nacht am nächsten Tag wirklich immer wie weggeblasen ist.

Die Migräneanfälle hängen oft mit dem Wetter zusammen. Föhn oder rapiden Wetterwechsel spüre ich sehr wohl, oftmals ist es auch verbunden mit viel Stress und Rücken- und Nackenverspannungen. Wenn ich zu wenig Zeit für ausgleichende Tätigkeit und Sport habe, weil ich von Berufs wegen lange im Auto sitze und anschließend wieder in einer Besprechung, dann beginnen die Verspannungen im Nacken und das ist für mich das größte Gift.

Überdies habe ich gerne Migräne, wenn ich längere Flugreisen unternehme oder wenn ich hohe Berge besteige und dort übernachte. Da ich ein leidenschaftlicher Bergwanderer bin, kommt das öfters vor. Nicht selten lasse ich am ersten Tag das Abendessen ausfallen und gehe früh zu Bett. Am nächsten Morgen geht es mir dann wieder gut.

Die Migräne beginnt bei mir immer mit einem synchronen Druck in den Augenhöhlen, immer beidseitig. Nach den Augenschmerzen geht es weiter mit Schläfenschmerzen, auch immer links und rechts gleichzeitig, danach schmerzt die Stirn und der Schmerz wandert.

Jedes Mal rennt mir quasi die Farbe ab. Ich bin kreidebleich im Gesicht und habe dunkle Ringe unter den Augen, daran ist mein Migräneanfall auch äußerlich erkennbar.

Wenn die Migräne eher aus den Verspannungen resultiert, dann beginnt sie im Nacken und die Kopfschmerzen steigen von hinten hoch. Diese steigern sich gleichmäßig und sind oft sowohl pulsierend als auch stechend. Oftmals so heftig, dass ich gelegentlich dachte, mir sei etwas zerplatzt in meinem Kopf. Bewegungen des Kopfes nach unten oder oben oder gar ruckartig steigern den Schmerz noch zusätzlich, bis zu dem Gefühl, der Kopf würde zerbersten. Ebenso zur Seite sehen und womöglich noch die Augen dabei drehen zu müssen, ist unerträglich.

Linderung verschaffe ich mir oftmals durch Gegendruck in die Augen oder eben mit kaltem Wasser.

Wenn ich Zeit genug habe, dagegen zu arbeiten, mich hinzulegen oder an der frischen Luft Bewegung zu machen, ist das ein gutes Heilmittel für mich und dann flaut der Kopfschmerz schneller ab. Wenn ich etwas durchdrücken muss, weil ich dienstlich unterwegs bin, absolviere ich meine Arbeit mit der Restenergie noch so lange, bis ich endlich zuhause bin und dann will ich nur noch schlafen.

Trotz allem habe ich nie in Erwägung gezogen, Tabletten gegen den Schmerz zu nehmen. Herkömmliche Tabletten wie Aspro oder Mexalen helfen bei mir ohnedies nichts, auch nicht bei normalen Kopfschmerzen. Ein ganz eigenes Hausmittelchen, wenn ich den Schmerz früh genug erwische, ist es, ein Cola zu trinken. Besonders hilfreich, wenn ich unterwegs bin.

Zum Glück ist bei mir die Migräne selten so stark, dass ich an Medikamente denke. Meistens hilft es, mich hinzulegen, Sport an der frischen Luft zu machen oder meinen Kopf mit Wasser zu kühlen.

Bei mir, so glaube ich, hängt die Migräne mit der Bewegungsarmut zusammen. Wenn ich weniger Sport mache, als ich möchte und mir gut tut. Wenn ich genügend Zeit für Sport habe, habe ich oft monatelang keine Migräne. Ich mache mir auch nicht groß Gedanken darüber, denn es kommt nicht so häufig vor und so ist die Migräne erträglich für mich.

Margit, 29, Linz

Der Kopfschmerz begleitet mich schon mein ganzes Leben lang!

Als Kind hatte ich einige kleinere Unfälle. Ich bin zum Beispiel aus der Gehschule gefallen oder hatte Sportunfälle beim Ringturnen. Stets war mein Kopf der Leidtragende, mit zehn Jahren trug ich auch eine Gehirnerschütterung davon. Im Teenageralter habe ich mit ungefähr 17 Jahren bemerkt, dass die Kopfschmerzen nun in regelmäßigeren Abständen kamen und auch intensiver wurden. Sie hatten jedoch noch nichts mit der Migräne, wie ich sie heute kenne, gemein. Erst als ich Anfang zwanzig war, bemerkte ich eine enorme Verschlechterung. Die Kopfschmerzen steigerten sich von einmal monatlich bis schließlich wöchentlich und hatten sich ganz stark aufs Wochenende verlagert. Ich konnte jeden Samstagmorgen, wenn der Druck der Arbeitswoche nachließ, darauf warten, dass mich die Migräne heimsuchte. Diese begleitete mich dann bis zum Sonntag.

Schon kurz nach dem Aufwachen verspürte ich einen leichten, dumpfen Schmerz, der sich den Tag über bis zur Unerträglichkeit steigerte, wenn ich nicht schon rechtzeitig mit einem Schmerzmittel dagegen gearbeitet hatte.

Es ist immer der gleiche Ablauf und es ist stets die rechte Seite betroffen. Erst spüre ich einen leichten Druck über dem rechten Auge, der sich dann bis hinauf zur Schläfe und hinunter bis zum rechten Schulterblatt ausweitet. Der Schmerz ist erst dumpf, wird dann stark pulsierend, oft sogar stechend. Er geht mir richtig durch Mark und Bein, jeder Schritt schmerzt. Aurasymptome (Augenflimmern, Taubheitsgefühl, etc.) treten bei mir gar nicht auf, Übelkeit nur ganz selten. Wenn, dann jedoch heftig und mit Erbrechen.

Anfangs haben die gängigen Mittel wie Thomapyrin, Aspirin oder Paracetamol auch ganz gut geholfen. Wenn es wirklich schlimm geworden ist, bekam ich Infusionen vom Hausarzt.

Mitte zwanzig habe ich zum ersten Mal einen Neurologen konsultiert, der mir dann ein stärkeres Medikament verschrieben und mir begleitend Akupunktur empfohlen hat. Er hat mich damals als „atypische Migränikerin" eingestuft. Er nannte es eine Kombination aus Migräne und Spannungskopfschmerz, was darauf zurückzuführen ist, dass ich sehr starke Verspannungen bzw. Verhärtungen im Nacken-Schulterbereich habe, die ebenfalls Kopfschmerzen auslösen.

Bis zur Trennung aus einer schwierigen Beziehung hatte ich wöchentlich Kopfschmerzen. Danach blieben sie monatelang aus. Das war ein wunderbares und befreiendes Gefühl!

In dieser Zeit habe ich nur für mich gelebt, gemacht, was mir Spaß bereitete und obwohl es eine Zeit mit vielen Herausforderungen war, konnte ich mich trotzdem voll und ganz auf mich konzentrieren und war somit kopfschmerzfrei!

Ich bin nach wie vor von der Migräne betroffen, jedoch tritt sie jetzt in unregelmäßigeren Abständen auf. Meist kommt sie völlig überraschend, wie aus dem Nichts, wenngleich es Situationen gibt, die mir mittlerweile als Kopfschmerzauslöser bekannt sind:

Wenn ich zu wenig geschlafen habe und zu sehr im Kopf verhaftet bin, sich das Gedankenrad ständig dreht. Kommt zu dieser Kombination auch noch Stress dazu und vielleicht noch ein Gläschen Wein – wobei es egal ist, ob rot oder weiß – dann bekomme ich meistens Migräne.

Wenn ich innerhalb der ersten zwei Stunden nach Auftreten der Symptome das Migräne-Medikament einnehme, kann ich den Schmerz ganz gut stoppen. Es schlägt sich allerdings stark auf den Kreislauf und bewirkt zu Beginn ein Engegefühl im Brustkorb, denn ich verspüre ein leichtes Stechen beim Atmen. Überdies habe ich großen Durst und fühle mich jedes Mal schlapp. Es ist einfach alles sehr anstrengend für meinen Kreislauf und mir ist dann auch schwindelig, wenn ich aufstehe. Deshalb muss ich mich immer niederlegen.

Beginnt die Migräne bereits am Vormittag während der Arbeit, dann schaue ich, dass ich früher nach Hause gehen kann. Manchmal überwiegt allerdings der Trotz in mir und ich nehme mir vor, mich dieses Mal nicht vom Schmerz unterkriegen zu lassen und den Tag durchzustehen. Ich will mich nicht immer wie ein Opfer fühlen und mich nicht vom Schmerz kontrollieren lassen. Doch meistens ziehe ich trotzdem den Kürzeren!

Zuhause angekommen, nehme ich das Medikament ein, doch aufgrund der langen Schmerzphase dauert es mindestens zwei Stunden, bis die erlösende Wirkung einsetzt. Diese Zeit ist dann ziemlich schlimm, denn die Schmerzen sind stark.

Wenn ich Migräne habe, ist mein Kopf völlig ausgeschaltet. Da werde ich ganz ruhig und ich kann einfach nicht nachdenken. Das ist manchmal auch sehr, sehr angenehm. „Ach, nicht schon wieder!", sind meist meine ersten Gedanken, wenn der Druck im Auge spürbar wird. Ich weiß ja, was mich erwartet; der Tag ist dann mehr oder weniger schon gelaufen.

Bin ich ausgeglichen, motiviert und engagiert, dann geht es mir gut und die Migräne lässt mich in Ruhe.

Früher habe ich mich oft selbst bemitleidet und mich als Opfer gefühlt, doch das habe ich nun zum Glück abgelegt. Heute halte ich mir stets vor Augen, wie gut es mir eigentlich geht. Bis auf die Migräne bin ich gesund und ich habe jeden Tag aufs Neue die Möglichkeit, zu entscheiden, was ich tun möchte. Ich weiß, dass ich vieles selber in der Hand habe und mache das Beste daraus!

Meine sozialen Kontakte sind mir sehr wichtig, allem voran mein Freundeskreis, in dem ich viele schöne Stunden verbringen kann. Das baut mich auf und bietet mir Ausgleich.

Dadurch, dass sich die Phasen zwischen den einzelnen Attacken jetzt oft bis zu einem Monat ausdehnen, kann ich auch leichter damit umgehen. In der Zeit, als ich jeden Samstag mit Migräne im Bett lag, war ich wirklich schon verzweifelt! Ich habe mich damals gefragt, wo das noch hinführen soll. Da hat es viele Tiefpunkte gegeben, die mich sogar in die Notaufnahme geführt haben, wo ich starke Injektionen erhalten habe.

Ich habe auch schon einige alternative Heilmethoden ausprobiert. Begonnen habe ich mit klassischen Massagen, um meinen Schulter- und Nackenbereich zu lockern, die jedoch das Gegenteil bewirkt und manchmal sogar Kopfschmerzattacken ausgelöst haben. Weiter ging es mit Physiotherapie, denn ich wollte selbst aktiv werden. Dann kam ich zu Shiatsu, was mich sehr entspannt hat. Eine Zeit lang hat mir auch Akupunktur sehr gut geholfen, schließlich bin ich bei der Cranio-Sacral-Therapie gelandet. Diese tut mir sehr gut, hier darf sich emotional sehr viel lösen und ich lerne ständig dazu. Reiki habe ich auch schon versucht. In Summe habe ich wirklich schon sehr viel Zeit und Geld investiert, um die Migräne in den Griff zu bekommen.

Alle Methoden haben etwas für sich: ich durfte mich entspannen und mein Körper konnte wieder Kraft tanken – doch sind es viele passive Methoden. Ich glaube, dass man bei dieser Krankheit seine Eigenverantwortung nicht abgeben kann, sondern selber einen Weg finden muss, für sich eine Linderung herbeizuführen.

Da auch meine Großmutter und meine Mutter Migräne haben, mache ich mir allerdings keine großen Illusionen, dass sie so einfach verschwinden wird.

Allerdings habe ich Folgendes festgestellt: Je mehr man in seinem eigenen Korsett gefangen ist und gegen sich, sprich gegen seinen eigenen Körper, seinen Willen, seine Träume arbeitet, umso öfter treten die Kopfschmerzen auf. Ich habe gelernt, die Migräne anzunehmen, sie ist ein Teil von mir. Je mehr ich versuche, sie zu bekämpfen und Widerstand gezeigt habe, desto schlimmer ist sie geworden. Ich habe sie mittlerweile akzeptiert und muss lernen, so gut es geht mit dieser Krankheit zu leben. Mein Ziel ist es, sie so in den Griff zu bekommen, dass die schmerzfreien Phasen immer länger werden und ich mit der Migräne insgesamt gut umgehen kann.

Kontaktadressen:

Nicht nur, um Migräne zu lindern, sondern auch, um mit mir und meinem Leben besser zurechtzukommen, haben mich folgende Personen durch die vergangenen Jahre hindurch erfolgreich begleitet:

Der Roman hat mich tief berührt, da ich aus meiner Praxis auch viele Migränepatienten kenne, die als unheilbar diagnostiziert wurden.

Höllischer Migräneschmerz ist ein Zustand, der die Lebensqualität von Menschen wie Anna immer wieder stark beeinträchtigt. Sieht man sich die ganze Lebensgeschichte des Menschen an, das mache ich z.B. mit einer Fußanalyse, erkennt man oft die Zusammenhänge, wie Menschen durch Erfahrungen verschiedenster Art geprägt wurden und in diversen Situationen dadurch automatisch reagieren. In einem persönlichen Lernprozess über Berührung, Atmung und Aufmerksamkeit lernt man den Schmerz als Kraftquelle zu nutzen und das mit Schmerz verbundene Leiden zu reduzieren oder auch zu lösen.

Meine Arbeit basiert auf der Erkenntnis, dass all unsere Empfindungen im Körper mit unserer Lebenseinstellung auf Grund unserer Erfahrungen in frühester Kindheit zusammenhängen. Unliebsame Zustände wie Schmerzen oder Ängste erzeugen automatische Reaktionen, die man bei einer Fußanalyse erkennen und durch einen persönlichen körperlichen Lernprozess verändern lernt. Der Schmerz kann so als Kraftquelle fungieren und die Lebensqualität steigt wieder.

Der Schmerz gehört zu jenen Schlüsseln, mit denen man nicht nur das Innerste, sondern zugleich auch die Welt erschließt. Bei einer Fußanalyse erfahren Sie Ihre automatische Reaktion auf Schmerzen oder Ängste und können diese mittels Berührung, Atmung und Aufmerksamkeit in einem persönlichen Prozess als Kraftquelle nutzen lernen. Hilfe zur Selbsthilfe wird strukturiert gelernt.

Es gibt kaum Menschen, die noch nie in irgendeiner Form Schmerz erlebt haben, etwa so einen körperlichen Schmerz wie in diesem spannenden Buch über Migräne. Gewöhnlich versuchen wir diese Schmerzen nicht zu spüren und zu vermeiden, egal ob sie nur kurz auftauchen oder uns wirklich das Leben vermiesen. Auch Sie können lernen, mit Ihren unterschiedlichen Schmerzzuständen umzugehen, aus Ihnen Kraft zu schöpfen und sie loszulassen!

Friederike Hintersteininger

KLEIN'SCHE- METHODE

Für jeden, der sein Leben selbst in die Hand nehmen will!

www.kleinsche-methode.com

Frei werden
Frei sein

Christine Brandstetter
Diplom-Energetikerin
4343 Mitterkirchen 60
Mobil: (+43) 0 664/ 31 26 386
Telefon/Fax: (+43) 0 7269/84 52
E-Mail: chrisbrandy@aon.at

Web: www.kleinsche-methode.com

Fax : 07269 30372
E- Mail: chrisbrandy@aon.at

SIMPLE POWER®

Innere Konflikte lösen ohne Psychotherapie!

Gesundheitsprobleme und Lebensnöte lassen sich nicht allein von Ärzten oder Psychologen bewältigen. Jeder einzelne ist gefragt, seine Lebens- und Gesundheitskompetenz ständig weiterzuentwickeln und aktiv etwas für seine Gesundheit zu tun.

www.simplepower.de

Hans-Peter Hepe • Präventologe • Jägerkoppel 12 • D-22393 Hamburg
www.simplepower.de • info@simplepower.de • Skype: hans-peter.hepe

ASTROLOGIE
zur ORIENTIERUNG,
denn für alles im Leben ist eine bestimmte Zeit vorgesehen!

Ihr persönlicher Zeitplan steht im Horoskop!

Dr. phil. EDITH ALTMANN
Südbahnstr. 32a, 8700 Leoben
Tel: 0676/ 59 62 542
mail@astrologie-altmann.at
www.astrologie-altmann.at

PUNKT DES LICHTS
Life & Business Coaching

Institut für Beratungen
Punkt des Lichts

Sylvia Maria Stangl MSc

Lebens-&Sozialberatung
Am Irrsberg 31
5204 Strasswalchen

www.punktdeslichts.at
www.kristallkoerper.at

Barbara Fölss

„Ich schaue für Sie in die Karten.“

Am Winklerwald 19
A – 4020 Linz
Tel.: +43/0680 – 555 32 41

Schleissheimer Strasse 517
D – 80933 München
Tel.: +49/89 – 414 11 203

e-mail: barbara.foelss@cablemail.de

„Alles, was wir wissen müssen, ist in uns und um uns und wird uns laufend durch Bilder um uns und in uns mitgeteilt.
Die besondere Sprache der Bilder wieder zu erlernen ist unser Ziel.
Mit etwas Übung finden wir diese angeborene Fähigkeit wieder in uns selbst.“

TAROT IST UNSER LEHRMEISTER DER BILDER!

Elisabeth Reisinger

coaching | seminarkonzepte | entfaltung | magie |

Lebens- u. Sozialberaterin i.A. | Astrologin i.A. |

Vom Himmel kommt die ganze Kraft, die in mir ist |

AUFSTELLUNGSARBEIT

Das Prinzip von Ursache und Wirkung…
die Lösung im Problem erkennen

MEDITATION

Ein Augenblick der Seelenruhe ist besser
als alles, was du sonst erstreben magst (aus Persien)

MAGIE IM ALLTAG

Es gibt mehr zwischen Himmel und Erde,
als wir mit unserem Verstand erkennen können.(Laotse)

DER KRISTALLINE KÖRPER *Kristall.Klar.Sein.*

Hebt man den Blick, so sieht man keine Grenzen

A. 4311 Schwertberg // Josefstal 16

M. 0676.848586-17 // T. 07262.62600

www.josefstal-16.at // elisabeth@reisinger-c.at

Martha Steiner

Allerheiligen 89, 4320 Perg
Tel. 0650 8109067
martha.steiner@aon.at
www.lichtschwester.eu

Maltherapie, Astrologie
Planeten- und Familienstellen

......sowohl in meinen
Seminaren als auch bei den Einzelcoaching`s
bleibe ich meinem Lebensmotto treu:

„Verbindung bringt Heil" „Das Leben ist ein Prozess"

Belinda Schütz

Seelenbegleitung auf dem individuellen Lebensweg

Unterstützung beim Lösen von Blockaden
Rückführung, Seelenreise, multidimensionale Kommunikation, Ahnenarbeit, mediale Heilsitzung, Bioenergetik, Informationsmedizin, russische Heiltechnologien

Naturvermittlung und altes Kräuterwissen
Workshops, Seminare und Wanderungen

Praxis für Gesundheit, Natur & Kräuterkunde
Oberfeldstraße 10 b, 4052 Ansfelden, Tel: 0650/3663057, www.lebenleben.at

Sabine Stelzer

Energetische Methoden die ich anbiete

Bioresonanz - Bowen - Kinesiologie - Klangschalen
Diese Methoden gehen davon aus, dass der Körper die angeborene Fähigkeit besitzt, sich selbst zu heilen. Bei Blockaden helfen diese Techniken, die Energiestrukturen, Verhaltens-, Schwingungs- und Bewegungsmuster im Körper neu zu organisieren und diesen natürlichen Selbstregulations-Prozess zu aktivieren.

Kurse die ich anbiete

Touch for Health 1-4 | Brainformatting | Pendeln | Energetischer Selbstschutz

Tulpenstraße 11 | 4222 Luftenberg | Mobil 0676 / 390 87 11
Mail sabine.stelzer@24speed.at | Web http://members.24speed.at/sabinestelzer

energie balance

*****

Monika A. Panowsky
Dipl. Mentaltrainerin (nach Tepperwein)
Kristallkörpertheraphie – Readings (Messages) – Lebens-Chroniken – Autorin
Bischelsroid 19, A-5162 Obertrum – Mobil: 0664 / 522 38 54
E-Mail: Monika.Panowsky@aon.at / www.seelenkraft-magazin.at

Was mir bei Menschen auffällt, die unter Migräne leiden – ich selbst bin zwar nicht davon betroffen, habe jedoch in meinem familiären Umfeld und Freundeskreis Menschen, die darunter leiden -, ist, dass sie sich selbst oft sehr stark unter Druck setzen. Das kann die verschiedensten Bereiche in ihrem Leben anbelangen. Mithilfe von mentalen Entspannungs-Techniken, dem Aufspüren der Ursache für dieses Symptom und der Veränderung von Verhaltens- und Denkweisen sowie einer anderen Selbstwahrnehmung lassen sich die Beschwerden abmildern bzw. stark reduzieren. Ein Reading („Hineinschauen", was dahinter liegt) bietet darüber hinaus die Möglichkeit, der Ursache für die Beschwerden auf den Grund zu gehen. Gerne biete ich meine Hilfe an!

*****

Monika Panowsky - bisher veröffentlichte Bücher: zu bestellen unter: www.novumpocket.com

„Somewhere over the rainbow"
Eine Geschichte über
das Mysterium der Liebe.
Format 12 x 19 cm, 70 Seiten
Novum Pocket-Verlag
ISBN 978-3-990-10032-5
€ 8,95

„Du suchst dich"
Spiritueller Ratgeber
Format 12 x 19 cm, 70 Seiten
Novum Pocket-Verlag
ISBN 978-3-990-10075-2
€ 8,95

Seelenkraft

Magazin zur persönlichen Weiterentwicklung
www.seelenkraft-magazin.at

Gabriela Hirtl - bisher veröffentlichte Bücher:
zu bestellen unter: www.gabriela-hirtl.at

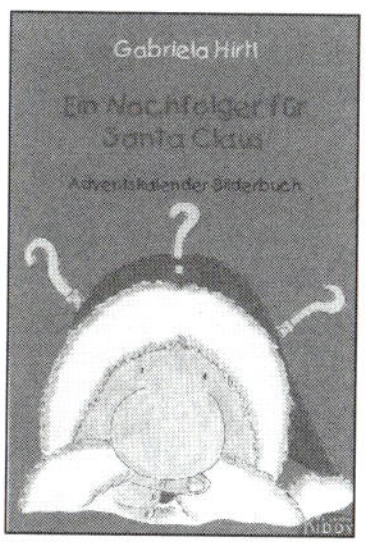

„Ein Nachfolger für Santa Claus"
Adventkalender-Bilderbuch, ab 6 Jahren
Taschenbuchformat, 116 Seiten
2009, R.G. Fischer Verlag
ISBN 978-3-8301-1266-2
€ 10,10

„Beschreibe Liebe"
Liebesroman, 182 Seiten
Taschenbuchformat
2011, Eigenverlag
ISBN 978-3-200-02354-3
€ 10,80